यहाँ हाथी रहते थे

[कहानी-संग्रह]

गीतांजलि श्री

यहाँ हाथी रहते थे

राजकमल प्रकाशन

ISBN : 978-81-267-2239-6

मूल्य : ₹695

पहला संस्करण : 2012
दूसरा संस्करण : 2022

प्रकाशक : राजकमल प्रकाशन प्रा.लि.
1-बी, नेताजी सुभाष मार्ग, दरियागंज
नई दिल्ली-110 002
शाखाएँ : अशोक राजपथ, साइंस कॉलेज के सामने, पटना-800 006
पहली मंजिल, दरबारी बिल्डिंग, महात्मा गांधी मार्ग, प्रयागराज-211 001
36 ए, शेक्सपियर सरणी, कोलकाता-700 017
वेबसाइट : www.rajkamalprakashan.com
ई-मेल : info@rajkamalprakashan.com

मुद्रक : बी.के. ऑफसेट
नवीन शाहदरा, दिल्ली-110 032

YAHAN HATHI RAHATE THE
Stories by Gitanjali Shree

सुधीर पंत के लिए,
जो असली सुधीर है

क्रम

यहाँ हाथी रहते थे

यहाँ हाथी रहते थे

इस शहर को दंगों ने मशहूर कर दिया। दंगों की बिना पर नहीं, दमक ठसक की बदौलत, जो बेशक दंगों के कारण आई। न होता शहर घिचपिच तो ऐसी तबाही न मचती। न मचती तो ऐसी सफाई न होती। सम्प्रदाय इतनी सफ़ाई से बँट गए कि शहर चमक गया। एक नदी के इस पार, एक उस पार, और दोनों अपनी जगह अपनी पहचान में पक्के। मानो दोनों तरफ कारख़ाने लग गए हों अपने-अपने कायदे के लिबास और मुखौटों के, और सब के सब अपने यूनिफ़ॉर्म में नज़र आते। सब के सब एक लिबास में, सब के सब एक मुखौटा पहने। इधर वालों का इनका, उधर वालों का उनका।

इस साफ़ बाँट का नतीजा था कि इस शहर में तुम खुद को एकदम सुरक्षित पाते, दूर-दूर तक अपने जैसों के बीच। अपने घर की, अपने बर्तन-भाँड़े, अपनी जानी पहचानी चीज़ों के बीच होने की सुरक्षा। यह पेड़ कौन से और फल-सब्ज़ी क्या और टट्टी किसकी, सबको देख के सुकून रहता। क्यों न रहता, इनकी खुशबू और रंग-रूप से तुम परिचित हो, तुम्हारे आँख-कान-नाक में ये सहल उतरते हैं, तुम्हारी त्वचा पर नर्म फिसलते हैं।

ये ज़रूर है कि किसी चूक में या अनजान शेखी में या किसी उनींदे पल में, तुम उस तरफ निकल गए तो फिर...तो फिर मइया रे दइया और बप्पा रे बप्पा, यह शहर तुम्हें दिखलाएगा कि असुरक्षा का भाव कितना पुख्ता, कितना पूरा, कितना निखालिस हो सकता है! कुछ उसे छेदता नहीं, कोई बदली उसपर घुमड़ती नहीं, कोई धुआँ उसे धुँधलाता नहीं। साफ़, पाक, कोरा, सम्पूर्ण, कमाल का यह भाव असुरक्षा का, कि भटक आए जिस मुसाफ़िर को लग जाए, उसी

का आकार-प्रकार बदल के यों हो जाए — खाल पर बेसब्र दौड़ती घुमौरियाँ, सिर पर आसमान की तरफ लपकते बाल भयभीत, आँखें यों पलटा खाईं जैसे आगे को नहीं पीछे को देखती हों, और चाल जैसे चाकू ने दो हिस्सों में बाँट दिया हो, तन का ऊपर का आधा, बाप, डरा हुआ, भागता, नीचे का आधा, बच्चा, लद्धड़, बाप की उँगली पर लटका, पीछे-पीछे भचकता।

पर तुम्हें नींद में चलने की बीमारी है तो ही इस तरह भटकोगे। अमूमन इस मर्ज़ से यह शहर कभी ग्रसित न हुआ, चुस्त-दुरुस्त फुर्ती से भरे इसके लोग। हाँ, विदेशियों को ज़रूर इधर भी, उधर भी जाना पड़ जाता है, पर उनकी बात निराली है।

निराली और शहर की एक और ख़ासियत से जुड़ी। वह है इस शहर का बड़ी तेज़ी से शाँघाई के रूप-रंग को अपनाना और शाँघाई से भी आगे निकल जाने की दौड़ लगाना।

इस दौड़ में यह हो रहा है कि पुरानी सल्तनत और मुग़लकालीन और तमाम तरह की देशी तर्ज़ और विलायती तर्ज़ की बेलबूटीदार इमारतें धराशायी हुई जाती हैं और उनकी खस्तगी से उठ गई हैं नीली, शीशे की दीवारों वाली, ऊँची से भी ऊँची इमारतें, जिनमें घर हैं, ऑफ़िस हैं, शॉपिंग मॉल हैं, कम्प्यूटर हैं, एस्केलेटर हैं, फव्वारे हैं, हैमबर्गर हैं, और पेड़ हैं जो पेड़ नहीं हैं। और आसमान को माचिस की फाँकों में काटती छतें हैं और शहर की साफ बाँट को जरामुरा उलझाती देश के विदेशियों और विदेश के विदेशियों की तादाद है।

ये भी अपने में अजूबा है, चूँकि लगता यही है कि ये विदेशी लोग आसमान से आए हैं, इन नीली इमारतों में उतरने, और नीचे के लोग धरती से फूटे हैं, और यह भी दो अलग धाराएँ हैं जिनके बीच शहर नया पुराना हो रहा है। पर मानो धाराओं को घेरे कोई 'नो मैन्स लैंड' है जहाँ न इधर से, न उधर से, घुसपैठ होती है, इसलिए धाराएँ टकराती नहीं, फँसती-झगड़ती नहीं। जैसे इनमें भी अलग रहने का साझा हो।

तो एक फसल जिसकी जड़ें मिट्टी में, एक फ़सल जिसकी मिट्टी आकाश। दोनों अपने अनुकूल, माकूल पैदावार से शहर को बाज़ार बनाते हुए, और मॉल और मल्टीनेशनल और नदी के इधर और उधर से झाँकते हुए, और कुल मिलाकर शाँघाई परेशान हैरान है कि अब तक तो हमीं थे, यह कौन हमसे

आगे निकला जाता है? हाय अब गिनेस बुक में इसका नाम होगा? और विदेशी हमारे नहीं, इसके पास जाना चाहेंगे?

चर्चे शुरू हो चुके हैं कि यह शहर दुनिया के सुन्दरतम शहरों में गिना जाएगा। वैश्विक आँकड़े ऐसे नतीजे निकालने लगे हैं।

ऐसे शहर में विदेशी न आएँ, कैसे हो सकता है? सैलानी आते हैं, कम्पनी वाले आते हैं। विदेशी विदेशी आते हैं, देशी विदेशी आते हैं। कॉरपोरेट, इस्त्री वाली यूनिफ़ार्म में। विदेशी विदेशी की गोरी आँखें, गोरे बाल, गोरी त्वचा है, देशी विदेशी का मिलावटी पहनावा है, मिलावटी खान पान है, मिलावटी रहन-सहन और ज़ुबान है।

यही दो में एक नस्ल है जो नदी के दोनों ओर चलती-फिरती है। अलबत्ता देशी विदेशी मुकाबलतन ज्यादा नर्वस दीखते और उनके बाल खड़े हो जाते और सिर आगे भागता, धड़ पीछे उचकता। कुछ एहसास उन्हें हो भी आता कि हम नदी के इस पार के हैं कि उस पार के?

मैं इसी तरह का देशी विदेशी हूँ। मैं इस सारी राजनीति से परे रहना चाहता हूँ कि मैं कहाँ का और/या किधर का हूँ, देशी तो क्या, विदेशी तो क्या और नदी के इस पार का कि उस पार का? मैं यहाँ काम करने आया हूँ, एक जानी-मानी इज़रायली कम्पनी के लिए, जो इंश्योरेंस बेचती है, और मुझे घर, टेलिफ़ोन, मेडिकल, ट्रैवल, सब देती है और जगह-जगह दौरे पर भेजती है, जहाँ मैं पाँचसितारा होटलों में ठहरता हूँ और मीटिंग के बाद जिम में कसरत करता हूँ या पूल में छपाके मारता हूँ या सौना में पोर-पोर से लाली फुटाता हूँ और साफ़ और ताज़ादम हो जाता हूँ। लड़ना-झगड़ना मेरी फ़ितरत नहीं, न मैं किसी की राह का रोड़ा बनूँ, न कोई मेरी राह में रुकावट बने, इतनी सी मंशा। कि रहने दो मुझे अपने काम में, अपने सपनों में, सी.ई.ओ. बनूँ, पैन्टहाउस में रहूँ, और एक दिन एक मॉडेल से शादी कर लूँगा, मगर वह मॉडेल दिखेगी, होगी नहीं, चूँकि मैं अभी जवान हूँ, एकदम जवान।

और वह बूढ़ी। बहुत बूढ़ी।

हो सकता है कि यह लम्बी-चौड़ी भूमिका मैं उस तक पहुँचने के लिए बाँध

रहा था। क्योंकि जब कोई ठीक-ठीक समझ न आए कि कौन है और कहाँ की है, तो उस तक पहुँचना भी सीधे रास्ते, और जल्दी से, नहीं हो पाता। इधर-उधर करते हुए ही उस तक पहुँचा जाता है। या उसके आसपास।

जो कुछ अजीब-सी बात थी। जिस शहर में सबकी जगह पहले से निश्चित थी और स्पष्ट की पराकाष्ठा तक यह स्पष्ट था कि तुम यहाँ के, और तुम यहाँ के नहीं, वहाँ एक ऐसी शख़्स जो कहीं ठीक फ़िट नहीं सूझ रही? या ऐसे भी कह सकते हैं कि कहीं भी फ़िट लग रही है।

बड़ी आसानी से वह कहीं भी प्रकट हो जाती।

हैरानी। जहाँ दिख रही है वह कुछ अलग-सा दृश्य लग रहा है, मगर साथ ही साथ नितान्त मामूली भी। अजूबा सहज हो चला! जहाँ दिख रही है वह उसकी जगह नहीं है पर वही उसकी जगह हो चली है। वह कहीं भी हो सकती है और कहीं की भी हो सकती है। आज जहाँ है वहाँ की भी, कल जहाँ दिखेगी वहाँ की भी। चाहे इस पार, चाहे उस पार।

हैरानी!
जहाँ दिख रही है अलग सा दृश्य है
नितान्त मामूली भी
अजूबा है सहज मगर!
जहाँ दिख रही है वह उसकी जगह नहीं
वही उसकी मगर जगह हो चली है।
वह
कहीं भी हो सकती है कहीं
की भी
आज जहाँ वहाँ की भी कल जहाँ दिखेगी
वहाँ की भी
चाहे
इस पार या उस पार।

कमाल ही था कि असंगत लगे मगर बाहरी नहीं। इससे भी ज्यादा कमाल यह था कि कोई उसे छेड़ता नहीं, न कहीं से हट जाने को कहता, असमंजस में कि बेपरवाही में या क्या मामूली घबराहट में?

अब कैसे और क्या तो समझकर उसे पेश करें, यह सवाल इधर जाऊँ कि उधर जाऊँ वाली तिलमिलाहट में फँसा हुआ। बस यह कि सारा शहर उसे जानता है या कि पहचानता है कि लो आ गई वही बूढ़ी और, जैसा कि ऐसी बातों में होता है, उसके बारे में अनगिनत किस्से कहे जाते हैं, और क्या मनगढ़ंत है, क्या जीवन-उठन्त, और कितना सच है, कितना नून-तेल-मिरच है, हम सुनने वाले क्या जान पाते?

इस शहर में किसी बुज़ुर्ग का इस तरह और इस कदर दिखाई पड़ना अनहोनी लग सकता था। यह शहर नयों — मेरे जैसे — के लिए है जिनकी कार्यकुशलता इसे ग्लोबल रिकार्ड कायम करने तक ले जा रही है और कल इसे गिनेस बुक में शामिल समझो और कल आया समझो। पुराना सब दब चुका था यहाँ। पुरानी यादें, नई उम्मीदों के नीचे। पुराना थूक नई पीक में। पुरानी ईंट, नई नीली चमकती इमारत में, जिनमें हम काम करते हैं, रहते हैं, खाते पीते सोते हैं। सुबह होती है तो चकाचक, आधुनिकतम फ़्लैट, अपने, का दरवाज़ा खोलते हैं तो सामने ठीक वैसा ही चकाचक, आधुनिकतम अपार्टमेन्ट, पड़ोसी का, देखते हैं जैसे आईना हो। पर है नहीं। और सामने खड़ा, मेरी ही जैसी फ़ैब इंडिया की निकर पहना, मैं नहीं हूँ। हम एक दूसरे को जानते नहीं पर पहचानते हैं, जो अपनी शक्ल पहचान लेने जैसा है। हम दोनों के बीचोंबीच एक नीची, ढाई-तीन फुटहा मेड़नुमा दीवार है और उसने अपनी तरफ, मैंने अपनी तरफ, उस दीवार में लकड़ी की अलमारी बना ली है, जिसमें जूते और पुराने अख़बार रख सकते हैं, और जिसके ऊपर गमले और बुज़ुर्ग।

मज़बूत लकड़ी का चौड़ा सा 'कबार्ड!' यही वह जगह थी जहाँ घर के अब-लुढ़के तब-लुढ़के बुज़ुर्ग बैठे मिलते, जब हम जैसे लिफ़्ट से, उतरते-चढ़ते युवक, ऑफ़िस की जल्दी में भाग रहे होते। बूढ़े भी ऐसे लगते जैसे इनडोर प्लांट के गमले हैं, जिन्हें सुबह शाम ज़रा देर के लिए हवा धूप खाने बाहर रख दिया जाता है।

यही जगह थी बूढ़ों की और सब ऐसे बैठे मिलते कि परम सन्तोषी हैं और याद-मुक्त भी।

बल्कि बात इस मोड़ पर आई है, तो यह खयाल आ रहा है कि याद कोई ऐसी चीज़ है जो इस शहर में शॉर्ट सप्लाई में है शायद। हम युवकजन व्यस्त हैं, भविष्य अगले मोड़ पर मस्त है, पीछे मुड़ें, इसका लमहा नहीं है और याद तो पीछे होगी, अगर होगी। खरोंच में, खंडहर में, खटखटाहट में। और इन बुजुर्ग गमलों की खोई-खोई में, जो इस शाँघाई होते शहर के किस काबिल, और बस चूँकि हम पारिवारिक रुझान वाले लोग हैं और अपने बेकार, बड़े-बूढ़ों, गए बीतों को भी प्यार और देख-रेख देते हैं, इसलिए है कि उन्हें हवा धूप दिखाने 'कबार्ड' पर रख देते हैं, रोज़ाना।

तो किसी को ख़ास कुछ याद नहीं, इस शहर में, किसी के बारे में कि कभी नदी के आर-पार गाँव थे और खेत और हाथी भी और पुल पर लिखा हुआ था 'यहाँ हाथी रहते हैं' और नर्म ताज़ी सब्ज़ी खेत से हाट में लाई जाती थी, जो नदी किनारे लगता, और कभी तो आते-जाते लोग रुक लेते, सामने तुड़वाते कुछ ख़रीदते, कुछ चबाते, टोकरी में डलवा लेते, और बच्चे हाथियों को नहाते और सूँड से फव्वारे उछालते देख लेते, और शादी-ब्याह के लिए जनता बोर्ड पढ़ के कि "यहाँ हाथी रहते हैं" महावत से सौदा तय करने पुल के नीचे उतर आती, यह सारी बातें, किस्से किंवदंती की तरह भी, याद नहीं, समझिए।

याद हो भी क्यों जब वे सारे गाँव वाले और खेत और हाथी और हाथी वाले जा चुके हैं? या हो सकता है शहर वाले बन चुके हैं और हाथी को किसी 'कबार्ड' में ताले के अन्दर ठिकाने लगा दिया हो या मार-काट के शोरबे में गला गए हों! जैसे भी हो, पर वे सारे पुराने चिन्ह नदी में ग़र्क़ हो गए हैं, और अब उसके किनारों पर जो सीमेन्ट और तारकोल की सड़क है, वहाँ हाथी जितने सीमेन्ट के बड़े-बड़े टब जैसे गमले हैं, लाइन दर लाइन, जिनमें शहरी फूलों की बहार है। उस पक्की सड़क पर चलो, नदी के संग-संग तो भला कौन सी चीज़ याद दिलाएगी कि याद करो कभी यहाँ रेत-मिट्टी का ऊबड़-खाबड़ कछार था और जहाँ हमारे फ़ैशनपरस्त कदम चल रहे हैं वहाँ बाढ़ आ जाती थी और बाढ़ में हाथी की लाश बह आती थी!

किसी पुराने युग में?

क्योंकि पुराने का मतलब किसी इंची नाप से नहीं, कि डेढ़ हज़ार इंच पीछे तो पुराना। जैसे एक कच्छाधारी और दूजे पजामेवाले को आज के दिन में

अगल-बगल खड़ा कर दो, पर ज़रूरी नहीं उनमें से एक भी समकालीन हो। दोनों बीती सदी के हो सकते हैं। या फ़िराक साहब की बानी में जवाहरलाल और मैथिलीशरण दो-एक मील की दूरी पर, और जवाहरलाल तथा हैरल्ड मैकमिलन हज़ारों मील की दूरी पर, मगर हमवक्त कौन, हमवक्त तो जवाहर और हैरल्ड, चूँकि कविराज, बकौल शायर जनाब, तो मध्यकालीन सदी में हैं!

एक और उपमा लें तो पुराना हुआ व्यर्थ। जैसे एन.आर.आई. और मातृभाषा। पहली पीढ़ी के लिए उनकी मातृभाषा बोलने लायक है, दूसरी के लिए याद करने के लिए, और तीसरी के लिए वह संग्रहालय अवशेष। ज्यादा से ज्यादा दादी-नानी से सुने इक्का-दुक्का लफ़्ज़ कभी उछाल दो, मुस्करा लो, मस्त बढ़ चलो, काम में लग जाओ, जहाँ ये लफ़्ज़ व्यर्थ बेमाने अटकाव हैं।

लब्बो-लुबाब यह कि इनडोर प्लान्टनुमा बुज़ुर्ग पीढ़ी जो धूप सेंकने, हवा पाने, बाहर रखी जब दिख जाती, तो याद-मुक्त इसलिए भी दीखती कि उनके चारों ओर फैले समय में ऐसा कोई छेद नहीं था, कि भूली-भूली याद घुस आए। वे हवा धूप में, हम लिफ़्ट के बटन में, दोनों अपनी-अपनी उम्र के हिसाब से व्यस्त। वे क्या जानते हैं, कुछ जानते भी हैं भूले से उस बूढ़ी के बारे में, अवकाश की कोई डोर नहीं कि किसी से किसी तक खिंच ले?

तो कोई अगर इस औरत के बारे में कुछ जानता था, जो उनकी तरह बूढ़ी थी, तो हमारे कान नहीं पड़ा।

जो हमारे कान पड़ीं वे अलग तरह की बातें थीं। ऐवें शब्द, जो कह के फूँक मार दिए जाते और लापरवाही से हवा में तिरते हुए, इस कान उस कान उतर आते, और कभी-कभी चिड़िया बन फुदक लेते। और हम पल दो पल अपने महत्त्वपूर्ण काम से सिर उठा के उनकी फुदक-फुदक चूँ-चूँ का चस्का ले लेते।

कि वह मर चुकी है और ऐसे लोग हैं जिन्होंने उसकी अन्त्येष्टि देख रखी है।

कि वह छक्का है, बीच वाली, न आदमी, न औरत, और दोनों का शिकार करती/करता है, तो बचना ऐ हसीनो लो वह आ गई।

कि वह पागल है, कभी हुए दंगों के किसी दिन के बाद से।

कि वह खूनी है, उनके खून की प्यासी जिन्होंने उसके अपनों के संग कोई हादसा बरपाया और वे कट-मिट गए, और जो लावारिस लाशें मिलती हैं और कत्ल के अनसुलझे मामले हैं, उनके पीछे उसी के कातिलाने वार हैं।

कि वह आतंकवादी गिरोह के लिए जासूसी करती है।

कि वह गाँधियन है, जो अपने में ठीक-ठाक किस्म के लोग हैं, पर न इस तरफ कुछ काम के, न उस तरफ किसी काम के, और क्या जाता है, पड़ा रहने दो उन्हें, जिस भी तरफ वे चले आएँ।

कि वह रोबोट है, चाइनीज़ बम से लैस, और कोई छेड़े-छुए तो फट जाएगी और शाँघाई की बादशाहत बच जाएगी।

जो भी थी वह, थी ज़रूर, इसका दावा मैं करता हूँ। चाहे धुआँ, जो औरत आकार में लहर जाता, चाहे हाड़-माँस का पुतला, या मशीन, इन आँखों ने उसे बार-बार देखा है। लगातार, बारम्बार, हरकिनार। कभी बाहरकत, कभी बेहरकत। कभी नदी पर पड़े पुल को पार करते हुए, कभी सड़क लाँघते, कभी गली में मन्थर गति में डोलते। कभी ईंटों की ढेरी पर खड़ी दूर कुछ घूरती, कभी शहर में लगातार चलते सड़क इमारत इत्यादि निर्माण-कार्य के बीच ठसके से फिरती।

मेरी खिड़की से नदी और पुल नज़र आते हैं। मैंने अपनी मेज़ एकदम पास खींच दी है ताकि लैप-टॉप से सर उठाऊँ तो बाहर का नज़ारा दिखे। पुल, नदी, शहर-ए-रौनक।

तभी वह भी दिख जाती।

एक लम्बी-चौड़ी काया पुल पर बढ़ी आ रही है। आदमी कि औरत? उड़ती कि चलती? स्केट पर फिसलती? सादी-सी धोती में जो इधर वाली या उधर वाली, कोई भी पहन सकती है, पल्लू पीछे फड़फड़ाती मानो डैने फैलाए बाज़ या गिद्ध, हाथ में छड़ी, जो ठोंकती कम, डंडे की तरह फहराती ज्यादा, हवा में साँय से काटती यों कि अदृश्य लमहों को, पुरानी कथाओं के इशारों को,...बढ़ी आती...बढ़ी आ रही है...जितना बढ़ी आ रही है उतनी बूढ़ी होती जा रही है, और कभी निरीह, कभी ख़तरनाक लग रही है, और हमेशा ऐसी लग रही है कि उसे देख लें बेशक, फब्ती कस लें जी में आ जाए तो, मुँह चिढ़ा दें

चुपके-से मन चाहे तो, पर इससे अधिक छिड़ने या छेड़ने की दरकार नहीं बनती।

आती और बेंच पर बैठ जाती और ठोस हो जाती।

मानो इसके पहले वह असल नहीं है! तितली, पक्षी, धुआँ है! फर्र-फर्र, फड़-फड़, लरज़िश भर।

आती और पत्थर बन जाती।

पहले और बाद के लमहे जितने सवाल समेट लाए हों, बेंच पर आ, पथरा जाते। नि:शब्द और नि:जुम्बिश। चिरस्थिर बुत।

हो सकता है सचमुच वह असल तभी होती जब बेंच बन जाती? वहीं से उठता हो धुआँ और, हवा में आकार पा, शहर की गलियों में और नदी के पुल पर लहराता हो और, फिर पत्थर में लौट आता हो?

या फिर यही है द पॉवर ऑफ़ इमेज। छवि की शक्ति। कि जो एक तस्वीर ज़ेहन पर खुब गई, वही बस खुब गई! बाकी छवियों को यों परे ढकेलते हुए कि दिखें भी, मगर टिकें नहीं।

तो बूढ़ी बस बेंच पर। और जहाँ भी दिखी, वह मरीचिका, बेंच पर है तो 'वह रही बूढ़ी'।

बल्कि नहीं भी है तो भी वहीं है। और हम कहने भी लगे कि बूढ़ी बेंच पर हमेशा बैठी रहती है।

मज़ाकिया-सी बात है पर अपने दफ्तर की खिड़की से जब उसे देखता, पुल पर बूढ़ी होते बढ़े आते, तो उसी पल बेंच को भी देखता, खिड़की के ठीक आगे, नदी किनारे, जैसे उसी एक पल में वह उधर भी होगी।

और होती!

बहरहाल बात का निचोड़ यूँ कि यहाँ है एक शहर, खून, पचड़ों, क्रूरताओं पर खड़ा, नई घड़ी की तरह चलता, साफ़ बाँट में हसीन टिकटिकाता, और है उसमें रहती, फिरती, बैठती, जो चाहे करती, एक बूढ़ी औरत, जो हर चीज़ के परे है, चाहे नियम-कानून, चाहे जीवन, चाहे लिंग, चाहे मौसम, चाहे रंग, चाहे बन-ठन, चाहे फ़न, और कोई उसे छूता छेड़ता नहीं।

अजीब लगने वाली बात है। जिस शहर में हर चीज़ प्रोग्रैम्ड है और सबका

समय और जगह और सबब तय है, और हम मेहरबान होकर देखते हैं कि घड़ी कहे बारह और बारह बजे की बस चल पड़े, और कहे तीन पन्द्रह और सवा तीन की गाड़ी छुक-छुक करने लगे और उसके बीच यह औरत है, पैदल-पार की बत्ती लाल, पर सड़क क्रॉस कर रही है और कोई कुछ नहीं बोलता, और क्रेन पुरानी बिल्डिंग के जिस मलबे को उठा के हवा में घुमाते हुए लॉरी में भर रही है, वह ऐन उस पर यों खड़ी है कि फिंकने के लिए ही, और क्रेनचालक चुप है, और बेंच पर तो वह बैठी ही रहती है, सूरज ढल चुका तब भी, मॉरल पुलिस की सीटी बज गई तब भी, कि दफ़ा हो अश्लील, अशिष्ट, एक-लिंग, विपरीत लिंग कामुक जोड़े, और डंडा फटकती इन सिरफिरों को सायों से खींच बाहर करने में जुटी है, पर औरत जहाँ-तहाँ, आज़ाद, खड़ी, बैठी, फिरती, मनचली, अड़ी है। या भूत है। या बेकार है।

उसे कोई कुछ नहीं कहता। न ट्रैफ़िक पुलिस फटकार मारती है, न कन्स्ट्रक्शन मज़दूर सीमेन्ट मिक्सर में पटक देते हैं, न गाड़ियाँ पींपी पोंपों गुस्साती हैं, न नैतिकता के रक्षक दाँत पीस के सीटी बजाते हैं। बल्कि मशीन, गाड़ी, जनता, यों दाएँ-बाएँ हो जाते हैं, ज्यों फ़र्शी सलाम देने। और वह शाही, भुतही, बर्बाद, जो कह लो, सामने से निकल जाती है और बेंच पर बैठी है।

बहरहाल, वह मर गई।

या अगर पहले भी मर चुकी थी, तो इस बार फिर मर गई, और अबके, उसकी मौत का, एक गवाह मैं बना।

मैं जान रहा हूँ यह कोई तरीका नहीं है कहानी कहने का। कि अन्त इतनी जल्दी बता दें पर एक तो यह कि मुझे अभी भी, पूरी पक्की तरह से, साफ़ बाँट का मोह नहीं हो पाया है। स्पष्ट आकार न हो, सिलसिलेवार चरण न बनें कि पहला, फिर अगला, और अगला, तब अन्त, तो ज़रूर कोई कशिश मुझे खींचती है। बल्कि शहर, नदी, लोगों, दीवारों की यह साफ़ खाँचेबन्दी ज़रा बेचैन, अभी भी, कर देती है। यही कारण हो सकता है कि औरों के मुकाबले मैं अपने काम से सर ज्यादा दफ़े उठा लेता, उसकी छवि की लरज़िश पर। दिलचस्पी से देख लेता। कुछ प्रशंसा भाव, कुछ रश्क, कि वाह, कोई है जो अपनी सी बनो रही।

दूसरी बात यह कि जब तय ही नहीं कि अन्त अन्त में ही होता है तो कौन सा शुरू और किसका अन्त? क्या मालूम उसकी मौत के संग क़िस्सा ख़त्म? और अगर वह पहले भी मर चुकी थी तो यह क्या चल रहा था उस अन्त के आगे? उसकी अगली मौत तक? पता नहीं क्या सिलसिला हो जो घटे चले जा रहा है और क्रम किधर से बनेगा कि तरतीब बने?

बस यह कि उसकी एक मौत मैंने भी देखी। उसी बेंच पर। तब तक वह और बूढ़ी हो गई थी और गाड़ी से उसे कोई लाता और गमला माफ़िक उठा के निकालता और बेंच पर रख देता और हवा-धूप दिखा कर कुछ देर बाद वापस गाड़ी से लिवा ले जाता।

उस वक़्त भी मुझे यह नहीं मालूम था कि उसे दफ़नाया जाएगा या जलाया जाएगा पर यह ज़रूर मेरे मन में कौंधा, जब मैं भी दौड़ा उसे उठाने, कि अरे कितनी जरा-सी वह हो गई है माप में और न कब्र बड़ी चाहिए, न लकड़ी ज्यादा। पहले की मर्दाना चाल और लहीम-शहीम नाप सिकुड़ते चले गये हैं और जितनी जगह एक बच्चे को चाहिए, नदी के इस पार या उस, उतनी भर काफ़ी होगी।

मैं कैसे कह दूँ कि कुछ टुकड़े बिना बयान किए लाँघ तो नहीं गया जब मालूम ही नहीं यहाँ सिलसिलेवार बढ़त कौन सी होगी? जब जो मौत मैंने देखी एक और — या ज्यादा — मौत के पहले या बाद वाली हो सकती है। हाँ, यह कह सकता हूँ कि इस वाली मौत के पहले चन्द ऐसे मौके आए जब मैंने उसे बिल्कुल करीब से देखा। बहुत ज्यादे बार नहीं, पर इतना कि असहज सी झिझक जो कइयों को उसके सामने पड़ने पर हो जाती, वह मुझमें नहीं रही और अब ले-दे कर हलका-सा मनोरंजन भाव था या मामूली-सी जिज्ञासा। इनसे मेरे काम पर कोई बुरा असर तो पड़ना नहीं था और वैसे इंश्योरेंस का यह काम निपट उबाऊ था तो मुफ़्त का ज़रा लुत्फ़ उठाने में हर्ज़ ही क्या?

मेरी खिड़की से बाहर नदी, पुल, आसमान के फ्रेम में वह दिख जाती। दूर से पास आती। बेंच की ओर मुड़ने के पहले हमारे फाटक पर सुस्ता लेती। कभी लगता था, मुझे देख रही है और की-बोर्ड पर चलते मेरे हाथ अचकचा-से

जाते और सर गर्दन में ज़रा धँसता, बुज़ुर्गवार के प्रति आदतन नमस्कार में, और उँगलियाँ भी कुछ हाथ जोड़-सा देतीं, पर कम्प्यूटर से बिना उठे, काम को बिना रोके। पता नहीं उसने देखा कि नहीं, जवाब तो नहीं दिया, या मैंने ही देखा नहीं, वापस अपने काम में। बीच के यह लमहे पलक झपक भर थे।

मगर यह ज़रूर हुआ कि इन झलकियों का मैं आदी हो गया और बूढ़ी के सामने पड़ने पर औरों की तरह कन्नी काटने, दबे पाँव निकल जाने की घबराहट नहीं रही। ऑफ़िस छोड़ते समय नीचे उतर के अपनी कार की तरफ मुड़ता और पुल पर फड़-फड़ जाती उसकी पीठ देखता तो हस्बे-मामूल पास बनी बेंच की तरफ निगाह घुमाता जैसे हाँ, वहीं बैठी मिलेगी, भले ही उसे पुल पर जाते देख रहा हूँ।

यही करके मुड़ गया था और गाड़ी का दरवाज़ा खोलने को हुआ कि कदम पलट के बेंच की तरफ चल दिए। मुझे साथ लगाए!

बेंच कुछ ही गज़ की दूरी पर थी। किसी उनींदी जिज्ञासा में मैं उस तक जा रहा था।

वह क्या रखा है उस पर?

पास पहुँचा तो पाँव अटकते-से हो गए, जैसे नोटिस लगा हो, 'यहाँ आना मना है'। तभी मैंने उस पर पड़ी एक पत्रिका देख ली। लगा सुबह बूढ़ी के हाथ में इसे देखा था और लगते ही इसी तरह वह तादृश्य हो गई — सुबह, हमारे फाटक पर, एक हाथ में डंडा, दूसरे में यह पत्रिका। बेंच पर भूल गई है, मैं झुका कि उठा लूँ, पर ऐसा हो गया कि चोरी करता हूँ, कोई देख तो नहीं रहा? उसी के लिए सँभाल रहा हूँ, मैं खुद पर खिझाया, जब दिखेगी दे दूँगा। तो भी मेरी पीठ पर उग आई आँखें चारों तरफ दौड़ गईं। गधी-सी इक पत्रिका के पीछे मन में चोर? जिसे, मुमकिन है, बुढ़िया भूली नहीं, फेंक ही गई हो कि बस, देख लिया जितना देखना था। जैसा कि हम पत्रिकाओं के संग करते हैं।

बरसात, हवा, सूरज, कूड़ा बीनने वाला, कुत्ता, बिल्ली, कौवे, कबूतर, कोई उसे एकदम भंगार न कर दे, यह सोच फिर भी मैंने उसे उठा लिया होगा। मैं खुद को इतनी सफ़ाई क्यों दे रहा हूँ, चिढ़ता हुआ भी! अरे उठाना है उठाओ, नहीं तो रहने दो पड़ी, और लापरवाही से हाथ बढ़ा के मैंने पत्रिका उठा ली थी।

उसके कवर पर हमारी ऑफ़िस बिल्डिंग थी। उलटा पलटा। आर्किटेक्चर

की पत्रिका है। पुरानी इमारतों की तस्वीरें हैं। छोटी ईंट, मेहराबें, झरोखे, गुम्बद, बेलबूटीदार जालियाँ। कोठियाँ, किले। हवेलियाँ, महल। हमारी बिल्डिंग की अन्दर भी तस्वीरें थीं। वाह-वाह, बूढ़ी को मज़ा आया होगा, जिसे आए दिन सामने देखती हूँ वही इन पन्नों में? उठा लाई होगी पत्रिका कि चलो यहाँ भी देखूँ, वहाँ भी, इसे, उसे, एक संग!

है हमारी बिल्डिंग कवर पर होने लायक। अंग्रेज़ों के ज़माने की, देसी और विलायती, दोनों तर्ज़ के जोड़-जमाव। बड़ी शान बघारी होगी अंग्रेज़ 'नबॉब' ने इसमें। मरना और राज का मरना कितना दुखदाई रहा होगा! बड़ा-सा हमारा सिंहद्वार, जिस पर पत्थर के गुलदस्ते खुदे हैं। सामने दीवार पर कंगूरे। बरामदे के गोल खम्भे। छत पर मोटे गुम्बद, पतली मीनारें। और झरोखे में लकड़ी की नक्काशी है तो विक्टोरियन टाइल भी।

अन्दर फूल-पत्ती के मोज़ेक का फ़र्श। ऊँची छत से लटके झाड़फानूस। गोल जीना, पुरानी फ़ायरप्लेस, भारी-भरकम सोफ़े जिन पर बैठते ही राजकाल में धँसा जा सकता है! पेपर कप में कॉफ़ी लेकर बैठे हो, पर रंगीन चमकदार वर्दी में खड़े बैरे की ट्रे से राजसी गिलास में कोई पेय उठा रहे हो, ऐसा तसव्वुर कर सकते हो।

कालीन भी उसी ज़माने का है। 'पेज़ली' डिजाइन का, पुरानी महक का, पुराने चूहों द्वारा जहाँ-तहाँ कुतरा हुआ, पुरानी सीलन और एलर्जी उड़ाता, लाउंज में फैला और गलियारे से होता हुआ, पुरानी, घुमावदार, लकड़ी की सीढ़ियों को करकराता। ढहने चली, ऐसी बची, सुन्दर स्पाइरल स्टेयरकेस।

असल मसला 'मेंटेनेन्स' का है, वरना शहर में इस तरह की अनाप-शनाप इमारतें हुआ करती थीं जब यहाँ हाथी रहते थे मगर शाँघाईकरण ने उन्हें पछाड़ दिया। हटा ही दिया। उनकी मोटी दीवारों में टेलिफ़ोन, बिजली, ऐन-शैन के नए केबल और तार लगते नहीं। ऐसी दीवारें जो तोड़ो नहीं तो झुकेंगी नहीं। उन्हें साफ़ नहीं, उनका सफ़ाया ही कर देना पड़ता है।

अब शहर में भूले-भटके ऐसे मकानात मिलेंगे। कुछ को सरकार ने औने-पौने दाम में ख़रीद कर सरकारी अतिथि-गृह या पर्यटक ऑफ़िस बना लिया है। कुछेक

को प्राइवेट कम्पनियों ने कौड़ियों के मूल्य में लेकर पाँचसितारा होटल बना दिया है। हमारी इमारत जस की तस रह गई चूँकि बॉस के बाप की है, जिनकी सनक है कि उनके जीते-जी इसका आधुनिकीकरण नहीं होगा। अनप्रोफ़ेशनल डिज़ाइन! बॉस चिड़चिड़ाते और बूट फटकारते निकल जाते। लाचार, बाप के रहते, जो स्ट्रोक से आधे रह गए थे, पर हुक्म चलाने वाला आधा उसी आधे में था।

अच्छी मुसीबत थी और इसकी बात जब न तब उठती रहती, क्योंकि आए दिन 'मेंटेनेन्स' का मसला उठता। पानी का पाइप पुराना, गल चुका है, दीवारों में रिसता पानी बिजली के तार में जा रहा है, मगर दीवार न तोड़ें तो पाइप कैसे बदलें और दीवार तो तोड़ी नहीं जा सकती। उधर न छुओ, खतरनाक स्पार्क है, इधर न छुल जाए, करेन्ट लग सकता है। मगर तोड़ी नहीं जा सकती। खम्भे, दीवार खड़े रहे, उन पर लगे स्विच, उनमें अटे तार पुरानी जगह पड़े रहे और इलाज यह निकाला कि पानी-बिजली आदि की सप्लाई के लिए ऊपर, खुले में, तार खींच दिए जाएँ, बटन ठोंक दिए जाएँ। सब तरफ सफ़ेद पट्टी के भीतर हमारे तार फ़िट हो गए।

दूसरे मल्टीनेशनल ऑफ़िसों के बरक्स हम फूहड़ और घिचे-पिचे नज़र पड़ते।

सफ़ाई-पुताई वालों को अलग ऐतराज़। इन पुरानी हवेलियों के नाज़-नखरे! ऐसी कलाकारिता कि सीधा कुछ है ही नहीं! घुमावदार, उठानदार, गढ़ेदार, जालीदार, नक्काशीदार, आले, दर, दरीचे, स्तम्भ, शिखर, शालाएँ। मतलब यह कि पॉलिश हो या पुताई, या रोज़ की झड़ाई, सब जगह हाथ पहुँचाना साँसत का काम और वक़्त की बरबादी। अड़ंगा डालने को डटे हैं वरना रेडियेटर, हीटर, कूलर, गीज़र, सब तो खुले में लटके, लिपटे तारों से टँगे चलते हैं।

सारी पुरातनता धरी की धरी! कमाई ज़ीरो, खर्च रोते रहो! जब-तब किसी विज्ञापन या फिल्म का फ़ोटो-शूट इस पूर्वजपन को परिदृश्य बना लेता और हमें जेबखर्च थमा देता, मगर उससे क्या होता? सफ़ाई कर्मचारियों की फ़ौज जो मजबूरी में पल रही थी, उसका चाय-पानी भी इससे न निकलता!

कुल मिलाकर बात यह कि खूबसूरती अपनी जगह, काम अपनी जगह। ये टेढ़ी-मेढ़ी, अव्यावहारिक चीज़ें, नाना-दादी की निशानियाँ बेकार हैं, सब मानते। आज चाहिए साफ़, सीधे, सुनिश्चित आकार कि एक हाथ घुमाओ और शूँऽऽ

से पूरे पर फिर जाए। यह नहीं कि बात बे बात रफ्तार अटक जाए, कहीं धँसे, तो कहीं फँसे, तो कहीं गिर ही पड़े। आदमकालीन मेज़, कुर्सियाँ, खिसकती नहीं, उनसे बच कर चलो, यानी सीधी, फुर्तीली, कॉरपरेट चाल गई भाड़ में, टेढ़े-मेढ़े, लुढ़के-पुढ़के, लचकते, बचते, चलो। बैठ गए तो उठना दूभर। कालीन पर पैर गया तो पैबन्द और उधड़न में उलझ गया। सीढ़ी पर चले तो चरमराते हुए चकराने लगे।

कम्पनी ऐसे नहीं चलती। कम्पनी की चुस्ती दूसरी है। कम्पनी की दक्षता कुछ नहीं रोकता। लद्-फद डर-वर, रोक-टोक रहने हैं तो कम्पनी को भूल जाओ। जाने दो जहाँ कहीं वह हाथी चले गए हैं, अपनी मस्तानी अलसायी चाल लिये।

हममें से ज्यादातर ऐसे थे जो पुरानी स्टेयरकेस पर भूल से टेक भी नहीं लेते। आफ़िस के पीछे, बाहर निकल कर, एक सही आकार की स्टील की सीढ़ी थी। वे बगल की सीढ़ी छोड़, दूर, बाहर वाली से चढ़ते, और ज्यादा तेज़ी से। एक दिन लिफ़्ट बन जाएगी जब हम तिमंज़िला से न जाने कितने मंज़िला हो जाएँगे, तब होगा कि बटन दबाओ, ऊपर जाओ, नीचे आओ, फिर ऊपर जाओ, फिर नीचे आओ, जूँऽऽ...शूँऽऽ...। चतुर, निपुण।

मुझमें, मगर, ज़रा-ज़ुरा, पुरानी बेवकूफ़ियों का लुत्फ़ बाक़ी है! यहाँ का नहीं हूँ शायद इसलिए और जहाँ से आया हूँ वहाँ शाँघाई अभी नहीं पहुँचा है इसलिए। और दादा जी हुक्का गुड़गुड़ाते हैं, जिन्हें याद करके 'होम-सिक' हो लेता हूँ। पल भर को पुराना युग, पुराना समय भा जाता है। ऐसे में पैरों को सीढ़ियों के घुमाव और नथुनों को उस पर मढ़ी कालीन की सीलन बुरी नहीं लगती। ऐहतियात से चढ़ता हूँ और जहाँ घूम जाता हूँ, तथा नीचे वालों की आँखें नहीं पहुँचतीं, वहाँ से कभी-कभी पुराने युग का रईसज़ादा बन जाता हूँ। हाथ आगे तान उसमें काल्पनिक तलवार! ऊपर आते-आते कभी नया युग आ मिलता है और मेरी तलवार तलवार रहती है पर मैं नॉनरेज़िडेन्ट अमीर भारतीय दूल्हा बन जाता हूँ। पारम्परिक शान-शौकत से देश लौटा हूँ शादी मनाने। सिल्क पजामा, ब्रोकेड की अचकन, सर पर साफ़ा, हाथ में तलवार, जेब में डॉलर, पाँव में जूतियाँ, सालियाँ और उनकी सहेलियों की खी-खी खिल-खिल, 'डॉलर-डॉलर' शोख़ चीखें। बॉस के दरवाज़े को खटखटाने के पहले वह सजा-धजा बेडरूम

है जहाँ सेज पर मेरा इंतज़ार हो रहा है। शैतानी से अपनी नमकीन सालियों को ठेल देता हूँ, एक-एक से निपटूँगा, छैला बाबू हूँ मैं, और फ़्लाइंग किस हथेली से फूँक कर दरवाज़ा खोलने को बढ़ा देता हूँ और बॉस की 'कम इन' पर ऑफ़िशियल कपाट और ऑफ़िशियल चेहरा आगे कर देता हूँ।

जिसका ज़माना ही पुराना उसे तो और हो आई होगी पुरानी उमंग, पुरानी इमारत देखकर। निरर्थक दिनचर्या में हलका-सा स्पंदन आ गया होगा, जब किसी बच्चे ठाले ने पत्रिका पढ़-पुढ़ के सामने डाल दी होगी — 'अरे यहाँ तो मैं सैर करने जाती हूँ'। आकर फाटक पर खड़ी हुई होगी, एक हाथ में पत्रिका, दूसरे में डंडा, आँख इधर, फिर उधर। हम पर, फिर नीचे। वही बिल्डिंग है, पुलक! जैसी पुलक बच्चे को या बूढ़े को हो सकती है। हलकी-फुल्की, यों ही।

अच्छा है न, जब जीवन किनारे आ लगा है, भयंकर बुढ़ापे में, तो ज़रा-सी जुम्बिश, ज़रा-सा स्वाद, पल भर को मृत्यु-धँसान से बाहर ले आते हैं। उसको देखना जिसकी तस्वीर हाथ में है, दिल और दिन को चमक दे गए हैं, अब चलो, बेंच पर बैठो, बहें नदी के संग, इमारत पीछे, पत्रिका बगल में।

ऐसे ही होना चाहिए। शान्त बैठो, नदी को निहारो, हम नमस्कार करेंगे, तुम नमस्कार से खुश रहोगे। अपने ज़माने के चोंचले आज के ज़माने पर नहीं थोपो। अजीब पुरानी कोई सनक, जो बड़े-बूढ़ों का मर्ज़ हो जाए और हम सब की मुसीबत हो जाए। सुविधाजनक नहीं, सस्ता नहीं, सरल नहीं, पर ज़िद हो जाए कि यही सलीका है, तमीज़ है। न शान्ति से रहेंगे, न रहने देंगे। कोने कोटरों में मकड़ी के जाले भर रहे हैं पर हटाए नहीं जाएँगे। जाले उन्हें सतरंगी डोरे लगते होंगे और अपनी कमज़ोर नज़र से सूझता नहीं होगा कि जहाँ आप थे वहाँ से खिसक ली दुनिया, और अब वह जहाँ है वहाँ आप नहीं।

मुझमें बूढ़ी के लिए हमदर्दी का जज़्बा उठा। वह ठीक है। नदी बहती है, वह बैठती है, किसी को क्या गुरेज़? मुझे पत्रिका वाली बात उसके लिए अच्छी लगी। असल और नकल का मज़ा उसके रीते मन में। अपने से मुस्करा दी हो शायद, जैसे कोई करिश्मा जो उसी ने रचा हो!

तभी उसकी पत्रिका मैंने उसके लिए सँभाल ली।

दिन-दिन भर और ओवर-टाइम भी, अपनी खिड़की पर बैठा लैप-टॉप पर खटाखट-खटाखट। बीच-बीच में सिर उठा के नदी को देख लेना। फिर खटाखट-खटाखट।

सीमेन्ट से पटे किनारों के बीच बहती नदी सुन्दर लगती। धूप रहती और लोगबाग व्यस्त। सूर्यास्त के बाद वहाँ चाट, भुट्टे, मूँगफली वाले, टोकरा खोमचा लिये आवाज़ लगाने लगते और तफ़रीह करने लोग बच्चों के संग निकल आते। तब भी नदी सुन्दर रहती। पता भी नहीं चलता कब शाम और गहरा गई और रिवर साइड पार्क के बन्द होने का ऐलान करती चौकीदार की सीटी बजने लगी। लोग चले गए, कुछ बत्तियाँ रह गईं और बीच में गाढ़ी गहरी नदी। अभी भी सुन्दर।

तब उसके किनारों पर गश्त लगाती पुलिस-जीप दिख जाती, अँधेरे में उसकी हेडलाइट चमकती जैसे जासूस और उसकी टॉर्च। पर मुझे तब भी नदी सुन्दर लगती मानो किनारे पर कोई हाउसबोट है, धीमे से बढ़ती, जिसका प्रकाश पानी में मासूम डोल गया।

क्यों नहीं मुझे वे धमकाऊ लगीं? क्यों नहीं हवा में शक्कीपन लगा? क्यों नहीं कुछ याद आया? इतनी पुलिस? इतनी चुप्पी? इतनी जासूसी? इतनी तरक्की? इतनी खुशहाली? एक बूढ़ी औरत? बरसात का धुएँ की महक पर लटकना?

इसका ज़िक्र ज़रूरी है। यहाँ जैसी बारिश कहीं नहीं और ऐसा भी नहीं कि बचपन से आज तक मैंने बारिश न देखी हो। पर यहाँ जैसी नहीं।

एक ग्रे रंग की चादर फहराने लगती है। फहराना बन्द करके गहराने लगती है। भारी होती जाती है, नीचे उतरती जाती है, सारे पे ढक जाती है, चुप्पा पड़ी रहती है।

कहीं उछलती उड़ती बदलियाँ नहीं। बस ग्रे चादर जो धातु-सी भारी हो गई है।

तब हवा चलती है। पर चादर नहीं हिलती। धुएँ की बसाँध फैलती है। जलाँध की। राख की। कहाँ है हवा जो पता नहीं चल रही?

पर मैं विचलित नहीं होता। कोई नहीं होता। हम ओवरटाइम में बिज़ी हैं। शायद हम सूँघते नहीं। फ़ुर्सत नहीं है। हम तो सिगरेट फूँक के जो छल्ले बनाते हैं, उसी धुएँ तक हैं। ये भी हो सकता है कि बेध्यानी में धुएँ के किसी और गुल्ले के पीछे चल दिए और अप्रत्याशित पर पहुँच गए, मसलन अर्थी पर धुआँता

अधजला मुर्दा, तो भी काम न भूलेंगे। बल्कि कुछेक को तो ऐसी महारत हासिल है कि उसे भी काम में ले आएँगे और देखने का, फ़ोटो खींचने का टिकट लगा देंगे। 'सी सी डेड बॉडी', राहगीर को रोकेंगे, 'टेक फ़ोटो, रियल रियल'...।

तो जो स्थिति थी वह यह कि जीवन सुन्दर था और शहर शाँघाई को मात करने पर आमादा और उसके बीच बहती नदी में सुचारु बँटे शहर और उसके लोगों की सलोनी छवियाँ लहरतीं और शहर की बत्तियाँ नए-नवेले धनवानों के सिक्के पानी में भर देतीं और जिन ऊँचे बिज़नेस हाउसेज़ से यह जगमगा हो रहा था, वे रईसी ढब में जल में झलकते और सब कुछ सुखी-सम्पन्न था, हवा में मन्द-मन्द डोलता और रह-रह के पानी में फुलझड़ियों-सा थिरक जाता, जैसे जीने की पुलक पुलकित हुई जाती हो।

इस सारे में उस तिलिस्मी बुढ़िया का दिख जाना, बिसर जाना, कोई मायने नहीं रखता था। अटपटी चीज़ों को याद रखना भी एक खलल है। उनके मायने उभरने लग गए तो फिर सोच में पड़ जाओगे, कहाँ अटाएँ जानना चाहोगे। काहे?

वह हमारे लिए पूरे परिदृश्य का कोई भुलाए पड़ा रहने वाला ज़र्रा थी। शहर के आसमान में बही आई बिल्डिंग-क्रेन जैसे खिड़की से नज़र पड़ने पर हमारी गर्दन उचका देती, बस उतनी-सी चौंक पैदा करने वाली। या धुआँ, जो बरसात में होता। उसकी तरह अकारण। परिचित, फ़जूल, बेध्वनि।

कितनी बेआवाज़ थी उसकी छवि, मैं उस दिन समझा जब वह बोली। जिस दिन वह फिर आई और हमारे फाटक पर खड़ी हुई और ऊपर मेरी खिड़की आदि पर एक सरसरी निगाह डालकर हमेशा की तरह बेंच बनके नदी को घूरने चली गई।

मैंने अकस्मात नज़र पत्रिका पर डाली जिसे मैंने सँभाल लिया था और काम जारी रखे हुए ही उसपर उड़ आई धूल को फूँक मारी। हा बुढ़ापा, मैंने दयालुता और उदारता से मन ही मन कहा। काम में ढील नहीं दी जाती, लंच ब्रेक में दे आऊँगा, मेरे स्फूर्त मन ने उसके निस्पंद तन से कहा। नदी किनारे। पीठ नहीं, पत्थर। खुश रहो, मैंने पीठ को दुआ दी। बेचारी, निस्पंद तो होगी ही, भीतर बाहर

ख़ाली और लगभग मुर्दामय। हमें देख, और पत्रिका देख, ज़रा साँस आई होगी।

बड़े अदब से मैं पत्रिका लेकर बेंच की तरफ गया था। वह सन्नाटी पत्थर! 'माता जी', मैंने पुकारा। अचानक असहज और खुद ही पथराता! पत्थर से बोल रहा हूँ, बेवकूफ़ हूँ। किसी की समाधि भंग कर रहा हूँ, घुसपैठिया क्या?

'माताजी...'

'मेरे पास आपकी पत्रिका है।' फुसफुसाया, जैसे ज़ुल्म कबूलता।

वह मुड़ी। पीछे नदी। उसके सिर के आर-पार जलप्रपात। सूरज की तेज़ी में नर्म, नम बूँदें नुकीली काँच की किरचें बनी हुईं।

उसने मुझे देखा और वापस मुड़ गई।

मैं खड़ा हूँ। मेरे हाथ में दो टके की पत्रिका है। रख दो और फूट लो, मैं चिढ़ा। रख के लम्बे डग भरके जाने को हुआ, जैसे मुझे यहाँ होने का हक नहीं।

पीठ की आँखों ने देखा, वह इशारे से बुला रही है। पत्रिका उसके हाथ में है, आँखें मुझपर।

'मैं तुम्हारी माता की माता की माता हूँ।' रोबदार आवाज़ आई जैसे डाँट रही हो!

मैं झेंप गया।

घबरा भी गया। कोई धुआँ-सा बेध्वनि हो और एकदम से इतनी बुलन्द आवाज़ दे तो तालमेल डगडगा जाता है।

आवाज़ ऐसी कि मालिक, कि मर्द, कि औरत, कि गायक, कि प्रिंसिपल...?

मैं सफाई देने लगा जब कि जल्दी से हटना चाहता था। मैं देखता हूँ आपको...अपने कमरे से...आपकी पत्रिका छूट गई थी...इसलिए मैंने...आप दिखती हैं...नदी को देखते हुए...मैं यहीं होता हूँ...सारे दिन...इंश्योरेंस कम्पनी...'

मैं हकलाता-सा। 'वह...' मैंने हमारी बिल्डिंग की तरफ इशारा किया।

बूढ़ी पत्रिका उठाए थी।

'जी जी...यही...वही...हमारी बिल्डिंग। पुरानी, पर उतनी पुरानी नहीं। चीनी ड्रैगन हैं अल्मारी पर। स्टेन ग्लास रोशनदानों में। पीतल के गुलदान हैं। सफ़ाई के लिए पूरी फौज है, वैक्यूम क्लीनर बेकार। मार गर्द भरी हुई...'।

क्या बक रहा हूँ? वही जो पत्रिका में वह पढ़ चुकी है!

'दो सौ'। वह बोली।

साल मैंने समझा। 'जी हाँ', सिर हिलाने लगा। 'अठारहवीं सदी'।

'भूत', वह बोली।

ऐं! मैं समझा। दो सौ भूत! 'हाँ', मैंने औपचारिक मुस्कान दी और नमस्कार करके मुड़ गया। बूढ़ों की बकवास।...

यहीं बात खत्म हो गई होती और हो भी जानी चाहिए थी। क्या डोर हमारे बीच? वह बूढ़ी, मैं छोरा, वह बीती, मैं नवेला, वह आदमकालीन, मैं आधुनिकतमकालीन। मतलब यह कि मैं अपनी दिनचर्या में कायम रहता, काफ़ी सही-सही अपनी ज़िन्दगी में, और अपने भविष्य में, जो काफ़ी सही-सही लगता था। ऐलान हो रहे थे कि हम भविष्य की सुपर पॉवर हैं और वह भविष्य पास आता जा रहा था और मेरे जैसों की तादाद उसमें थी और हमीं उसे बना रहे थे।

मैं मुड़ गया था और सहज भी हो गया था कि पीछे से चटाख ठठ्ठा सुनाई पड़ा। बूढ़ी हँस रही है मुझ पर।

आगे नई इमारतें थीं, नीली शीशे वाली। उनमें रहो तो तुम बाहर देख सकते हो, बाहर से हमें कोई नहीं देख सकता। भीतर रहकर हम यह भी तय कर सकते हैं कि बाहर की कितनी ध्वनि, कितनी रोशनी हम अपने तक आने दें।

मैं पीछे नहीं देखूँगा, मैं आगे हुआ। पता नहीं कौन-सा कोण था कि बूढ़ी का प्रतिबिम्ब एक से अनेक में मल्टीप्लाई होकर, नई नीली दीवार पर झलकें मारने लगा।

जैसे उसकी छवि के टिकट किसी ने जबान की नोक से चाट-चाट कर सारे में चिपका दिए हों!

टिकटों का ज़माना गया, मैं मन ही मन खीझा। ई-मेल, एस.एम.एस., ट्विटर, फेसबुक, बी.बी.एम., वॉट्सैप। उँह, मैंने अपने ऑफ़िस का दरवाज़ा खोला, बन्द किया और बूढ़ी को भूल गया और भूला रहता अगर बदा न होता कि फिर हम एक दूसरे के सम्मुख पड़ जाएँ।

जैसे कोई आँखमिचौली हमारे बीच!

मामला यह कि एक दिन हमारे बॉस के बाप का इंतिक़ाल हो गया। दफ्तर में शोक मनाया गया और हम घर पे भी गए शोक मनाने। अख़बारों में

उनकी प्रशस्ति निकली और पिछले दिनों के उत्साही व सिद्धहस्त उद्योगपतियों में उनका शुमार हुआ। दंगों में राख हुए शहर के नवनिर्माण के बनावनहार। इन्हीं ने शुरू किया है वह सिलसिला जिसके चलते ही आने वाले कल में हम...इत्यादि...।

मौत उपरान्त की सारी रस्में पूरी हुईं, काम फिर नियमित, निर्धारित, नियंत्रित हुआ कि बॉस को ध्यान आ गया कि अब हमारी बिल्डिंग का आधुनिकीकरण हो जाना चाहिए। आर्किटेक्ट, कॉन्ट्रैक्टर, बिल्डर का आना-जाना शुरू हो गया और हम सब एक दूसरे को बताने लगे कि ओवर-ड्यू, हाई टाइम, इम्पैरेटिव, और बिल्डिंग में यहाँ क्रैक हैं, और यहाँ दीवार भुरभुरा रही है और जर्जर, खंडहर, सीढ़ियों पर एक आध हड्डी नहीं टूटी है तो यह नई हड्डियों का ज़ोर है, पर अच्छा है बॉस विलम्ब के फ़ेवर में नहीं और ठीक ही है कि वालिद चल बसे और बिल्कुल — बिल्कुल — जुट पड़ो।

एक फ़ैशनेबल आर्किटेक्ट जोड़े को कॉन्ट्रैक्ट देकर हमारा ऑफ़िस किराये की किसी जगह में अस्थायी तौर पर शिफ़्ट हो गया। पुरानी बिल्डिंग को भीतर से तोड़ने ब्लास्टर बुलाए गए। कुछ ही पलों में धुएँ-धुएँ के भीतर, छत सिर पर उठाए खम्भे ढेर हो गए। बाहर की तरफ खाली दिशा देख कर, ब्लास्ट किए गए, कि पेड़ की तरह दीवार नीचे आ जाए। आसपास की प्रगति को बिन छेड़े। तो भी सारे में बड़े-बड़े टूटे टुकड़ों के पहाड़ बन गए और धूल उड़ने लगी। हथौड़े पड़ने लगे कि टुकड़ों का बुरादा बन जाए और उन्हें आसानी से हटा दिया जाए। जहाँ-तहाँ पट्टियों, रस्सियों, बल्लियों से लिपटे खड़े हमारी बिल्डिंग के अवशेष, ऐसे लगते कि दुर्घटना के बाद जख़्मी हाथ-पैर कटवा के पड़े हों।

हम सैर करते हुए आ जाते कि चलें देखें उधर के रंग-रोगन को, मिस्र की ममी बनी अपनी बिल्डिंग को, धूल के गुबार में लापता अपने दिनों को। हलकी-सी कसक भी हो लेती — दरवाजे-दरीचे सब उखड़ चुके थे और जो बचा था, वह भी चला-चली के आलम में!

उन्हीं दिनों की बात है कि वह बूढ़ी औरत भी आने लगी और दिख जाती धूल, पत्थर, लक्कड़ के बीच। हम व्यस्त थे, उसे भूल चुके थे, यों ही, उसे देख, कुछ बोलना हो तो बोल देते, आपस में। बूढ़ी बेंच छोड़ इधर आ जमी है।

फाटक टूटा तो खुला मान गई है! कोई उसे रोकता-टोकता नहीं है, जहाँ हो घुस जाती है, न बीम का ऊपर गिरने का डर, न धूल के बवंडर से अँधियाने का। खड़ी हो जाती है, कहीं दीवारों के नुचने के पास, कहीं आले-अल्मारियों के उखाड़े जाने के आगे, कहीं कालीन पर्दे टैपस्ट्री के खिंचने-फुचड़ने की बगल में, और फिर चली जाती है, और फिर लौट आती है। बूढ़ी के लिए कुछ भी तरोताज़ा फिल्म बन जाता है!

अब एक दिन मैं इधर खड़ा हूँ और बॉस भी मुआइना करते आ पहुँचे हैं, 'अच्छा है' मुझसे कहते हैं। 'ज़रूरत थी। कयामत आई रखी थी। एक-एक पुर्ज़ा बदलना पड़ेगा। कम्पलीट शैम्बल'।

'पर सुन्दर'। मैंने कह दिया। पत्रिका का कवर मन में उभरा। सामने बूढ़ी उभरी।

मैंने हाथ जोड़ दिए तो बॉस ने उधर देखा। 'अरे आप' करके लपके। हाथों से सहारा देकर वह बूढ़ी को आगे ले आए और चारों ओर की गतिविधियों का ब्यौरा देने लगे।

क्या ऐसा नहीं हो सकता है कि कोई जतन करके मुझे यह पुरानी बातें न बताता, अगर उस पल मैं वहाँ न पहुँचा होता? जब बॉस भी आ गए और वह आ गई और मैं वहीं था? ऐसे ही तो पल जुड़ जाते हैं। नहीं तो निकल जाते हैं।

तो पता चला कि यह उसका घर था। कभी। बॉस के मरहूम बाप, बूढ़ी के पति के यहाँ नौकरी करते थे। दंगों में बॉस के परिवार ने बूढ़ी के परिवार को अपने घर पनाह दी। जब तक हम हैं तुम्हें कोई नहीं छू सकता। आसपास के ढेरों घरों में आग लगी पर इस इमारत की पुख्ता दीवारों में ज़रा-ज़ुरा खरोंच से ज्यादा नहीं लगा। मगर बूढ़ी के बाप-दादा यहाँ लौटे नहीं। बॉस के घरवालों ने कहा था कि स्थिति हद से आगे गुज़र गई है, अब हम गारंटी नहीं दे सकते, भाग लीजिए। वे भाग लिये। घर औने-पौने दाम में सौंप कर। बूढ़ी बच गई। अभी भी आती है।

पता नहीं मुझे क्या लगा? शायद मुझे मैं बहुत बेवकूफ़ लगा।

क्या हम अपने संग आँखमिचौली खेलते हैं? जो इमारत उखाड़ रहे हैं

उसकी गर्द आँख-कान में भर जाती है और फिर तो न देखने को कुछ, न सुनने को। तो हमें क्या पता किसने तोड़ा? जब पता ही नहीं तो क्या किया? अपराध तो नहीं न? हमने तो नहीं न?

बूढ़ी को बॉस ने एक कुर्सी मँगा के उस पर बिठा दिया। उसके चारों ओर से घर के अस्थि-पंजर उठते रहे। कबाड़, जो बोरियों में ठूँस कर निकाला जा रहा था, पत्थर रेती, जो क्रेन लूट की तरह उठा ले जा रही थी, लष्टम-पष्टम, जो पहचान से परे हो गए थे।

वह बैठी रही, पुराना सामान निकलता रहा। एक बार मैंने उसे कहते सुना 'वह नक्काशी अखरोट की लकड़ी पर है'।

तो क्या सँभाल कर फेंकें?

वह बैठी रही, फिर चली गई होगी।

जब हम वापस आ गए काम पर, तो वह दूसरी जगह थी। नीली शीशे-सी दीवारें थीं, जिनमें मेरी खिड़की नहीं थी। मैं लिफ़्ट से सीधा सातवीं मंज़िल पर जाता और उस ऊँचाई और आराम से नदी को अपने नीचे औंधी पड़ी देखता।

अरसे बाद एक गाड़ी एक दिन नीचे रुकी। देखा, दो लोग उसे निकाल रहे हैं। उठा के उसे बेंच पर रख देते हैं। नदी किनारे।

दिन भर तो मैं काम करता रहा। शाम को ऑफ़िस से निकला तो जिज्ञासा हुई। मुड़ा बेंच की तरफ। बढ़ लिया उधर और वह दिखी।

'प्रणाम माता जी,' मैंने कहा।

इतने दिनों में वह कितनी नन्ही-सी हो गई थी जैसे श्रिंक कर देने वाली मशीन में डल कर आई हो। मिनी बुद्ध की मूरत।

निश्चल देखती।

किसी को कुछ कहना चाहिए, मैंने मौन तोड़ना चाहा। तभी शहर के स्वर उठे। प्रार्थना की घंटियाँ और खुदा से दुआ माँगती पुकार। समवेत स्वर। नदी के दोनों पार से।

नई बिल्डिंग में आने के बाद से ये स्वर सुनाई पड़ने बन्द हो गए थे, नई दीवारों के पार नहीं जाते थे। बहुत दिनों के बाद इन्हें मैं सुन रहा था। अचानक

स्वर अजनबी लगे, कुछ डरा भी रहे थे, जैसे पूजा की नहीं, जंग की ध्वनि हो। लोग भूल जाते हैं और परिचित बदल जाते हैं।

कुछ कहूँ, मुझे लगा। 'बिल्डिंग बन गई है,' मैं बोला। 'पूरा शहर वहाँ से देख सकते हैं।'

मौसम शान्त था। न ठंडा, न गरम।

बुढ़िया ने गर्दन घुमाई और मुड़ी। उसके चेहरे की निरी झाइयाँ और झुर्रियाँ और तिल और मस्से और खाल के झूले और उमर के दाग मेरी तरफ मुड़े मानो शहर की पगडंडियाँ, सड़कें, टीले, टीबे, कुइयाँ, तलैया, दर्रे और नालियाँ, बाड़ी, झाड़ी, ढलान, पठार, शहर का यह कोना और वह भी, पूरा नक्शा फैला हुआ! मैं हैरान हुआ जैसे सच उसके चेहरे पर राहें, इमारतें हों, जिनमें धूल-धुआँ बह रहा हो। हाथी भी हों, जिन्हें हम भूल गए हैं या जो मर गए हैं या जो मार डाले गए हैं?

उसके प्राचीन चेहरे की भूल भुलैयाँ में शहर सरसरा रहा था। सब दर्ज और ग़र्क़ और नदी भी वहीं बहती है। और आँखें उसकी खोह हैं जिनमें सब धुँधला है।

इसी तरह वह भी, जिस दिन हमने उसे बेंच पर मरा हुआ पाया।

आजकल

मैं हर रात बरामदे में आकर बैठ जाता और उसी तरह बैठा रहता। जैसे किसी नाटक में मेरी यही भूमिका है। नींद भाग गई थी और दूर कहीं से आते शोर में जा मिली थी। जो मेरे कानों में वहम का ज़ोर लिये बजता रहता। कि आ रही है भीड़ इस तरफ भी।

आ भी जाए तो मेरा कुछ नहीं बिगाड़ेगी ऐसा मैं जानता था, हालाँकि शर्म से यह बात खुल के अपने से नहीं कहता था।

शर्म बहुत आने लगी थी इन दिनों। आँख गीली हो जाती। शायद मैं बूढ़ा होने लगा था। कहते हैं बुढ़ापे में सारे डिफेंसज़ ढिलाने लगते हैं शरीर के साथ-साथ। आँसू निचोड़नेवाला लैक्रीमोस ग्लैंड नगरपालिका का नल हो जाता है — खोलो तो सूखा, और छुओ नहीं तो भी जब चाहे फुक्का मार के फट पड़े या मनमानी टप टप टप टप करने लगे। यह हाल था कि शीशे में देखने से कतराता था जैसे डर हो कि अपनी दाढ़ी-मूँछ की याद में रो पड़ूँगा। और आलम यह कि शीशे से दूर हूँ तो भी लैक्रीमोस ग्लैंड दब जाता!

दाढ़ी-मूँछ साफ़ कर दी थी और चेहरा बदला-बदला था पर वैसे मुझे कोई डर नहीं था, मुझे क्या डर, जब सारे में ढिंढोरा पिटवा दिया था कि आजकल मैं आया हूँ, यहाँ हूँ और जानबूझकर घर का दरवाज़ा खुला रखता और ऐसे बैठता कि पास पड़ोस के मुझे साफ़-साफ़ देख सकें, ख़ासकर अल-सुबह जब कलुवा अपनी कोठरी से पूजा की आरती लेकर आता और मैं उसके लिहाज़ में आरती ले लेता और फिर पहले की तरह कहता, अब ज़रा बमपलाट कड़क चाह पिलाओ, और वैसे भी बात बेबात बाहर निकल

आता, यहाँ बरामदे में कि लो, जो हो कहीं, देख लो, पहचान लो, मैं हूँ, और कोई नहीं, शान्त रहो।

शान्त क्या, सन्नाटा रहता आजकल। दिखती तो कभी कोई अधेड़ गृहिणी दिखती, सौदा सुलफ की झोली लिये, या कोई नौकर साइकिल पर दूध की बाल्टी लटकाए। जब सुबह, चन्द घंटों के लिए कर्फ़्यू में ढील कर दी जाती। साइकिल पर दूध की बाल्टी अब भी ठनक जाती पर नौकर के मुँह से गाना नहीं निकलता, कह दो ना कह दो ना यू आर माई सोन्या। इससे समाँ ज़रा कुछ मनहूस हो गया था। पहले यह था कि इस गाने को सुनकर ऐसे कान पके कि पहला सुर लगता कि मैं दाँत पीसता हुआ कूदकर जाता और 'ठक्क' से टीवी बन्द कर देता और जैसे 'ठक्क' से टीवी बन्द करना शहर भर के टीवीयों को ऑन करने का स्विच था, हर तरफ से वह गाना बजने लगता। पर अब गाना कहीं किसी बिल में दुबक गया था।

और तो और जवाँ खून तक दुबका ठंडा पड़ा था, और चाहतीं लड़कियाँ तो निडर घूम सकती थीं कि पड़ोस के लौंडे लपाड़े सीटी बजा के उन्हें सताने से परे निकल गए थे।

निकल नहीं गए थे, निकल ही नहीं रहे थे।

जो युवक निकल रहे थे दूसरे थे। दूसरी जगहों से। लोकल नहीं, लोग कहते। वह शहर के घंटाघर पर जमा होते, फिर जत्थे बनाकर कभी इस तरफ कभी उस तरफ भालों, त्रिशूलों की नोंक पर अपने नारों को उछालते निकल रहे थे। अफ़वाह थी कि अब इधर का प्लान है।

पर मुझे निडर होकर बरामदे में बैठना था, बैठा रहता। मुझे यहाँ सब जानते हैं, किसी से पूछ लो, नाम, धर्म, जो चाहो देख लो, पहचान लो, मुझे डर नहीं।

मगर डर कोई सीधी सादी चीज़ तो है नहीं कि तभी है जब कह सकें इसलिए है। हवा में वह सनसनी बनके एक बार जो जा मिले, फिर जो भी गलती से साँस के संग खींच ले, उसी में समा जाए। जैसे भटकता प्रेत हो जो किसी के भी शरीर में घुस जाता है, फिर बच्चे के मुँह से बूढ़ा बोलता है, औरत के मुँह से मृत आदमी। यों होता है डर का भी मामला। यह जानते हुए भी कि मुझे कोई खतरा नहीं, मुझे क्या खतरा हो सकता है, वह मेरे निडर भाव के पीछे से

बँधी गठरी-सा उछल कर खुलने लगता, खुल जाता, निडरता को लाँघता पार कर जाता, मेरा सन्तुलन इतना गड़बड़ाते हुए कि यही एक मैं, इस पल हीरो हो सकता हूँ, कि लो भेड़ियों मुझे मारो, इस खून के एक-एक कतरे की कीमत है, और यही एक मैं, अगले पल दुम दबाए, खुद लोमड़ी बना, इधर कि उधर झाड़ी तलाश सकता हूँ कि कहाँ जान छिपाऊँ?

मैंने उठ के बरामदे की सारी बत्तियाँ जला दीं। यह भी कर देता हूँ। रात के मरियल बल्ब से यह भ्रम पैदा हो सकता है कि छिपना चाहता हूँ, गलत आदमी हूँ। पूरी रोशनी में बैठ गया कि पूरा दिखूँ, उजला, अभय, सही...।

असल में कल होली है। छोटी होली। कल होलिका जलती है और आजू-बाजू बैठे लोग होरी गाते हैं और जौ गेहूँ की नई-नई बालियाँ भूनते हैं।

मेरे बचपन में होलिका दहन का बड़े उत्साह से इन्तज़ार होता।

दिनों पहले से लकड़ी बटोरने का सिलसिला शुरू हो जाता। नुक्कड़ चौराहे पर ढेरियाँ तैयार। माँ हमारे बदन पर उबटन मलती और रगड़-रगड़ के मैल निकालती, जिसे एक बर्तन में जमा कर देती कि जला देंगे सारी बदी के साथ गन्दगी को होलिका में। साफ हो जाने का दिन था। धमाचौकड़ी मचाने का। हम पश्चिम तो थे नहीं कि ओरिजिनल सिन के बोझे से दबे-टूटे सदियों दर सदियों तड़पें। हम पूरब थे, हैं — एक झोंक में मैला स्वाहा, हर बात में रंग, हर काम में रंगरेलियाँ, हर धूम में त्यौहार!

हमारी युनिवर्सिटी में भी होली जलने के दिन लड़के लड़कियों की मौज के ठिकाने न रहते। नाच रहे हैं, छेड़छाड़, रोमांस फ़रमा रहे हैं और हर लपट में, हर मटक में, आनेवाले कल, यानी होली के रंगों का शरारती इन्तज़ार है कि देखना किस मोहब्बत से तुम्हें तराबोर कर देंगे।

क्या कुछ बदल गया है?

हाँ कुछ बदल गया है।

आजकल लकड़ी जमा हो तो होलिका दहन की तैयारी है, ऐसा भर नहीं लगता। कुछ भी दहन हो सकता है। आग तो आग है और दिल इतने रूखे-सूखे कि धधकने में कोई देर नहीं लगती। फिर क्या होलिका दहन और

क्या शहर का दहन और क्या इस संसार का ही दहन, कोई भरोसा आग कहाँ तक पहुँचे?

तो सतत् चौकन्ने हो चले थे सब के सब और जब त्यौहार पास आने लगा तो चेतावनियाँ परखचों की तरह उड़ने लगतीं।

मेरा दिल घबराने लगा। सोना तो जैसे भूल जाऊँगा। आज कलुवा भी कह रहा था उससे भी पूछताछ की गई, यह कब आए, आजकल यहीं रह रहे हैं, नहीं रहना चाहिए।

इससे मुझे आश्वासन मिलना चाहिए था। मतलब मैं पहचान लिया गया हूँ और सबको पता है मैं यहाँ सो रहा हूँ और मेरी चिन्ता भी है। या नहीं सो रहा हूँ और मेरी चिन्ता भी है! यहाँ।

पर कहीं मन बेचैन हो गया। सबकी नज़र मुझ पे। आदत नहीं यों मध्य-मंच पे होने की। साधारण नागरिक हूँ, अपने निजी कोने में शान्ति से पड़ा रहना चाहता हूँ। यह क्या दमकती बत्तियों में पकड़े जाना? यह बत्तियाँ मुझे कैसे तो पकड़ती हैं, जलाती हैं, मैं सुन्न पड़ जाता हूँ, नर्वसा जाता हूँ। किसी कीड़े की तरह अंधी अँधेरी दरार में घुस पाने को कुलबुलाता हूँ। डरता हूँ बत्तियाँ पीछा करेंगी तो वहाँ से भी लुढ़क जाऊँगा और तब कहाँ छिपूँगा, इसलिए शेर का चेहरा ओढ़े खुले में बैठा रहता हूँ, गीदड़-मन अन्दर लुकाए।

जी हाँ, डर तो इसका भी होता है न कि हम सुरक्षित हैं, खुल्लमखुल्ला बरामदे में ऐलान की तरह बैठे हैं, कि देखो हम हैं, सुरक्षा के हम तो हैं न हकदार!

बैठे हैं बरामदे में और रोम-रोम में ऐसा महसूस कर रहे हैं जैसे चारों तरफ खड़ी इमारतें लोग हैं और उनमें खुलती खिड़कियाँ उनकी आँखें जिनसे हम पलायन की भीख माँग रहे हैं, देखो, नोट करो, कहीं कोशिश कर रहे हैं छिपने की, क्यों करेंगे, पहचान रहे हो न हम हिन्दू हैं? बत्ती भरपूर जला दी है, और जल रहे हैं उसमें, ताकि देखते रहो, हम हैं, हम ही हैं भई, बख्शो हमें।

बाकी घर अँधेरे में। डूबा हुआ।

दोस्त के संग कितने मकान देखे, कितनी ढुँढाई हुई, तब जाकर इस घर पे बात निपटी। क्यों, अपार्टमेंट कि प्लॉट? सिक्योरिटी, आसान मेंटेनेंस, सोचो। पर अपने मन से घर बनाने का मज़ा सोचो। फिर मोहल्लों की जाँच पड़ताल। कौन मोहल्ला ठीक? वह बाज़ार से सटा। उधर सम्प्रदायों की बाँट है। यहाँ सब पढ़े-लिखे हैं, मिले-जुले हैं, कोई प्रोफ़ेसर, कोई डॉक्टर, क्रिश्चन, पारसी सब।

हर लिहाज़ से यह मोहल्ला खरा उतर रहा था और दोस्त ने इस घर के लिए लोन ले लिया और इसे खरीद लिया।

पुराना टूटा-फूटा घर मैं याद करने लगा। बुजुर्ग पीढ़ी गई तो बेटा, नए बिजनेस-मस्तिष्कों की तरह, इस फेर में था कि पूरा घर ढहा दे और मल्टीस्टोरी खड़ी कर दे। इन सारे पेड़ों को काट डालता और सड़क तक फ्लैट भर देता, दमड़ी-दमड़ी मुनाफे के लिए।

मैंने दोस्त की नज़रों से कम्पाउंड में खड़े पेड़ों को देखा।

पेड़ों को बचाने यह घर उसने खरीदा होगा! साइड पर सेमल का पेड़, बरामदे में चमेली की पुरानी खमदार डाल, सामने कचनार और आम, बारहमासी नींबू और नीम। पुराने पेड़, जिनकी जड़ें यहीं थीं,

किस मुनाफ़े के लिए उन्हें समूल उखाड़ें? ख़ुशी भी हुई कि लोगों को बीज से शुरू करना होता है, यहाँ तो सामने साएदार पेड़ पहले से मौजूद हैं। हम समझ रहे हैं हम उन्हें गोद लेंगे, असल तो उन्होंने हमें गोद ले लिया है।

ममता हमसे नहीं, उनसे फल-फूल रही है।

वह सुबह-सुबह सैर करते यहाँ चले आना। उसके घर।

पेड़ों की प्यारी हवा में चाय पीना। उसके सँग।

वह नंगे पैर लॉन में टहल करते हुए कलियों, फलियों को निहारना।

वह दिल को कभी इस डाल पर टिका देना, कभी उस पत्ते पर झुला देना।

वह पंख कभी इस पेड़ पर बैठे पक्षी के संग खोल लेना, वह चोंच कभी उधर चूँ चूँ करते पक्षी के संग चला देना।

न जाने ये पेड़ बचेंगे, मेरे मन में आया और मैं फिर उद्विग्न होने लगा। भीड़ की आवाज़ भी आने लगी, दूर से पर ज़ोर की। जैसे हियरिंग एड लगी हो तो हलकी सी आवाज़ कान-फाड़ हो जाए। सुई गिरे और बम फटे।

तभी मुझे वह दिखाई पड़ा। एक साया। समझ रहा था कोई उसे नहीं देख सकता पर मैंने देख लिया। मोहल्ले की इमारतों को छोड़ता हुआ सामने की सड़क पर चला आ रहा था। वह सड़क सीधे यहीं आती है, उस पर चलनेवाला भी यहीं आता है।

वह सड़क के किनारे लगे पेड़ों का साया बना हुआ था।

चोर उचक्का ही ऐसा करेगा, मैंने घबरा के सोचा। अजीब-सा डर उसी पल से मेरे भीतर आने लगा। इस घर में घुसने के लिए उसे सड़क के बीच होना पड़ेगा, म्युनिसिपेल्टी की बत्ती के नीचे, फाटक के आगे। तब मैं क्या करूँगा? तब तो वह साफ दिखेगा। हालाँकि फाटक पर लगे गोल लैम्प मैंने रात खाने के बाद बन्द करवा दिए थे।

पर वह फाटक के सामने न आकर साइड की बाउंड्री वॉल से लगा-लगा चलने लगा। साया ही रहा। दीवार के ऊपर गोते खाता बढ़ता उसका सिर।

उधर कहाँ जा रहा है, मैं हैरान हुआ। वहाँ बस सीमेंट का घेरा है, जिसमें मोहल्ले का कूड़ा सड़ता है। सायों में एक साया वह उधर ही जा रहा था। न देखो तो पेड़ का साया, देखो तो चोर-उचक्का!

उसका इरादा क्या है मैं सोचने लगा। पर जड़ बैठा रहा। दिल ज़ोरों से धड़के और तन काठ होता चले। कुछ न हो, कुछ न हो, दिल कहे और बैठा ऐसे हूँ जैसे गोंद पर। या क्या इस निराले ज़माने में सोच रहा था यों ही पड़े रहने में ही ठीक है?

कनखी से देखता हूँ साया घूरे पे रुक गया। जहाँ दीवार के इस तरफ, घर के कम्पाउंड में, वह बड़ा-सा सेमल का पेड़ है, जिसकी डालें उस तरफ, गली में जहाँ वह खड़ा था, लटकती हैं।

सेमल का पेड़। होली के दिनों में, फागुन के महीने में सेमल फूलता है। सारे पुराने पत्ते झड़ चुके हैं। फुनगियों पर छोटे-छोटे दूब-हरे पत्ते शुरू ही हुए

हैं। सेमल के सुर्ख फूलों से इस कदर घिरे कि लगभग गायब। सुर्ख फूल, काले से भौरे पर लाल-लाल पंखुरियाँ, इस तरह खुली हुईं जैसे काली चोंचवाले लाल पक्षियों के झुंड के झुंड पेड़ की डालियों पर कतारबद्ध खड़े हैं पंख फड़फड़ाते कि अब उड़ें कि तब उड़ें।

कि अब उड़ें कि तब उड़ें, कि फुर्र आकाश में, कि तभी साया उड़ा और फुर्र से सेमल की डाल पे।

चिड़िया!

और दीवार पे उचक, इस तरफ की डाल पर लटक गया।

बन्दर!

यही एक कदम आगे और बीसियों कदम पीछे लौटने का हमारा हुनर!

लटका रहा कि जैसे सेमल पर लटकने आया हो! मेरे मन ने पागल हाहाकार के बीच सोचा, मैं दावा कर सकता हूँ यह जीवन में पहली बार बन्दर बना है।

पर दावा भी किससे और दावा भी क्या?

मैं अजीब ठूँठ-सा बैठा हूँ, और क्या कहूँ! हिलूँ? न हिलूँ? साँसों को दबे पाँव खींचने और निकालने के अभ्यास में रत। आज तो यही नहीं मालूम कि हिलकर जोखिम बुलाते हैं या काठ बनकर।

आजकल तो बुद्धि स्तब्ध है। जो जहाँ है वहीं पड़ा रहने में खैर मानता है कि आग जहाँ लगी है लगे और बुझे और इधर तो न ही आए और हम तब उठें। फिर से उठें। उठ के खड़े हो जाएँ। हो जाएँ शायद।

मैं भी पड़ा रहा। सुन्न। गुमसुम। जैसे पल वह आन पहुँचा है जब सब किस्मत के हवाले है, जो होना है सो हो, अपना दम खम सब रीत चुका है।

साया वहाँ अपनी किस्मत में अड़ा।

बाद में सोचूँगा वह क्या खेल था जो हम खेल रहे थे, दोनों अलग, अकेले, एक दूसरे की प्रतीति से भरे, मगर दोनों यों, जैसे एक दूसरे से बेख़बर। वह सेमल के अँधेरे में, मैं बरामदे की रोशनी में। चौकन्ने शिकारी की तरह बेपरवाह दीखते, अन्दर ही अन्दर काया साधे कि उछलें...पकड़ें। शायद।

बेआवाज़ वह डाल से नीचे कूद गया इस घर के कम्पाउंड में।

मैं एकदम बुझ गया।

हाँ यही कहूँगा मैं कि एकदम से बुझ गया वरना ऐसे तो न बैठा रहता जैसे कुछ पल्ले नहीं पड़ रहा।

हाँ यही कहूँगा मैं कि कुछ पल्ले नहीं पड़ रहा तभी ऐसे बैठा रहा मैं, अजीब तरह से बुझकर। जैसे मौत की पदचाप पर कोई शान्त हो जाए। मरने को तैयार हो जाए। बेहरकत, बेहड़कंप।

वह जहाँ कूदा था वहीं बैठ गया। एक उकड़ूँ साया सेमल के तने पर टिका सुस्ता रहा था।

देर तक, देर तक हम उसी तरह अपनी-अपनी जगह अडिग रहे। अजीब खेल में बँधे। इन्तज़ार में बँधे। शान्त आशंका हमारे बीच घिरती, कि जो करना है करो, किसी तरह से। मिले छुटकारा किसी तरह से।

मैं देख नहीं रहा था पर मैंने देखा, वह उठा, पल भर को बत्ती की ज़द में आ गया। मेरा दिल उछला, कहीं मजबूर न हो जाऊँ कि सिर उधर घुमाऊँ, कुछ करूँ। उसने सिर गर्दन में धँसा दिया था। सिहरन-सी जैसे पीठ पर दौड़ जाए, वह रोशनी से अँधेरे में आ गया। घर के साइडवाले दरवाज़े पर। साँप जैसे सिहरन की तरह रास्ते में फहर कर गायब हो जाए।

साया, काठ। चिड़िया, बन्दर, साँप। और क्या-क्या बनना बाकी है?

चटखनी न लगाओ तो दरवाज़ा हलके से उठा के, हाथ जबर्दस्ती अन्दर ठूँसकर, जंजीर खोली जा सकती थी। मैंने सोचा और साँस गले में रोके रहा कि निष्प्राण रहूँ तो प्राण बच जाएँगे।

पता नहीं कैसे पागल हम सब हो रहे थे।

मैं फिर इस घर के बारे में सोचने लगा जैसे साए को भुलाने का यही तरीका है। जैसे साया अलग, यह घर अलग है। जैसे इस पल भी इस घर में वह साया नहीं है।

जलेगा यह घर भी। मेरे साथ। उसके साथ। आज। अभी। कल। होलिका दहन। कह दिया कह दिया यू आर माइ सोन्या।

अफ़वाह कि सच? पर आजकल अफ़वाह को सच बनते देर नहीं लगती। अफ़वाह उड़ी थी और सबने उसे अफ़वाह माना कि संगीत के उस्ताद की पाँच

सौ साल पुरानी मज़ार न छोड़ेंगे, और न छोड़ी, और अफ़वाह अफ़वाह न रही। उस्ताद पाँच सौ साल बाद मर गए।

मौत तभी आती है न जब आत्मा जल जाए!

कौन-कौन मरेगा इस घर के जलने पर? फिर कब तक सूनी देह यहाँ भटका करेगी?

मैं और ठस्स, सुन्न, होने लगा। जैसे कोई लाश से लाशतर होता जाए।

साया स्टडी मे था। बहुत धीरे। धीरे से धीरतम। पर मेरे तो जैसे हियरिंग एड लगी थी। हर आवाज़ मैग्नीफ़ाई हो जाती। दराज़ खोलने, बन्द करने की आवाज़। कागज़-पत्तर सरसराने की। उसकी साँसों की।

साए में हरकत हुई तो पाँव का आगे का अंश रोशनी में दिख गया। बेडरूम के दरवाज़े को सूत भर ठेलता हुआ कि वहाँ से रोशनी की फाँक स्टडी में बार्डर की तरह खिंच जाए। मेरा ही काम था — बेडसाइड लैम्प जला छोड़ना। उसे मैं तब बुझाता जब सोने जाता।

अब उसके टुकड़े-टुकड़े हिस्से कमरे में झलक जाते — कभी हाथ अलमारी के पल्ले पर, कभी पाँव कालीन पर, कभी कन्धा स्विच बोर्ड के बगल में। टुकड़ों के साथ घर की चीज़ें भी चल-फिर रही थीं। बाकी अँधेरा। पलंग के नीचे से हरा डफल बैग बाहर खिसकता आया। बैग स्टडी में गया और खुटुर-पुटुर वहीं की चीज़ें भरने लगा। फिर उँगलियों ने बाथरूम में टायलेट की चीज़ों को छुआ जिस पर वह निकलकर आने लगीं। बड़ी अलमारी ने हैंगर बाहर किए और हैंगरों ने अपने ऊपर लदे कपड़े फिसला के अँधेरे को थमा दिए। लॉकर की चाबी गद्दे के नीचे से हलके-हलके बजती निकली और एकदम छिपे सेफ़ की चीज़ें एक ज़रा से हाथ को बहलाती गईं।

बाद में यही सोचूँगा कि जब मैं बाहर मरा बैठा था, घर के अन्दर की मामूली पुरानी चीज़ें साए के अँधेरे में, परीकथाओं में जैसे, जी उठी थीं। और अपने कोनों कोटरों से निकलकर साए के टुकड़े-टुकड़े तन को छूतीं, डफलबैग में भरती गईं, कि वहाँ मिलकर अतीत और भविष्य पर मशवरा मीटिंग करेंगीं।

और तो और, किचन की टेबल पर घर के बैक-गार्डन की सब्ज़ियाँ, जो आज ही कलुवा ने तोड़ के रखी थीं, पल भर जाग गईं। और जैसा कि वनस्पति का दस्तूर है, अपनी महक में जिस मिट्टी से वह उपजी थीं, उसका सोंधापन डालकर, दूर तक फैलाने लगीं। मानो जिसका इन्तज़ार था वह आ गया। बरामदे में नींबू, लौकी, टमाटर की अलग-अलग ख़ुशबुएँ आईं, जिन्हें मैं बाद में यादों में सूँघूँगा।

मैं धँसता चला गया, भड़कीली रोशनी में। बेबस जाना कि आग आती है तो चाहे तो बरसों से सहेजे ऐसे घरों को झपकियों में मिटा सकती है। मैं धँसा रहूँ? मैं कुछ करूँ? मैं कुछ न करूँ? कहाँ सुरक्षा है कहाँ असुरक्षा! मैं किसे चुनूँ! कब उठना है, कब बैठना है, कैसे पता करूँ?

ये वे सवाल जो बाद में अपनी मन:स्थिति बयान करने में काम आने थे।

साया अब पीछे लौट रहा था। वही घूरे की राह। अन्दर की डाल से बाहर की डाल पर। अन्दर की मिट्टी से बाहर की मिट्टी पर।

अरे, मेरी कुर्सी मानो हड़बड़ाई। अरे, वह जा रहा है, चला जाएगा, कुर्सी ने धक्का-सा मारा। मैं चेत गया। तेज़ी से बरामदे की सीढ़ियाँ उतर कर सेमल के पेड़ के पास गया। जैसे यह भी उसी खेल का हिस्सा है। मैं इधर, वह उधर, सधे कदमों से चलने लगे।

एक दिन इस पर भी सोचूँगा — मैं इधर वह उधर! दीवार के। अँधेरे के।

फाटक के पास हम दोनों पहुँच गए, मैं अन्दर, वह बाहर। पर यहाँ खेल की चाल बदल गई — मैं रुक गया, चह चलता रहा।

वह सड़क पर चल रहा था हरे डफलबैग को भी साया बनाए। मैं उसे देख रहा था और वह जानता था मैं उसे देख रहा हूँ। जहाँ तक सड़क सीधी थी वह सीधा चलता गया।

नहीं, मैं सड़क पर नहीं निकला। अब तक नहीं निकला तो अब क्या निकलता? यही कह सकता है कोई कि अब तक नहीं पकड़ा तो अब क्या पकड़ता? यह भी कह सकता है कोई कि ठीक भी है, कौन जाने आजकल किसने क्या हथियार छिपा रखा है?

जहाँ सड़क मुड़ती है वह उधर मुड़ जाता, मैं इधर, और बस। लेकिन तभी कहीं किसी ने दरवाज़े में धड़ाम से अपने को खोला। हम उचक गए। दोनों! हवा की तरह लरज़कर। एक-सा चौंककर। हम डरकर घूमे, वह इधर मैं उधर। हमारी आँख की पुतलियाँ घूमीं, जैसे घड़ी की सुई टिक से, अगले पल पर।

उस एक अकेले पल पर, जिसमें हम एकटक एक दूसरे को देख रहे थे। सारे अँधेरे को चीरते हुए।

ऐसा पल जो हमेशा के लिए ठहर जाता है।

ऐसे पल कहीं नहीं जाते। ऐसे पल कहे नहीं जाते। ऐसे पल सबकुछ समेट लेते हैं। और सबकुछ मिटा देते हैं। ऐसे पल वे पल हैं जिनका विश्लेषण, चीर-फाड़, समाजशास्त्री, लेखक, धर्मज्ञ, मनोवैज्ञानिक, सब सदियों-सदियों करते रहते हैं और कहीं नहीं पहुँचते।

ऐसे पल वे हैं जो नंगा कर देते हैं, और नंगापन असल में तो भोंडा होता है, उस नंगेपन के बाद क्या बचता है, कुछ नहीं बचता।

मैंने सिर झुकाया तो ग़ुस्से का कोई जज़्बा, इस तरह फँसा-फँसा होने पर, मेरे अन्दर उठा। उस मुसलमान दोस्त के प्रति जो साया बनकर यहाँ आया है, अपने ही घर में सेंध लगाने, मुझे अपने इस कर्म के लिए खुली-सी आड़ बनाके, ताकि वह एक डफलबैग में अपने जीवन भर की जमा-पूँजी बटोरे और दफ़ा हो जाए, चूँकि अफ़वाह उड़ी है कि घर जलेगा और वह भी और वैसे एक को जला देना दोनों को जला देना ही होगा और वैसे ऐसी अफ़वाह उड़ा देना भी दोनों को जला देना है। और बस आगे सड़क खाली थी और पीछे सेमल के पेड़ के सुर्ख फूल पंख फैलाए कतारबद्ध बैठे थे कि झुलस के गिरें उससे पहले उड़ जो जाएँ, न जाने निराशा में कि विफल आशा में...

इति

मौत को लेकर हम आतंकित थे कि जब वह आदमी मरेगा तो यह सारी झंझट होगी कि क्या कहाँ कैसे कब। टुकड़े अस्तव्यस्त बिखरे। मौत के सारे अनजानपन को देखते हुए। उनके सारे टूटे-फूटेपन को देखते हुए। उनके, हमारे बाप के। और यह भी उलझा मसला कि कौन कहेगा, किससे, कैसे, उन सारी 'दुश्मनियों' के रहते, मेरी भाई से, पति की बहन से, भाभी की जीजा से, माँ की सब बहुओं दामादों से, जिनके चलते हमारा आपस में आना-जाना बन्द था। बरसों से। एक दूसरे की झुर्रियाती शक्लों को लगभग न पहचानने की नौबत तक, जब भूले और भटके कहीं सामना हो जाता, दुकान पे, रेस्त्रां में, कभी ट्रैफिक की लाल बत्ती पर खड़े।

बरसों से हमने एक दूसरे को नहीं देखा था। महान भारतीय परिवार। घनिष्ठ, अंतरंग, संयुक्त। देखा था सबको बुढ़ाते किसी ने तो अकेले पिताजी ने ही जिन्हें इसे या उसे या किसी को भी देखने से आपत्ति नहीं थी और जो इसकी या उसकी या किसी की भी देखभाल में रहने हमारी मोटरगाड़ियों में ड्राइवर के साथ टटके चले जाते।

हाँ ऐसा हो सकता तो वह खुद हमें अपनी मौत की ख़बर दे सकते थे पर ऐसा तो होता नहीं। हमारे ड्राइवरजन भी दे सकते थे। ज़रूरत पड़ने पर।

हुआ ये कि ऐसी ज़रूरत ही नहीं पड़ी। सब अपने आप होता चला गया। जैसे एक सलीके का झटका दिया हो और कालीन सफाई से बिछता चला जाए। जैसे बख़ूब रिहर्सल के बाद सधा-सधाया नाटक खेला जाए। जैसे बिखरे टुकड़े जुड़ते चले जाएँ और पूरा सिलसिलेवार चित्र उभर आए।

पिता बहन के यहाँ थे जिससे मेरी कुट्टी नहीं थी, जिसके संग माँ रहने को राजी थीं क्योंकि दामाद जी दौरे पर गए हुए थे। और माँ की पूँछ की तरह पिताजी, पीछे-पीछे, उन घरों में जहाँ बहू दामाद लापता हों!

सारे दिन वे अपने जैसे ही रहे। फूहड़। बेढब। घिसट-घिसट इस कमरे से उस, अपनी रबड़ चप्पलों में पाँव आधा धँसाये, आधा लटकाए, और पजामे को बार-बार हाथों से ऊपर सँभालते, बार-बार उसके अधखुले नारे की पूरा खुल जाने की जिद को पछाड़ते। खट-खट उन्होंने बहन के कमरे के बाहर मचा दी जब अभी अँधेरा ही था और मचाए रखी जब तक उसने सोने का नाटक बन्द न कर दिया और झल्ला के दरवाजा न खोल दिया।

घर भर की बत्तियाँ जगमग-जगमग।

है क्या, उसने फटकारा। सवेरा, वे बोले, और चाय चाहिए। रात है, देख नहीं रहे अँधेरा, उसने और डाँट लगाई। उजाला है, उन्होंने इशारे से दीवाली-या घर दिखाया, और तीन बज गया जो सवेरा है। जाइए, सो जाइए, उसने झाड़ा, और किसी को मत जगाइए और कोई बत्ती नहीं जलाइए सात के पहले।

भले घर का कोई उसके पहले नहीं उठता, उसने आखिरी मारा। वह जुमला जो हम उन पर अक्सर मारते, उनकी वृद्ध कुलाँचों पर। वह जुमला जो उन्हीं की ईजाद थी, उनके और हमारे युवा दिनों की हमको उनकी हिदायत कि भले घर का कोई ऐसा नहीं करता, जैसे लड़कियाँ लड़कों से दोस्ती करें और वापस!

पर कौन वे बात मानने के लिए पैदा हुए थे? न हम। वे हमेशा ऐसे रहे कि दुनिया पैदा हुई है उनकी सेवा करने के लिए। तो जुटे रहे, जगे रहे, फिरते रहे, बहन के दोबारा दरवाजा टाइट बन्द करने के बाद भी और माँ की भन-भन के बाद भी कि यही हैं इनकी स्वार्थी झक्खी आदतें, जो वजह है उसकी बच्चों के संग रिश्तों में कलह और खटास की, कि निरन्तर शर्मिन्दा होना पड़ता है उसे, कि जहाँ नहीं जलानी हो बत्ती जला देंगे, जहाँ नहीं बुझाना हो पंखे बन्द कर देंगे और सबको जगा देंगे, जो कामकाजी लोग हैं और सो रहे हैं और उनकी तरह बेकार और बेकाम नहीं, और बस उनकी ये सब न हो तो, वह भनभनाती।

ठेपी पड़े कानों पर। या एक से जाकर दूसरे से निकल जाने के लिए। जिस अन्तर्यात्रा के दौरान वे सिर यों ओ हो हो हो हिलाते जैसे तंग आ गए हों, पर आँखें उनकी फर फर चमकतीं, प्रफुल्ल अपने इस होने पर, जीने पर, अपने

होने जीने के एहसास को खुद भी, दूसरों को भी, कराने पर।

घूमे वे छोटी-मोटी सैर पर अँधेरे में जो भोर थी, ज़िन्दा और फड़कते, और ज़रूर ही मूतते भी गाड़ियों की बोनेट पर, उस इमारत में रहनेवालों की, जो आए दिन चौकीदार से शिकायत भेजते अपनी मोटरों की इस बिनबुलाई धुलाई पर, माँ तक, जो छोटा-सा कुछ क्षमायाचना में कहती, लम्बा-सा कुछ झुँझलाने में, उस सारे दिन फिर।

तो जब आखिरकार माँ और बहन के लिए भी सवेरा हो गया, कुछ नया नहीं था उस दिन में वरन् सब कुछ वही पुराना उन्हीं की तरह। उन्होंने नौकरों को जगा लिया था, चाय पी ली थी, नाश्ता बनवा लिया था और वैसे ही लदड़ फदड़ बैठे थे पजामे पर अब भी गिलाई भरे, नाखूनों में अब भी कालिख भरे, जो अब भी बढ़ रहे थे।

मेरे नाखून काट सकती हो प्लीज़, उन्होंने बहन से पूछा, जिसे अनायास इस टूटे बिखरे आदमी पर तरस आ गया जो उसके बाप थे और जिन्होंने अपने सारे बढ़िया दिन बदमिज़ाजी और तानाशाही में बिताए थे और अपने नाखून अपने मातहतों से कटवाने में और पत्नी पर हुक्म चलाने में। हालाँकि वह उस दयनीय मुद्रा और प्लीज़ का स्वर ओढ़ने की मक्कारी खूब पहचानती थी।

और अब मेरा गुसल, उन्होंने हुकुम चलाया जो उनका जन्मसिद्ध अधिकार था, जिसे पालना सबका एकमात्र कर्तव्य। जिसका मतलब था उनके लिए गरम पानी बाल्टी में भरना और उसके पहले कप में जरा सा हजामत के लिए रख देना, ताकि वे पुराने तरीके से ब्रश फच्च-फच्च चलाके दाढ़ी बनाएँ और उनके लिए साफ कमीज़, पतलून, बनियान, जाँधिया, बिस्तर पर तैयार रख देना। जो काम शुरू से माँ करती आई थी और अब भी, पर अब निरी शिकायतों और चेतावनियों के साथ कि वे याद रखें अभी वक्त नहीं हुआ है और बस उन्हें है कि आगे-पीछे सब उनकी परछाईं की तरह नाचते रहें और नहाते ही वे माँगेंगे खाना और बस हर वक्त चाहिए उन्हें खाना खाना खाना और फिर बहेगा उनका पेट और सफाई उसे ही करनी है जैसे उसी के लिए वह है और वैसे उन्हें क्या पड़ी और कब पड़ी कि किसलिए वह है किसलिए नहीं।

घड़ी देख लें और बारह के पहले पानी न माँगें और डेढ़ के पहले खाना नहीं, उसने पिलाई।

है कहाँ मेरी घड़ी, वे शुरू हो गए अपने अगले शगल पर, रोज़ के, खुश कि लो फिर मिला जीवन में मकसद और दिया भी सबको — घड़ी-तलाश।

ले दे के वे खुश-खुश इन्सान थे। ये हमने कहा जब वे चले गए। पर पहले हम यही कहते कि बैठे रहते हैं बेकार, बेढंगे, बेढब, खुचड़ई, खूसट, अस्तव्यस्त, अड़चन बने, किसी के लिए कुछ न करते और हर किसी से अपने लिए कुछ न कुछ कराते और बस केवल चिड़चिड़े — चिड़चिड़े।

जो वे नहीं थे। हम थे। वे — बाद में हमने कहा — अच्छे भले फिट थे अपने क्यों-इतना-सोते हो-तुम-सब-उठो-मुझे-चाय-चाहिए और कहाँ-है-मेरी-घड़ी-और-कहाँ-है-मेरा-बटुआ में।

यह भी एक मज़ाक। या उत्पात। असल तो उनका जीवन हमारे लिए या तो यह था या वह या दोनों गुँथे पड़े। मज़ाक और उत्पात।

उनका बटुआ। जो वे कभी नहीं खोते थे। और कुर्ता उतार के कमीज़ पहन के और पतलून उतार के पजामा चढ़ा के दो पल बस गँवाते उसे इधर से उधर, फिर इधर, खिसकाने में, पर जिसे खो देने, गिरा देने, लुटवा लेने के दुःस्वप्न वे बारम्बार देखते। हमेशा वह उनकी जेब में सँभला रहता मय उनके नाम पते के कि क्या मालूम कब, और मय सौ रुपिल्ले के जो शुरू होता था बतौर कागज के नोट के और फिर छोटा होता जाता सिक्कों में बदलते हुए, उतनी ही तेज़ी से जितनी तेज़ी से वे जलेबियाँ पकौड़ियाँ खाते रहते, उन बाज़ारों खोमचों से खरीद कर जो हमारे घरों के आसपास होते ही होते और उनके लिए निषिद्ध होते, इसलिए वे खनखनाते सिक्कों की बढ़ती तादाद को दबाए रखते कि हमें पता न चल जाए। जो कस के न दबाए रख पाते वह होता उनका पेट, जिसके खुलते ही सारी निषिद्धता बेकाबू खुले में फिसल आती। माँ सफाई करती और झिझकार पिलाती और उन्हें हमेशा सच बोलने को कहती। वे बोलते भी। सच। नन्हें बालक की तरह। कि तबियत ठीक नहीं लग रही और हाँ कुछ कचौड़ियाँ याद आ रही हैं खाई तो थीं और क्या मैं मर रहा हूँ? हम सच्चे मन से उन्हें सान्त्वना देते, नहीं, पर ऐसा फिर मत करिएगा वरना मर भी सकते हैं।

हम सबने कोशिश की थी कि उन्हें सौ रुपए न दें। देखो एक फूटी कौड़ी नहीं इसमें, वे शुरू करते, बटुआ कितना खाली है दिखा कर। फिर बन्द ही न करते कि कैसी घबराहट होती है, असुरक्षा का भाव आ घेरता है कि कुछ भी

हो सकता है अकेले सड़क पर, रिक्शा भी नहीं ले पाऊँगा रास्ता भटक गया तो, न ट्रेन ले पाऊँगा बनारस के लिए जहाँ जाना है, न प्रसाद खरीद पाऊँगा हनुमान जी के लिए जिनके दर्शन के लिए वह हर मंगलवार को मन्दिर जाते हैं, और क्या यह बड़ी फ़ख़्र की बात है कि किसी का सारा पैसा उसके बुढ़ापे में छीन लो? चौकीदार को सुनाते, पड़ोसियों को सुनाते, लिफ्ट में साथ चलते अजनबियों को भी सुनाते। कि मुझे पैसा ही नहीं देते सब, न खाने को कुछ। हममें से कोई गुस्साता, कोई झेंपता और एक न एक हममें से — अक्सर माँ — ठन जाती कि होना ही चाहिए सौ रुपए का नोट उनके बटुवे में। यह देखिए, रख रहे हैं सौ रुपए इसमें, यह देखिए रख दिया, हम बताते, पर खर्चिएगा नहीं उन सड़ी गली मिठाइयों नमकीन पर, खराब तेल में तले, जो आपको बीमार करते हैं, हमसे कहिएगा, हम सादा साफ अच्छा घर पर बनवा देंगे।

सवाल ही नहीं उठता, वे सम्पन्न बटुआ जेब में रखते, वैसा कुछ ऊटपटाँग खाऊँ, न जाने घर की या बाजार की मिठाई के लक्ष्य में, भोली आवाज़ में।

अजीब था कि हम सब उनसे अलग-अलग उलझते और अपने निजी अनुभव से जानते कि दूसरे भाई बहनों को क्या भुगतना पड़ रहा है। मानो उनके प्रति हमारा त्रस्त भाव वह अदृश्य डोर थी जो हमें एक में बाँधे हुए थी और एक दूसरे से अलग सही, हम सभी उसी पर डगमग लड़खड़ चल रहे हैं।

जिसकी एक गाँठ थी पेंशन। सिर्फ भाई, जो पिता जी की तरह सरकारी अफ़सर थे, उनसे चेक पर दस्त़ख़त करवा लेते थे। हम बाकी लाख दलीलें दें, खौफ छेड़ें, कि वे सकपका के साइन कर दें — बेबी की फीस जानी है, माँ को बनारस के लिए चाहिए जहाँ वह आपके साथ जाएँगी, आप ही कह रहे हैं आपके पास एक दमड़ी नहीं है तो फिर? पर वे माहिर थे और मानते थे कि बहुत है इधर-उधर और पेंशन पर जमी धूल भी न छेड़ी जाए। और भाई हैं कि खास कुछ बोलते नहीं, बस दो साफ कर्रे शब्द, जैसे कभी खुद उनका अन्दाज़ था, 'यहाँ साइन', और कलम उनके हाथ में पकड़ा देते और पिताजी तन्मय हो जाते यह जुगत लगाने में कि क्यों नहीं साइन करें पर उस तन्मयता की अनिश्चित घड़ी में उनका हाथ उनका न हो, भाई का हो, यों पराए हुक्म पर बाहरकत हो जाता और उनका नाम स्याही से उभर आता। पर हमारा भी कोई केस था कि हम सभी बारी-बारी से माता-पिता की जिम्मेवारी निभा रहे हैं तो हमारा भी हक

है कि नहीं, फिर कैसे जायज़ कि भाई के पास हो पास-बुक, चेक-बुक सब? सामना नहीं करते बस भन्न-भन्न करते माँ के आगे, जो किसी न किसी बहाने भाई से अपने लिए कहकर पैसा लेती रहती और हममें से जिसे तिसे देती रहती पर बाप के आगे कभी नहीं जो और अकड़ जाते चेक को लेकर अगर उन्हें आभास होता कि सबके सब उसके फेर में हैं।

वे बस रहते रहे अपने बीते हुए आन-बान-शान के दिनों में और उतार के रख देते अपना दिमाग कुछ ऐसे कि जैसे दिमाग न हो हेल्मेट हो, जब वर्तमान से जुड़ जाने का पल आ जाता। और तो और वे आज भी बीस रुपया देते उपहार में, जब उनके कानों में पड़ता कि किसी का जन्मदिन, किसी की शादी की जयन्ती है, और बहन उससे चाकलेट ले आती जो उसका मूल्य था और आधा उन्हें देती जिससे वह उन्हीं की कोई जयन्ती, जलसा, त्योहार, का दिन हो जाता।

इस तरह चलते रहे बूढ़े पिता हमारे, चोरी की मिठाई खाते, चोरी के सपने देखते, हर तरफ बवाल फैलाते, खुद भी बवाल दीखते। पर खुद शायद अपने को बीते दिनों का रूपवान शहज़ादा ही देखते अभी भी, और अभी भी सर 'इधर आओ' निमंत्रण में हिलाते, उन सारी महिलाओं को देखकर जो पन्द्रह से पचास के दरमियान की हों, और अफसोस की निरीह सी आह भी नहीं कि अब वे पच्चासी के हैं, अस्सी के भी नहीं रहे। चंद दफे वे गिर चुके थे, कितनी दफे खो चुके थे पर दिल ने उनके धड़कन कभी नहीं खोई जैसे हमारे ने बार-बार खोई, और लगता ऐसा ही था कि हम हैं जो उनमें ठूँस-ठूँस के यह प्रतीति भर देना चाहते हैं कि आखिरकार वे हैं एक बेहद बूढ़े आदमी, यह जिद करके कि वे जब निकलें अपनी छड़ी साथ लें, जैसे ही वे घर से बाहर रखने को कदम उठाते। उन्हें वह कभी पसन्द नहीं था, उनकी छड़ी, और अपनी उसी अदा में कि हेल्मेट फिलहाल उतार के रख दिया है अभी, वे मरियल स्वर में कहते कि गिर पड़ूँगा उस पर टेक दी तो। गिरते नहीं पर टेक देते ही एक तरफ को वाकई ज्यादा झुक जाते और चाल और नज़र टेढ़ी, बीमार-बीमार हो जाती। हो सकता है मुश्किल हो जाती थीं चोरियाँ जब एक ही हाथ बचता दोना लेने, पैसा देने, अपनी सारी, हाय सारी, इन्द्रियों को जगा देने के लिए, क्योंकि दूसरा हाथ तो वार्डन छड़ी की गिरफ्त में होता।

हाँ ठीक ही ठाक थे वे, पचासी और प्लस, और हमीं थे जो इस चिन्ता में कुढ़े जा रहे थे कि न जाने किस अधकचरी, आड़ी तिरछी हालत में खत्म होंगे वे और खत्म करेंगे हमें। हालाँकि यह भी लगने लगा था कि वे कभी नहीं खत्म होंगे और यह तो था ही कि ऐसा वे कभी नहीं चाहते थे और ऐसा कभी उनका इरादा न बना। हम चिन्तित रहते, उनके खत्म होने की बात पर नहीं, उसके ढंग की सोच-सोच कर, या यों कहें बेढंग की।

बैठे रहे वे बाहर सामने के बरामदे में, बहन ने कहा, शान्ति से ऊँघते, अपनी मन की करवा के अलसुबह, पर फिर भी चौकन्ने हलकी सी भी हरकत पे, जिस पर वे शिकारी बाज़ की तरह एक आँख खोलते, चिढ़ के और जल के व्यस्त ऑफ़िस जानेवालों को देखते और हार मान के पर तसल्ली पा के भी कि दुनिया और उसके जीवंत कारनामे सलामत चल रहे हैं, आँख फिर वैसे ही बन्द कर लेते।

तभी का कोई लमहा था जब नौकरानी बाहर आई, अन्दर जाइए पिता जी और पजामे का नाड़ा बाँध लीजिए। पहले तुम इधर आओ, वे बोले, दाएँ-बाएँ फुर्ती से नज़र घुमा के और बहन को रसोई की खिड़की से झाँकते न देख। आप उठिए यहाँ से, उसने कहा, जल्दी फिर नहाइए और फिर खाना खाइए, उसने उनकी मनपसन्द का लालच दिया।

पहले तुम्हें तो खा लूँ, वे लहराए, इस भ्रम में और भी बाँके कि वे अकेले हैं।

बस भी पिता जी, नौकरानी हँसी, हैरान भी, हलकान भी।

खुश हो जाओगी, बहन ने उन्हें अधखुले होठों से बुदबुदाते सुना।

हाय दइया पिता जी, नौकरानी झाड़न फटकती गई, मैं फिर कह दूँगी माता जी से।

कह देना, वे बोले, पर पहले आओ तो, वे बोले।

ऐसे क्या पहले भी उसने किया है बहन के मन में उठा जब नौकरानी ने मुँह बिचका के झाड़न कुर्सी के हत्थे पर डाल दिया और उन्हीं की जैसी चोर निगाह दाएँ-बाएँ मारी और उन्हीं के जैसे बहन को नहीं देखा, जो वैसे भी अब बेहतर छिपी झाँक रही थी और गई आगे इठलाते हुए एकदम करीब उस आदमी के पास जो बाप थे हमारे और नखरे से कहा अच्छा तो है क्या। उन्होंने अपना

सिर उठाया, उसकी साड़ी का पल्लू अलग खिसकाया, और उसने उनके बूढ़े मरते सिर को अपने जवान छकाछक सीने पर दबा लिया।

ब्रा भी नहीं दीदी, उन मोटे खरगोशों को सँभालने, बहन हँसी और दौड़ी गई थी नौकरानी का नाम पुकारती। क्या चाहिए, उसने बाप से पूछा, जो अकेले थे, जब वह बरामदे में आई।

कुछ मीठा, पिता ने झिड़क कर कहा। कॉफी भी कड़वी थी। तुम सब जानते हो मुझे कुछ न कुछ मीठा ज़रूर चाहिए।

बहन ने उन्हें टाफी दी और वे चप्पलें फड़-फड़ करते अन्दर एक और की मंशा में आए, थैंक यू कहते, यह मीठी है हाँ, चभड़ चभड़ चूसते।

नीचे गए। कुछ नहीं हुआ। चौकीदारों के संग बैठ के गपशप हाँकी कि अफसरी में मेरा ओहदा इतना ऊँचा था और मेरा रुतबा इतना दमदार कि तुम कल्पना नहीं कर सकते। कुछ नहीं हुआ। लिफ्ट में उन्होंने लड़कों को शोर मचाने के लिए लताड़ा और लड़कियों की नमस्ते अंकल जी का मुस्करा के जवाब दिया और कहा आओ लस्सी पियो। कुछ नहीं हुआ।

वह तो जब वे नहा के निकले और पलंग पर पीठ झुकाए तौलिया लपेटे बैठे थे, बदन अधपुँछा, अंडरवेयर हाथ में ढीलमढाल पड़ा, सुस्ताते हुए थोड़ा उसे पहनने के पहले, कि माँ को कहीं कुछ खटका या खटकना चाहिए था, वह बोली, घटना के बाद की सूझ से, कि एक काम से दूसरे काम तक जाने के अन्तराल में सुस्ताना तो उनका हर बार का तरीका था, पर यह कोई अलग थकावट थी, भारी सी, नहाने के क्रम के बाद, और दम नहीं था कि अगले काम के क्रम में वे खुद को सरका सकें, यानी कपड़े में।

और खिड़की भी खुली छोड़ गई है, माँ ने नौकरानी के बारे में कहा, जिससे ठंड लग जाए आपको गर्म पानी से नहाने के बाद और मेरा और कबाड़ा हो सके। बदलिए कपड़े झटपट और चलते बनिए यहाँ से, झाड़ लगाते हुए कहा, जो इन बरसों में उसका उनके संग का स्वर बन गया था।

उन्होंने धीमे-धीमे हामी में सिर हिलाया, बहन बोली, पर बोली कि सिर उठाया तो इसलिए कि पूछें हम हैं कहाँ? एक और उनका दिन-रात का सवाल जो वे कुछ इसलिए करते कि वाकई समझ नहीं पाते तेज़ी से बदल जाते मंज़र को, जाने पहचाने एक घर से कभी भी, जाने पहचाने सही, पर दूसरे घर में खुद को

पाकर, और अगर उस दौरान उन्होंने हेल्मेट उतार दिया होता और उस समय से परे अनंत में उतर चुके होते, तो फिर भटके-भटके नहीं, एकदम सरबसर गायब से। पर कुछ इसलिए भी पूछते कि जीवंत कड़ी बने बातचीत की, सम्पर्क की, जो दिखे, सुनाई पड़े, जुड़े, जिए पुरज़ोर, इर्द-गिर्द लोगों के साथ।

आप जानते हैं बनिये मत, माँ ने लताड़ पिलाई।

हाँ, वे नर्मी से बोले और, जैसे कक्षा में लड़का जुबानी टेस्ट दे रहा हो, जवाब देते हैं, मोहन के यहाँ।

जो मौत के पहले का उनका पहला सलोना भाव था, हमने बाद में कहा। कि बहन का न कह के, उस घर को बहन के पति का कहना। जबकि उनका कायदा तब तक का यह था कि हर चीज़ जो वे छूते, इस्तेमाल करते, उनके वंशज, उन्हीं के खूनवालों की होती, बल्कि असल में खुद उनकी, जो उनके बच्चे इस्तेमाल कर रहे हैं।

उसके बाद, माँ बाद में याद करती रही, उन्होंने पूछा, जब उन्हें अंडरवेयर की याद दिलाई गई कि अरे, अचानक आवश्यक खयाल की कौंध पर जैसे, राम और उसकी पत्नी कहाँ हैं? जिससे उनका तात्पर्य था मैं! पहली बार रिश्ते की इस पलट में, जहाँ उनके खून का नाम नहीं था और अब तक पराए दामाद से मिले अस्तित्व से परिभाषित हो रहा था। इस तरह एक और दम्पति को आदर देते हुए जिसे अब तक वे अनदेखा करते या दुतकारते थे। वे जापान से लौट आए, उन्होंने पूछा, जिससे समझ आ गया कितना वे जानते हैं जिसके प्रति नासमझ बनते हैं। उन्हें बुला लो वे बोले, उसने, यानी मैंने, ठीक ही किया है, शादी अच्छी है, मोहन पैसे, शिक्षा से सम्पन्न है और उसे, यानी मुझे, विदेश की सैर कराता है और वह, यानी मैं, ज़रूर लाई होगी वह जापानी मिठाई जो सेहतमंद है और ज्यादा शीरीनी नहीं और तुम्हें पता है मुझे मीठा चाहिए ही चाहिए, कुछ और न हो तो गुड़ की ढेली दे दो या चीनी फाँक लूँ।

कुछ न कुछ वे बोलते गए और अपना अंडरवेयर पहनने को उठाया, पर बहुत ही मंथर गति से, जब बहन अन्दर आई और देख पाई उन्हें सिर लटकाए पलंग पर जस के तस बैठे।

कमज़ोरी आ रही है, वे बोले, उसने कहा, जब वह बोली पहन के जाइए न, दूसरे कमरे में बैठिए।

क्या है, उसने पूछा, हमेशा हम सबमें सबसे ज्यादा दयालु उनके साथ, सबसे छोटी का लाड़ पाने के नाते शायद।

मुझे भूख नहीं है, वे बेतुक बोले, जो एकदम सकते में लानेवाली बात थी, सधे, सँभले सन्तुलन को, एक बार में ढेर कर दे, ऐसी। कि उन्हें भूख नहीं!

पेट में कुछ? बहन चिन्तित हुई।

सीना, वे बोले।

चेकअप करा लेना चाहिए बहन ने मुलायमियत से माँ से कहा और अफसर भाई को फ़ोन किया जिन्होंने चुटकियों में ड्राइवरों, डॉक्टरों, सेवकों की फौज ऍक्शन के लिए तैनात कर दी। माँ के पास आ जाइए बहन ने मुझे फ़ोन किया और पति को साथ ले आए माँ ने पास से हिदायत दी, वे पूछ रहे थे।

ऐसे ही चलिए बहन ने कहा पर पिता जी को बेल्ट चाहिए थी, जूते, मोज़े, पतलून, कमीज़ भी और बिला शक बटुआ और घड़ी भी और वे ड्राइवर का हाथ झटकते गए गाड़ी तक लड़खड़ाते चलते पर भाई का हाथ नहीं।

और फिर वे चले गए।

बहन की गोदी में सिर रखा और धेवते का हाथ पकड़ा और भाई से, जो आगे बैठे थे कहा, बेटा जल्दी यह मामला निपटा दिया जाए क्योंकि सारी फैमिली परेशान है, रुकी है, उर्मी, (यानी भाई की पत्नी), तुम, मोहन, उसकी पत्नी, (यानी बहन), इसकी बहन (यानी मैं), राम, अनु (यानी छोटे की पत्नी), छोटे, डॉली, बेबी, रग्घु सब। सबको जैसे एक गिनती में याद करके अपनी थैली के एकबारगी चट्टे-बट्टे बना देने की मंशा से। अपनी पत्नी का नाम उन्होंने नहीं लिया।

बस आँखें बन्द कर लीं जैसे जानते थे कि अब उन्हें जहाँ ले जाना चाहिए ले जाया जाएगा सुथरेपन से और इज़्ज़त से, उस पूरे औपचारिक सम्मान से जो एक ऊँचे पद के शक्तिमान अफसर का हक है।

इमरजेन्सी वार्ड में उनकी कोई ज़रूरत नहीं थी, न आई सी यू में, जब वे पहुँचे और सारे डॉक्टर, बड़े और छोटे, जो बीच कामों को छोड़ कर पलट के दौड़े आए थे ठीक वापस पलट गए, अपनी नर्सों की टोली और दवा दारू के तामझाम के साथ। और वे...

हाँ वे भी ठीक वापस पलट गए, बेल्टयुक्त, टाईयुक्त, बटुवायुक्त, छड़ीयुक्त, सौ रुपिल्ले के बचे फुटकर जेब में भरे, जिनकी टनटनाहट किसी को सुनाई नहीं पड़ी, इतने वेग से, सफाई से, सब कुछ के हो जाने पर, सब कुछ के होते जाने पर।

हमने माँ को घेर लिया जब निरे हाथ उन्हें उठा कर बगल के कमरे में ले गए जहाँ वे माँ के संग रहते थे, जब भाई के पास होते। जिस कारण माँ उन्हें देख नहीं पाई और बस बुदबुदाती हममें से किसी को भी देख कर कि मैं आज़ाद हो गई, ज़िम्मेदारी से बरी, जहाँ चाहूँ जाऊँ। बुदबुदाती रही, उसकी आँखों का रंग उसकी साड़ी से फीका।

हम सब वहीं थे, दौरे आदि पूरे करके और सब एक साथ, क्योंकि एक-एक को याद वे करके गए थे। बारी-बारी से हम गए उस कमरे में जहाँ वे सो रहे थे, शर्ट पतलून में कसे, आँखें बन्द और जिस्म का कोई हिस्सा, न जबड़ा, न पुतलियाँ, इधर-उधर बेढब बेढंगा लुढ़का झूलता। बेल्ट ढीली कर दो, भाई ने बहन से कहा, पूजा के बीच जो वह कर रहे थे, उनकी बगल में बैठ जो लेटे थे। हम सबने उन्हें छू भी लिया, हलके से, पाँव या माथा, क्या पता अपने खून से जुड़ के या किसी और जुड़ाव के कारण, एक बदमिज़ाज बदज़ुबाँ आदमी से, जो उसी पल में विजड़ित हो गया था, न जाने कैसे स्नेहिल बन, या क्या मालूम उस पूरे अलग दूजे आदमी के जीवन को छुआ जो जा चुका था और पूरी तरह जा चुका था, कोई आभास पीछे न छोड़ कर, यादों के सिवा, जो भी बदलनेवाली थीं, उस राख में, जिसमें वह बदल जाएगा, सूर्यास्त के पहले। बह जाएगा, उड़ जाएगा, गंगा में और हवा में और गया, एकदम गया, हमेशा के लिए गया। हाँ हो भी सकता है हमने उस आदमी को छुआ जो हमारे आपस के रिश्ते से अलग कोई था, हमसे मिलती पहचान से जुदा, जिसने कोशिश की, भोगा, भुगता, पाया, सूख गया। हमने जीवन के ओज को छुआ और अपने लिए उम्मीद करी उस हलके स्पर्श में।

हम सबने सिवाय माँ के, जिसने न देखा न छुआ, क्योंकि वह नहीं जान पाई कि वे लौट आए हैं और उसे सूझा नहीं कि पूछे और सोचे कि कब कहाँ लौटेंगे, जो अब तक नहीं आए?

उसने तब भी नहीं देखा जब हम सबको वहाँ से निकाल दिया गया उनके

आखिरी रस्मी नहान के लिए जो बड़ा बेटा कराएगा और बाद में हम मन ही मन उन्हें देखते रहे धीरे-धीरे अपने सारे भौतिक वस्त्रों से एक-एक करके मुक्त होते जाते जब हमने उनके दाँत और बटुआ और बेल्ट देखे जो मन्दिर को या पवित्र नदी को भेंट हो जाएँगे।

वह तो जब पुरुषजन उन्हें कमरे से लेकर निकले अर्थी पर लिटा कर, अब नयी नवेली सी चमकदार सफेद चादर में लिपटे, कि माँ चेती और चीख पड़ी कि एक बार देख तो लेने दो। हम भी चेते और वह अकेला अस्तव्यस्त हड़बड़ खड़बड़ पल था उस दिन जो उन्होंने दिया, जब हम सब-के-सब, पूरा संयुक्त परिवार अचानक समझ गया कि माँ को तो पता ही नहीं था वे बगल में आ गए थे और हम सब के दिल का टुकड़ा हमारे मुँह को उछला और हम सब चीखे एक सुर में रुको रुकिए, कुछ हममें से अर्थीवालों को पीछे खींचते हुए और बाकी माँ को आगे ढकेलते हुए और उस सारे कोलाहल में पुरोहित, औरतों के लिए सदैव अधार्मिक, गरजता हुआ कि नहीं पीछे नहीं मुड़ा जाएगा, उनकी शुद्धि हो चुकी है, औरत की निगाह उन्हें अशुद्ध कर देगी।

पर भीड़ ने हमेशा धर्म और नैतिकता की दुहाई को ललकारा है और भाई ने अर्थी नीचे की और उनके चेहरे से चादर धीरे से माँ के लिए हटाई और वे लकदक नए सफेद पजामा कुर्ता में दिखे जो उन्हें ले जाएगा लपटों पर सवार करके कहीं तो।

छोड़कर पीछे एक हांड़ी में मुट्ठी भर राख बस जो नहीं जान सकती, कैसे जान सकती कि वह उतरेगी रेलगाड़ी से वाराणसी धाम पर और बन्दूक की सलामी पाएगी उस आदमी के उपयुक्त जो वे कहते थे वे हैं और चुस्त अफसरी काफिले में जाएगी अर्पित होने, हमेशा के लिए गंगा में अन्तर्ध्यान हो जाने, एक यात्रा में धरती से, आग से, पानी से अनन्त तक की।

बहन की आँख में आँसू आ गए जब उसने उनका पहना हुआ अंडरवेयर बाथरूम में टँगा देखा, उस दिन का जब वे नहा कर बैठे थे धुलेवाले को अपने थके हाथों में देर तक पकड़े हुए। लावारिस पड़ा, किसी का नहीं। बेकार लगता है, वह बोली, किसी का नहीं और हम हँसे जब हमें याद हो आई एक और रात जब उन्होंने अपना अंडरवेयर गन्दा कर लिया था और किसी को बन्द दरवाज़ों के पीछे से खट खट खट खट करके नहीं निकाल पाए और ख़ुद ही अपनी

गन्दगी से निपटना पड़ा। सुबह वे सोये मिले सारे कपड़े और गन्दा अंडरवेयर एक ढेरी में फिंके और उनकी देह बिस्तर पर बिछी चद्दर में लिपटी। उनकी देह, उन झूलते गोलों को बाहर छोड़ती हुई, जो फूल गए थे प्रोस्टेट से। वे उठे थे रोमन बादशाह के जैसे लिबास में, चादर की चुन्नटें कमर पर और कन्धे पर और वह हिस्सा उनकी बादशाहत की नाप का, अलग झूलता, जिस पर हम हँसे और बेवकूफ़ खयाल पर और ज्यादा, कि वहीं हमारी शुरुआत है।

हँसे हम सब, सिवाय माँ के जो बैठी रही उतनी ही बेकार जितना वह अंडरवेयर जिसने बहन को रुलाया था। भाई ने माँ से कहा प्राइवेट कम्पनीवाले दामाद से पैसा माँगे और यह भी कि पिता से थोड़े से ब्लैंक चेक साइन करा लेने थे, अब फ़ौरन पैसा कहाँ से आएगा और काफ़ी रुकना पड़ सकता है विधवा की पेंशन का सिलसिला शुरू होने तक। मैंने मौका देखकर माँ को याद दिलाया कि उसकी दो रंगीन बनारसी ज़री की साड़ियाँ जो मैंने पहले से कही थी मैं लूँगी, उन्हें न भूले। उनकी चीज़ें जो काम की हैं, काम में लाई जा सकती हैं, को रख लेने की मेरे पति ने रीति बताई और हम सब, जो एक दूसरे से मिलना देखना बन्द किए हुए थे, मिलकर, उदारता और अनुकम्पा और आपसी सद्भाव से, उनकी बढ़िया फोरेन कमीज़ें और घड़ी और आदि आपस में बाँटने लगे, जो वैसे भी हमीं उनके लिए लाते रहे थे। सच्ची, हम सब साथ-साथ मेजबान बने और शोक करने को आए मेहमानों को मिलकर नमस्कार करते और माँ के पास ले जाते।

जो पता नहीं क्यों कुछ बोल नहीं रही थी सिवा इसके कि अब वह आज़ाद है, कोई ज़िम्मेदारी नहीं, बोझ नहीं। चैन से या शिकवे से, दुख से कि कड़वाहट से, शहादतपन से कि काइयाँपन से, कौन पूरी तरह भाँप सकेगा? हमने देखा उसे फूहड़पन से बैठे — क्योंकि तेरह दिन तक, जब तक जानेवाले की आत्मा घर में ही विचरती है, उसे अपना दुख अपने रोम-रोम पर बिठाना था, दाँत न माँज कर, नाखून न काट कर, बाल न बना के, न धो के, न नहा के, न सज के, बिस्तर पर न सोके, कुर्सी पर न बैठ के, न खा के उस कौर से आगे कि बस मरे नहीं, न हँस के, न बोल के, बस बन के वह अभागन विधवा, जो अपशगुन की तरह थी जिसका पति उससे पहले मर गया था इसलिए एक तरह के पवित्र पारम्परिक सोच के अनुसार उसने उन्हें मार दिया था, अपनी लिप्सा और लोभ

से, जीने के मोह से और अब बस प्रायश्चित करे, करती रहे — गुजमुज रंगहीन धोती में लिपटी, बाल बिखरे, नाखून पंजे शिकंजे से, बैठी हुई कमरे में जो कभी चुस्त और चमकदार था, अब उसके साये से मलिन, कलुषित, सब कुछ हटाके सिवाय एक मुड़ी घुची चादर के, जो फ़र्श पर पड़ी पुरानी दरी पर बिछी थी। दया से और संशय से हमने उसे देखा जो वहाँ कोने में बैठ गई थी और बैठी रही जैसे वहीं गड़ गई हो और कभी अब वहाँ से नहीं टलेगी।

मैंने अपने आप को भागते हुए देखा

"**ऐन** दो बजे," उन्होंने घोषणा की। "घड़ी देखत रहियो, उतैं दो कौ डंका बजेगौ, इतैं हमाई सवारी उठैगी।"

वही शेखी उनके स्वर में, कि हम वह वंशज जिनके बस में सब कुछ है। जिसे चाहें उठाएँ, गिराएँ, मराएँ, सड़ाएँ। मौत को भी, दिल में आ जाए तो, अपनी मर्जी से बुलाएँ।

उस रोज़ भी बड़े बाबा पौ फटने पर उठे और जायदाद का चक्कर मारने निकल गए। क्या मालूम पत्ते पत्ते, साँप साँप से अलविदा कहने! सैर के बाद, हस्बेमामूल, उन्होंने बड़े फाटक के बाहर होकर नदी मइया का रुख लिया। घाट दर घाट दर घाट पार करते गए। एक पर सुबह की आरती, दूसरे पर मंजन दतुअन, तीसरे पर कुश्ती मालिश, चौथे पर ध्यान स्नान, पाँचवें पर धोबी घाट, छठे पर योगासन, सातवें पर हजामत...। नदी में नौकाओं की भरमार, जिनमें भक्तजनों की, जो बहते मल से जल उछालते और हर हर महादेव जयकारते।

बड़े बाबा ने डंड पेली और दो घूँट लम्बी साँसें भरीं। एक उड़ती नज़र मरघट पर डाली और वापस ड्योढ़ी की तरफ मुड़ लिये।

मरघट पर आज भी अरथी जल रही थी। उस घाट के गरम गरम पानी में भैंसों की टोली अपने बदन सेंक रही थी। साधना-मगन, बस नथुने पानी के ऊपर।

एक अरथी और पंक्ति में आ लगी और जैसे ही उसे काँधा देने वालों ने नीचे रखा कि उस पर लदी गेंदे की मालाओं को चबाने की मंशा से दो बकरे झपटे। दूसरी तरफ गरम राख के पास बैठा कुत्ता अभी अलसा रहा था — राख ठंडी पड़े तब हड्डी कुरेदेगा।

मैं मुस्कराया। जैसे उन्हीं की फूलमाला बकरे को नवाज चढ़ी और उन्हीं की चिता ने भैंसों का गरम सोता बनाया और उन्हीं की हड्डी कुत्ते के मुँह लगेगी! फिद फिद रुलाईनुमा हँसी मेरे गले में नाची, और आगे बार बार नाचनी थी, पर मुझे क्या पता था, और मैं छिपा-सा, बड़े बाबा के पीछे चलता रहा।

रास्ते में शहर मोहल्ले के लोग उनके साथ होते गए और कोठी में घुसे तो हम वाक़ई शाही जुलूस कहलाने काबिल थे — आगे बड़े बाबा और पीछे दूर तक जाती उनकी प्रजा।

जैसा कि तरीका था, उनके चौखट पर पाँव धरते ही अन्दर मच गई। अब तक सुस्तगी में चुप पड़ी हवा, एकदम से फड़फड़ाने लगी और धूल और मक्खी उसमें उड़ने लगे।

बड़े बाबा की फटकार छिड़ी — 'जि देखौ मट्टी, जि देखौ तिनका' — और औरतें, चाकर, सब, झाड़ू, आँचल, झाड़न, फेरने, झपकने में मुस्तैद हो गए। मच्छर, जो अब तक झपकी ले रहे थे, बाबा के डर में जैसे, चौंक पड़े और मुझे काटने लगे। मैं हाथ पैर खुजाने लगा और मुझे पड़ी — "सौहदन की तरह खुजाएँ चले जाए रए हो, और कछु नाँइ है करिबे कौं?"

शान्त चेहरों के पीछे सबके दिल बाबा की मौजूदगी में खलबल खलबल, सबके हाथ पाँव उनकी सेवा में दौड़ इधर, दौड़ उधर। कड़वे तेल से उनकी मालिश की जा रही है, कुएँ से पानी खींच के कण्डाल में भरा जा रहा है उनके नहान के लिए, मैंने अल्मारी से उनके कपड़े निकाले हैं और बिस्तर पर रख दिए हैं। बड़े बाबा ने अपने खास अन्दाज़ में अपना खास डंडा, जिसमें साँपों

वाला आँकड़ा था, फ़र्श पर टिकाया और सारे इंतजाम को खुद जाँचने पौर की तरफ निकले।

अपने सामने उन्होंने वहाँ खाट डलवाई और उस पर कोरी चादर और गाव तकिया लगवाये। पूजा घर से शिवलिंग और ताम्रदान आए और शिव आराधना को सब दुरुस्त हुआ।

पौर के ठीक बाहर, बगिया के एक तरफ, भट्ट महाराज के पंडाल में भोजन नाश्ते का प्रबन्ध देखा, बगिया में लोगों के बैठने खाने को बिछी खाटें और दरियाँ देखीं। पूड़ी, सब्जी, हलवे की सुगन्ध माहौल में तिरने लगी थी। और कुँए की जगत पर अपने लँगोट पर अपना अँगोछा कसे, टिस्सू पहलवान ने अपना बन्दोबस्त फैला लिया था और अपने कसरती अन्दाज में सिलबट्टे पर भाँग की बूटी पीस रहे थे।

बड़े बाबा ने आशीष-वचन बोले और सारी तैयारियों पे चेहरे पर इतमीनान का भाव बिठलाया और गुसल लेने चले गए।

'कपड़ा,' उनकी हाँक पड़ी और में दौड़ा। बाँह पर उनका धोती कुर्ता लँगोट लटकाए। उनकी आँखों का ताप, गरम गरम, अपने तन पर महसूस करता।

बाबा अँगोछे से बदन पोंछते हुए, मुझे घूरते हुए। "काये सीधे नाय खड़े है सकत," हड़काते हुए।

फिर वे लँगोट बाँधने लगे।

वे धोती के नीचे लँगोट बाँध के अपना तमाखू चूना, पैसा रुपया, ऐन शेन, उसी में ठूँसते थे। धोती के अंदर हाथ गायब करके अचानक कुछ निकालते जैसे चमत्कार। मेरे लाख चाहने के बावजूद कि रुपया मैला पसीजा निकले, वह कड़कड़ सूखा चमकता निकलता और उसमें इत्र की बसांध होती। मैं बेबस होकर मन ही मन कह लेता उँह इतनी तेज़ कि मतली आ जाए।

"पचासी के तौ हम हैं और लटके जाय रए हौ तुम!" उनकी फब्ती आई।

पीताम्बरी धोती बाँध के वे अन्दर कमरे की तरफ बढ़े, मैं उनके पीछे, उनका कुर्ता थामे।

उन्होंने अल्मारी खोली, चंदनयुक्त क्रीम चेहरे पे लगाई, चंदनयुक्त तेल

अपने ख़ासे लम्बे, अच्छे घने बालों में चुपड़ा, और बीचोबीच माँग निकाल के कंघी की। वही, इतनी तेज़ गंध वाला इत्र जगह जगह मला छिड़का और मेरी बाँह से कढ़ा, सुनहरा, रेशमी, अपना कुर्ता उठा के जो लहरा मारा कि वह परचम की तरह खुल गया और बिन इस्त्री की अलग रोबीली, लहरिया अदा में लचका।

बड़े बाबा फिर अल्मारी की तरफ मुड़े। अबके उन्होंने कपड़ों के बीच से छिपी चाभी निकाली और लॉकर खोला। देखो, इशारा किया।

मैंने देखा — काग़ज़ के पुलिन्दे और नोटों की गड्डियाँ।

एक गड्डी उन्होंने उठाई और बड़े जतन से लँगोट में खोंस दी और ताली लगा, चाभी मेरी तरफ उछाल दी — "अब तुम जानौ तुमाऔ काम जाने।"

पर तभी रुके, चाभी वापस ली और घुमाई, वापस लँगोट की गड्डी निकाली, आधी वापस लॉकर में रख दी, और आधी फिर से लंगोट की हिफ़ाज़त में।

और इस तरह चमकते दमकते वे हम सब के सामने आए।

सब चुप हो गए। जैसे हो जाते थे। मगर आज की चुप्पी में कोई विस्मयकारी फुसफुसाहट थी।

सब बड़े बाबा की ओर मुड़ गए और वे पूजा के आसन पर जा विराजे।

बूटी का गोला — भाँग, चीनी, बदाम, काली मिर्च, मुनक्का — महीन पिस चुका था और टिस्सू पहलवान उसे अँगोछे में डालकर, उस पर दूध गिराते हुए, अपनी मुट्ठी से दल रहे थे। भाँग छन-छन के निकल रही थी।

बड़े बाबा की बुलन्द आवाज़ में शिव आराधना शुरू हुई —

नागेन्द्र हाराय त्रिलोचनाय
भस्मांग रागाय महेश्वराय
नमः शिवाय
ओम नमः शिवाय

बाबा ने दिया जलाया। दूध दही घी मधु गुलाबजल से शिवलिंग का अभिषेक किया, चंदन का टीका लगाया, बेलपत्र उस पर रखा, बेर पान धतूरा चढ़ाए, फूल पहनाए, अगरबत्ती जलाई।

ओम नमस्तेतु भगवान
विश्वेसराय महादेवाय
त्रयंबकाय त्रिपुरन्तकाय
त्रिकाग्नि-कलाय
कालाग्नि-रुद्राय नीलकंठाय
मृत्युंजय सर्वेश्वराय सदाधिवाय
श्रीमान महादेवाय नमः

ताँबे की लुटिया से शिवलिंग को भाँग चढ़ा के हलवा पूड़ी आलू का भोग लगाया।

तब भाँग का प्रसाद लिया और छक के भोजन किया।

वे खड़े हुए। कुल्ला करके मुड़े। जमघट की तरफ। हाथ नमस्कार में ऊपर उठाए ओम नमः शिवाय।

फिर ज़ोर का जयकारा दिया — हर हर महादेव।

समवेत स्वर उठे — हर हर महादेव।

औत्सुक्यपूर्ण भक्ति से सबने प्रणाम किया। बाबा ने आशीर्वाद में एक हाथ ऊपर रखा, दूसरे से सबको खिलाने पिलाने का आदेश फहराया और पौर में पड़ी खाट पर वे बैठ गए। मौन साध लिया।

लोग खाने पीने लगे और आपस में बतियाने। पाठ चलता रहा, भाँग बँटती रही। बीच बीच में कोई उठता और पौर में झाँक आता तथा बाबा को पाए-लागूँ कर आता। बाबा और उनका करिश्मा। बाबा। महादेव।

शहर के नामी गिरामी सब पहुँचे थे। बड़े बाबा के अवकाश प्राप्त सिविल सर्जन मित्र ख़ासतौर से आए थे, अपना स्टेथेस्कोप लटकाए। उनका काम था बाबा की नाड़ी और दिल की धड़कन मापते रहना।

जिस तरह वे लगातार, और ज्यादे हवन्नक, फटी फटी आँखों से देख रहे थे, लग सकता था, उनका चेहरा ही धड़कन गिनने की मशीन है। शायद उन्होंने यकीन नहीं किया था, पर यह क्या, बड़े बाबा की नाड़ी दम बर दम जरा और मंद और दिल जरा और धूमिल? वे घबरा भी गए हों कि दोस्त से मसखरी

समझ जिस खेल में वे शरीक़ हो गए हैं संगीन मामला है, कानूनी तौर पर हत्या आत्महत्या में सहयोग। मगर अब न दख़ल, न दवा, कुछ भी करने सोचने के काबिल वे नहीं हो पा रहे थे।

यह ख़ासियत थी बड़े बाबा की। अपनी मर्जी के आगे, सामने वाले को बेदम कर देना। औरत, मर्द, साँप, मैं...।

इसी बात का मुझे मलाल था। इतना कि उन्हें मरते देख भी खुश नहीं हो पा रहा था, चूँकि यह भी उनके हुक्म की तामील थी!

कुछ देर बाद बड़े बाबा लेट गए।

उसके चंद मिनट पहले उन्होंने अपनी आँख मेरी तरफ — या हुजूम की तरफ? — की, फिर बगल आए डॉक्टर मित्र की तरफ डाली।

मुस्कराए।

आँखें बन्द कर लीं।

ठीक दो बजे बड़े बाबा चल बसे।

परेशान डॉक्टर और परेशान होते गए थे और यों ताक रहे थे जैसे उन्हें छोड़ सब डॉक्टर हैं, कुछ करते क्यों नहीं?

बड़े बाबा की नाड़ी ढूँढ़ने के उपक्रम में वे एकदम भयभीत और नाकारे लगने लगे और खुद मौत की कगार पर पहुँचे-पहुँचे। बड़े बाबा को उठाकर हमने फ़र्श पर लिटा दिया था और घड़ी ने दो का डंका बजाया था।

गगनकम्पी हुंकार के साथ भीड़ बड़े बाबा की जयजयकार करने लगी और हाहाकार भी।

और मैं? हालाँकि मैं अब स्वतंत्र था, मैं तिलमिला उठा। यकीन था कि उनके बन्द पपोटों को पीछे सरकाऊँगा तो वही जानी पहचानी फतेह की लपट होगी। मैंने गुस्सा दबाना चाहा, बेमौके दिख न जाए, खुद से कहा अब सारा दारोमदार तुम पर है, वे गए, तुम्हें वारिस छोड़कर, उनकी आवाज़ गई, अब तुम्हारी है, और जी तो चाहा उस बेहरकत पड़े शरीर पर हँसूँ, जो अपने साँपों

की तरह कसमसा भी नहीं पा रहा था, बुढ़ऊ देखता अपने को इस पल, निस्पंद, मरा तो अपमान से बिलबिलाता, हा हा हा, मैंने सोचा।

पर हँसना भी गुस्से जितना अटपटा था और क्या मालूम अभी वे ही उठकर हम सब पर हँस दें?

इसलिए मैंने डर के मुट्ठियों से मुँह ढाँप लिया।

फिर भी मेरी उँगलियों के बीच से फिद् फिद् बेबस फूटा।

"बेटा, बेटा, खुद को सँभालो," मैंने सुना। "बड़े बाबा गए तुम सँभालो।"

मैं ज़ोर से हँसने लगा और सब ज़ोर से "नहीं बेटा, मत रो बेटा," करने लगे।

अँधेरा हो चुका था जब उसी मरघट पर सारे विधि-विधान से उन्हें जलाकर, मैं कोठी लौटा।

फाटक का पल्ला उठाया तो वही पुराना डर मेरे अन्दर लपका, जो बचपन से आज तक बिल-फेल लपकता था। मैं छोटा था और बड़े बाबा के पीछे, स्कूटर पर बैठा कहीं से लौटा था। अँधेरा हो चुका था और बड़े बाबा ने स्कूटर ऑन रखे रखे, पाँव नीचे किया और हाथ आगे कर इसी पल्ले को उठाया, और फाटक को धक्का दिया। कि ठीक हमारे सामने, स्कूटर की बत्ती में, फन काढ़े कोबरा! जैसे मंच पर, रोशनी की जद में। मगर यों जड़, जैसे, प्रकाश-पुंज लोहे का पिंजरा हो जिसमें वह फँस गया है।

कोबरा भयभीत। और मैं भयभीत। वह बेबस अपनी नुकीली जीभ हवा में लपलपाए, मैं बेबस अपनी घिग्घी गले में गटकाए!

"काए, जान दैं कि पकड़ लैं?" बड़े बाबा कान में बोले।

"ज्जजाने...दें..." मैं हकलाया।

बड़े बाबा ने स्कूटर की बत्ती ऑफ़ कर दी और उसी झपक ऑन कर दी। उतनी झपक काफ़ी थी साँप को यह भ्रम देने, कि सलाखें गईं, और वह गायब हो गया।

मैं और भयभीत हो गया, सर्प का होना भ्रम था या गायब होना भ्रम है, और इतना डरा कि आजीवन उबर नहीं पाया। फाटक आया कि नाग और

बाबा के बीच पकड़े जाने का एहसास लौट आता है और मैं कैद से छूटने की छटपटाहट में जो अपराध नहीं किया है उसे भी कबूलने को तैयार हो सकता हूँ अगर उसी झुकने से बच निकलूँगा, और इसीलिए मेरा कद घटता जाता है और बड़े बाबा का ऊँचा होता जाता है, मानो उम्र उनकी बढ़ने की है और मेरी अटकने की। इसी से मैं रह गया हूँ साढ़े पाँच फुट और सिफर, और वे जा पहुँचे हैं छह फुट और ऊपर।

साँप नहीं है, मैं आश्वस्त हुआ। न बड़े बाबा हैं।

मैं अन्दर गया और नौकर चाकर काम रोक के अनिश्चित खड़े हो गए। कुछ हिदायत हुक्म मैंने दिए पर मुझे लगा हरामी सोचते होंगे कहाँ तड़ित सी आवाज़ वाले मालिक, कहाँ उनके यह सिड़बिल्ले पोते।

"खाट आँगन में लगा दो," मैंने डाँट कर कहा। सोचा करें पट्ठे, कि पौर के पास सोने की मंशा है। इन्हें बताऊँगा घुटन है, और ठंडी हवा की दरकार, बस?

पौर में दीपक जल रहा था। उसकी झलमल हलहल लौ से ऐसी छाया हिल रही थी कि लग सकता था पास पड़ी खाट पर कोई है। आँगन से मैं देखता रहा। फिर वह थकान मुझ पर तारी हुई, जैसे दिन भर और श्मशान भर की नहीं, बल्कि सदियों की। नींद आने लगी, ऐसी, कि उसमें अथाह ताकत वालों की स्मृति भी सो जाएगी। ऐसे लोगों की जो किसी से डरते नहीं, साँप तक से नहीं, और किसी को उनकी जवाबदेही नहीं।

रात मुझे लगा कि घस घस की आवाज़ शुरू हुई है और धीरे धीरे पूरे में व्याप्त होती जा रही है। मैं उठ बैठा और जान गया कि हमारी जायदाद पर जितने साँप थे, सब सरसराते, घसघसाते निकल रहे हैं। घास में रेंगते, पत्थरों की दरारों से फिसलते, झाड़ियों, लकड़ियों की आड़ से, सूखे पत्तों को खड़खड़ाते हुए, उन सारी जगहों से जहाँ वे बड़े बाबा के डर से लुक जाते और जहाँ से उनका सोंटा उन्हें खींच निकालता, उनकी सर्प-शेखी की धज्जियाँ छितराने। अभी वे सारे खुद-ब-खुद निकले चले आ रहे थे, घसघसाते हुए, जैसे समाचार उन तक भी पहुँच गया है कि बड़े बाबा, मय अपने डंडे के, रुखसत हो चुके हैं, और अब

कोई डर नहीं है, निकलो, खुले में, जमा हो, आज होगी रात-ए-जश्न।

मेरे अंदर एक खूबसूरत सी बेचैनी मचलने लगी। मैंने पौर का दरवाजा धम्म से खोला, खाट के पास दिया जल रहा था और खाट पर कोई नहीं था। खुशी से मैंने बगिया की तरफ खुलने वाला सामने का किवाड़ खोल दिया। कि देखो, आओ, सब खुद आकर देख लो, खाट पर कोई नहीं कुछ नहीं, कुछ भी तो नहीं। जी चाहा बावला होकर दौड़ पड़ूँ और हर बिल, हर दरार में, हर अंधी गली में, पुकारूँ, आ जाओ, अब हम हैं, बस हम हैं।

मगर मेरे इसरार की किसी को ज़रूरत नहीं थी। मुझे लगा सब निकल रहे हैं, निकले चले आ रहे हैं, कोठी की तरफ, घहर घहर बहते जलूस में, कुएँ की जगत पार करके पौर में, शिवलिंग पर शीष नवा के दीपक के आगे उसकी लौ की तरह लहलह करने, ढेरों, सहस्त्रों, हजारों, निरे नपुंसक साँप, इठलाते, मटकते। फिर पौर के आगे बगिया में जमा हो रहे हैं। और उनकी राहत का ओर-छोर नहीं और वे सुख से झूमझूम झूम रहे हैं और एक एक करके सब अपनी पूँछ की नोक पर खड़े हो गए हैं, जैसे नर्तकी अपने पंजों पर, और गर्दन और फन हवा में मटका रहे हैं और सबकी आँखों के स्फटिक मणि जल उठे हैं और चाँदनी रात है और बगिया साँपों का लहलहाता खेत बन गयी है, जो देखने लायक मंजर है और मैं देख रहा हूँ।

और मैं देखता रहा, पौर के दरवाजे पर खड़ा। उनकी लहलह मेरे पैरों के पास से होकर, एक बार दीपक को हिला जाती, ज्यों बड़े बाबा पे जीत का ऐलान करने, चूँकि वहीं लेटे थे वे कुछ देर पहले, ठंडे होते जाने को, ठंडे और निरापद, निष्क्रिय, सरबसर ठंडे।

चाँद के नीचे लहलहाते खेत में सारे मार खाए साँप और अपमानित जीव, एक सँग कोई अनोखा नृत्य कर रहे थे, और सबकी आँखें बिजली के लट्टू की तरह जल उठी थीं।

सुबह आँख खुली नहीं कि मैं दौड़ा पौर की तरफ और घर के सामने, कि देख सकूँ रात के उत्सव के अवशेष। पर वहाँ सुबह का दृश्य था और बस बड़े बाबा से मिलने वालों का जमावड़ा। वे मुझसे मिलने आए थे, सोग मनाने और इस

जायदाद पर अपनी रोज़ी का बन्दोबस्त बरकरार रखवाने। किसी का दुकान का ठेका, किसी की खेतों की बटाई, किसी का फल के बागों का व्यापार, सब बड़े बाबा के रहमोकरम पे। उनका प्रशस्ति गान करेंगे। बड़े बाबा सबके माईबाप। बड़े बाबा सर्वशक्तिमान। बड़े बाबा जो किसी से नहीं डरते, जिनकी छइयाँ में सब सुरक्षित, वे सबके रखवाले, वे सबके अन्नदाता, सब पर उनकी स्नेह-नज़र, सर्प भी उनके स्नेहपात्र। वे थे इसलिए घनी हमारी जायदाद पर साँपों का डर न था। चूँकि या तो वे बाबा के मुरीद हैं या नपुंसक हैं।

और जगह का कायदा था कि साँप अपनी आँख में उस पर हमला करने वाले की तस्वीर उतार लेता है, ताकि मुठभेड़ में मारा जाए तो संगी साथी कातिल को पहचान लें और मौका ढूँढ़ के बदला लें, पर यहाँ बड़े बाबा की तस्वीर इसलिए खिंचती कि वह अपने औरतों बच्चों को आगाह कर सकें कि इस चेहरे को पहचान लो और अब रेत पर रेंगे के निशान मत छोड़ना। चूँकि तब बड़े बाबा प्रकट हो जाएँगे और फिर वे और उनका चमत्कार।

बड़े बाबा का वह तेज़ी से आना, अपना लोहे के आँकड़े वाला सोंटा घुमाना, धोती उटंग कर लेना। साँप-चिन्ह की पड़ताल, पत्ता पत्थर झाड़ मिट्टी कुरेद पलट और भयभीत साँप तड़फता हुआ निकल आता, बेबस फुफकारता। उस वक्त बड़े बाबा भैरव रूप धारण कर लेते और जितना जहरीला साँप उतनी उनकी ज़ुल्फें उन्मुक्त हो जाती और आँखें ज्वलन्त। साँप बचने को मचकता मगर अबला होता जाता। उसकी आँखों में कैसी तो कातरता भर जाती। गले पे बाबा की मज़बूत पकड़ उसका मुँह खुला कर देती और उसकी जीभ मरियल मजबूर बाहर फिसल आती, उसे डरावना नहीं, बेवकूफ दिखलाती।

सारी इज़्ज़त जीभ और पूँछ के बीच सरेआम लुटी पिटी हुई जाती।

मुझे लगता वह कराह रही है और मुझे मेरी दादी याद आ जाती।

फूस की कुटिया से जब जब बड़े बाबा आते दादी अपने चेहरे को झूठी व्यस्तता के पीछे छिपा लेती। बाबा के चौखट पर पाँव धरते ही भूचाल सा सनसना जाता जिसे सब व्यस्त होकर दबाये रखते। दादी थिर चेहरे से किसी नौकर से दाल चावल की थाली खींच, कंकर बीनने लगती, या सूप फटकने लगती। बड़े बाबा

की हाँक पर, उनके कमरे में ऐसे जाती जैसे उसी पल तो उनकी उपस्थिति दर्ज हुई।

नहीं। वह कुनमुनाती। अपनी कमर में चाँदी के छल्ले में खुँसी चाभी नहीं देना चाहती थी। बड़े बाबा की आँखें अंगार हो जातीं और एक झपाके में दादी को गिरा के वे अपने नीचे दबा लेते। पैरों में बाँध लेते और एक हाथ से कमर टटोलते। उसे बन्दी बनाए हुए ही दूसरे से तखत के बगल में रखे संदूकचे को खोलते। दादी का शरीर तड़फड़ाता और संदूक में जेवर। बाबा कोई गहना खींच निकालते। जीतकर उनमें प्यार उमड़ता और वे दादी को पुचकारते जाते। तुम्हें नया ला के दूँगा, वादा करते।

जब वे उठते दादी पूरी तरह अस्तव्यस्त और पस्त पड़ी होती। बाबा कुटिया की तरफ फिर रवाना होंगे, मैं घबरा के खिड़की की ओट छोड़ता और भागता।

अपने आप को भागते देखता।

अपने आप को भागते देखो तो बड़ा अजीब लगता है। ऐसा दृश्य जिस पर हँसी आनी चाहिए पर आती नहीं चूँकि अपने आप पर कौन हँसता है? वह काया जिसकी पीठ मैं देख रहा हूँ, मैं ही हूँ, यानी आदमी का बच्चा, मगर वह दौड़ जो मैं लगा रहा हूँ आदमी की नहीं, किसी जानवर की है। उस अजीबोगरीब गुंफन में, सारी सदियाँ — मानस बनने के पहले से लेकर मानस बनने के बाद तक की — सिमट आतीं और अपनी पिछाड़ी को जहाँ डर से सिकोड़ वह भागता है, वहाँ दुबकी पूँछ का अहसास हो जाता है।

दादी मर गई और बाबा भी अब गए और सामने उनके बनाए या बिगाड़े लोग हैं और चारों ओर अब मस्त घूमते उनके उछाले साँप जिन्हें बाबा उसी तरह पकड़ते थे जैसे औरत को और उसे रुलाते मगर मारते नहीं, पुचकारते। न मारते, न किसी और को मारने देते।

मजाल थी कि उनकी जमीन पर कोई साँप को मारता या घायल करता। कभी कोई कुचला मुचड़ा साँप मिल जाए तो जिसे मिला उसकी ऊपर की ऊपर,

नीचे की नीचे, साँस यों हो जाती। उससे जिरह हो सकती है, उसे कसूरवार न ठहरा दें। वह साँप को शायद निगल ही जाता कि कोई सुराग न बचे पर कै में उलट आवे या टट्टी में हग दे तो?

तो यह कि साँप भी बड़े बाबा की हिफ़ाज़त में रहते और वे उन्हें न मारते, न मरने देते, सिर्फ मजे मजे मोहब्बत से खेलते। साँप इधर भागता, उधर भागता, बाबा इधर रोकते, उधर लोकते। यह हवा में उछाल देते कि गिरता सिसकारता हुआ उनकी पकड़ में वापस। ये उसे छोड़ा और लपक के फिर फँसा दिया। आँखों से ललकारते, शब्दों से उकसाते। साँसें ज़ोर ज़ोर से चलतीं, उनकी भी साँप की भी। वे अपने पुट्ठे पर हाथ मारते, साँप की आँखों में गुस्सा, दर्द, थकान भर आते। फन चाहे अनचाहे कढ़ आता और बड़े बाबा से बचने को उसका सर दाएँ बाएँ, बाएँ दाएँ, नाचता। बड़े बाबा कूदते, लचकते, उसे गर्दन के नीचे मुक्के मारते। बॉक्सिंग मैच हो जैसे। नाग गर्दन झटकता, इधर उधर लपकता, मजबूरन, आदतन, तड़प-तन, दाँत लगाना चाहता। लोग कहते बड़े बाबा, साँप जहरीला हो तो, उसे जरा-मुरा दाँत मारने देते। नाम मात्र को। जरा जरा विष का नशा करते। हर तरह का विष उनके खून में शामिल हो गया है, लोग कहते, और अब वह ताकत उनमें कि साँप उनके काटे मर जाएगा, वे न जाने के।

विष भी अमृत हो गया है, और इसीलिए उनकी जान, उनके सिवाय, कोई और नहीं ले सकता था।

हम देखने वालों की चीख निकल जाती और जय भोलेनाथ की गुहार भी। कोबरा की आँखों में हार, बाबा की आँखों में जीत।

फिर बड़े बाबा बोर हो जाते। एक आखिरी बार वे सर्प को उछालते और वह धरती पर गिरने को होता कि एक सपाटे के दाँव में वे पाँव से उसकी पूँछ दबा लेते और हाथ में उसकी गर्दन, ठीक लप-लप भीख माँगती सी जीभ के नीचे। और मुट्ठी में यों पकड़े, ऐसे उसे सीधा उझका देते कि कॉलर पकड़ के खड़ा कर दिया हो।

डंडे की मूठ वे, तब, साँप के मुँह में डाल देते। हारा हुआ साँप, अपनी सारी लचक खो के, बल्लम सा खड़ा रह जाता। बाबा उसका मुँह छोड़ देते पर तब भी वह खुला रहता। उसी पलक में टुक से बड़े बाबा उसके जहर के

दाँत, दतुअन हों ऐसे, मय विष की थैली के, तोड़ देते और उसके वजूद से उसे महरूम करके, गले में माला की तरह डालकर, बेपरवाह हो जाते।

महादेव बने, किसी और शगल को मोहल्ले में निकल जाते, बच्चों युवतियों की चीखों पर स्नेह से मुस्कराते।

अब आगे सुनिए हुआ क्या, चूँकि यह अदृश्य घटित भी जीवन के चालक हैं और मेरे जीवन के खासकर। बगिया में बैठे थे लोग और नहा धोकर इधर से आ रहा था मैं। देखने वाला यही देख सकता है कि इधर से आ रहा हूँ मैं। ऐसा वह देख रहे हैं और मुझे यह अहसास, कि बड़े बाबा की जगह वह मुझे देख रहे हैं, दिख रहा है। पलट कर भागूँ? फिर देखूँ अपने को भागते हुए? फिर दिखाऊँ उन्हें अपनी पूँछ?

सो, चलता रहा।

अब सुनिये। कहने को चार छह गज चलना था मगर यहाँ तो अपना सारा माज़ी और इतिहास लाँघना पड़ रहा था। 'सीधे चलौ' की घुड़क भीतर लहरायी तो कुछमकुछ कंधे ताने। पर किसी चेहरे पर रौब पड़ता नहीं झलका? पता नहीं तना रहा कि नहीं पर अन्दर, रीढ़ की हड्डी, जो सबको पता है ऊपर से नीचे तक जाती है और ढब की शान उसी से है, साँप की तरह लचक गई और मैं, भीतर ही भीतर, लुंज पुंज

झूल गया। बस लगा कि कहीं पार्श्व से बड़े बाबा की रोबीली हाँक पड़ी — कितैं चले राजा? — और मैं मरियला गया, सिर लटकने को बजिद हो चला।

सामने सब देख रहे हैं, आ रहे हैं पोते साहब, खुद को सँभाल नहीं पा रहे, हमें सँभालेंगे! एक वे थे साँप तक जिनके यहाँ महफ़ूज़ और बेज़हर। वे आ रहे होते तो अभी धरती काँप जाती, सारी भीड़ थर्रा जाती। ऐसे वे और उनका जमाना।

जो बीत गया, मैं चाहता था चिल्ला पाऊँ। पलट गई वह पूरी रिवायत कि एक अकेला ऐसी ताकत पा ले। क्रान्ति से बलबलाते मेरे मन के उद्गार — किसी को इतनी शक्ति देना जुर्म है, उसके भगवान को जगाना है जो शैतान हो जाता है...।

कि फिर लगा बड़े बाबा ठठा पड़े और फिर साँप को माला बना तपाक से मेरी गर्दन पे उछाल दिया। जिस पर मेरे चेहरे पर कुछ, भीतर कुछ होता गया था।

छुटपन की ही बात। रेती पर निशान देखकर बड़े बाबा जान गए साँप यहीं आसपास है। सौ मीटर की दूरी पर एक बिल में उन्होंने सोंटे से खोदना शुरू किया और वाकई पूँछ छटपटाने लगी। काला साँप था और बड़े बाबा के खींचने पर ऐसे ऊपर आया जैसे डोर पर पतंग। "ए धत्त," बड़े बाबा ने एक आँख देख के कहा, "चूहा खाइबे बारौ।" फेंकने वाले थे कि साँप, आदतन, गले में गुर्रा-सा दिया। "ऐं ऽऽऽ!" बड़े बाबा एकदम पलटे। "कोबरा बन रौ है?" खुद गुर्राये और डंडा फेंक, उसे हाथ में लेकर हवा में नचाने लगे, जैसे झीने से कपड़े की गर्द झाड़ने।

फिर उसकी बेकार औकात के माफिक उसे फेंकने को हुए कि मेरी तरफ नज़र पड़ गई — "लटकायेगा?"

भरी सभा। सब देख रहे हैं। बाबा का पोता। डरा मरा असरहीन साँप। कहाँ खिसकूँ? सर हामी में हिला मैं डर से साँप-साँप और साँप लस्त-पस्त मेरी गर्दन में।

साँप लिसलिसा नहीं था, चिकना था। मेरा डर मेरे अन्दर चमक रहा था, ऊपर तिरस्कृत हो रहा था। उसे पहनकर मुझे बड़े बाबा के सँग देर तक मोहल्ले में घूमना पड़ा, और औरतें, जो उनके गले में केंचुए बने नाग को देख कर उनकी मर्दानगी के आगे समर्पित थीं, गहनों — अपने या दादी के — से खनकती हँसी मुझे देखकर खनका पड़ीं।

आँखों में आँसू छिपा, दिल में गुस्सा छिपा, दिमाग में विद्रोह छिपा, मैं बढ़ता चला।

जिस कुर्सी पर बड़े बाबा बैठा करते थे उस पर मैं बैठ गया।

मेरी आँखों में आँसू देखकर सामने वाला फफक फफक के रोने लगा। बड़े बाबा नहीं रहे, उसने जारो — कतार आँसुओं के बीच से कहा।

और भी लोग रो पड़े और मैं हैराँ परीशाँ उजबक नादाँ! नहीं रहे...? मेरी आँखें पीछे, इधर, उधर, आगे, टोहतीं। कँपकँपी सी छूटती है। मैं कुछ कहूँ। वे गए, कल के हिसाब और प्रतिमान गए...

बड़े बाबा मरे नहीं है, मैंने गला खखारा। आपके दिलों में आसीन हैं। मगर...

बड़े बाबा नहीं मरे हैं, बड़े बाबा नहीं मरेंगे, रोते लोगों में नारे फूटे।

वल वल वल मेरे मुँह से शब्द फूटे और मन में आक्रोश — यह तो उनकी ही तूती बज रही है। नहीं हो सकते वैसे माईबाप आज, वह मिट्टी, वह जायदाद, वह प्रकृति से उनसा रिश्ता, सर्पों की निजी पलटन कहाँ...

बोलते बोलते मुझे अनोखा इल्म होने लगा, कि सामने वाले मुझे कैसे तो प्रशंसा-भाव से देख रहे हैं? चुप रहने वाला चुप्पा पोता देखो कैसे बोल रहा है, कितना सत्कार है उसकी बानी में?

कैसे होता है कि बड़े बाबा सबको जो हम हैं उसका ठीक उलट दीखने में फँसा लेते हैं? निंदा भी तारीफ सुनाई पड़ती है? मरके भी उनकी आँखें ज्वाला की सलाखें फेंक सकती हैं, जिसमें मैं फँस अटक जाता हूँ?

मैंने चुप हो जाना चाहा मगर जीभ थी कि फिसल पड़ी थी, फिसलती रही। जन्म और वंश आप में यह दम्भ पैदा कर दें कि नाग भी आपके काबू में तो सच ही आप उसे केंचुआ बनाने लगते हैं और जिसे चाहे जिलाते हैं जिसे चाहे मराते हैं, मानो परमात्मा हों...

'सत्य वचन, हाँ हाँ,' भीड़ और अंध भक्त हो गई, और बाबा-श्रद्धा और जागृत।

हम भान नहीं पाते कि जितना वे उठ रहे हैं उतना हम गिर रहे हैं, वे केंचुआ, हम नाग देख रहे हैं, उनकी नज़र, हम ख़ाक हो रहे हैं, सब घूरा हो रहा है, उस पर उनका ताण्डव ज़ोर पकड़ रहा है...

जय महादेव की! परम शक्तिमान। स्वयं शंकर भगवान!

क्या कोई हो सकता है ऐसा शक्तिमान, भगवान...मैं बिलबिलाया।

बाबा के सिवाय, जयकारा एक नाद।

आँसुओं की बाढ़, प्रणाम के पहाड़, जय जय की पुकार।

मैं बौना, जीभ लपलप, नेत्र पीड़ा।

बेचारा, और बड़े बाबा का ग़म, यों सब देखा किए।

न वे मरे, न मैं जन्मा!

पाँसा गलत पड़ गया था। पड़ गया तो उसी तरह पड़ता रहा। कोई पहुँचा कि लगी मेरी जीभ खुजलाने और बड़े बाबा बड़े बाबा करने।

राजा कुछ ज्यादा ही अतीत में रहने लगा है लोग कहते। बड़े बाबा के स्तुति-गान में।

बोर होने लगे लोग मुझसे और सामने पड़ने से कतराने लगे। कि यह तो शुरू हो जाएगा और बन्द होने का नाम नहीं लेगा।

यह भाव मैं उनके चेहरे पर खूब पढ़ सकता था। बन्दी होते जाने का भाव। एक कौमा, विराम लगाऊँ, साँस लेने को या थूक निगलने को एक क्षण थमूँ, कि वह फूट लें। पर अपनी जबान बड़े बाबा का खुला चिट्‌ठा पढ़ाना चाहती थी और जितनी नाकामयाब हो रही थी उतनी और बेकाबू। बोझ जिसे कतरा-कतरा गिरा के उसे हलका हो जाना था।

पर सुनने वाले कुछ और देखा किए। कि प्यारा कोई स्वाद इसने जिह्वा पर लपेटना चुआना शुरू किया, लेमन चूस की तरह चूसेगा, लार टपकायेगा, रस का सागर बहायेगा और हम तो डूबेंगे।

आप बेसब्र, कौमा विराम आ नहीं रहा, नहीं आएगा, चूँकि जो किताब पढ़ा रहा हूँ उसे मैं अक्षर दर अक्षर नहीं, सफ़ा दर सफ़ा आगे बढ़ाता हूँ, बिना व्यवधान के।

मगर इसका क्या करूँ कि जीभ चाहे-अनचाहे उधर भागने लगी फिर भी पूँछ इधर भागती? जीभ और पूँछ की इस उलटी दिशा की खींचातानी में जो घिसती गई और झूल गई वह थी रीढ़।

या क्या रीढ़ दरक गई और उसकी जगह एक खोह रह गई, पतली सी सुरंग, रीढ़ के आकार की? अकेले पड़ने पर वहाँ मैं धूनी रमा लेता पर असहमति की वे सारी बातें जो जीभ के चलने पर भी नहीं कह पा रहा था, सुरंग के अँधेरे

सायों में आहत, झेंपी, जलील, जमा, फुफकारती जातीं।

हाय हाय ये पुराने पनपते रेंगते जीव उस सुरंग की बची खुची जगह में उलझ जाते हैं और मेरे साथ ऊपर चली आती है सर्पीली गुत्थी हिस्स हिस्स करती, मेरी जीभ पर फिसलने, और इस जोड़ जमाव को यह लोग श्मशान-बैराग करार देते हैं। बड़े बाबा के मरने के बाद के दिन बड़े बाबा के मरने के पहले के दिन जैसे। जायदाद उन्हीं के इशारों पर, चेले चपाटे उन्हीं के, अपनी जीभ भी क्या ग़ैबी नज़र की हिरासत में? ग़ालिब-ए-ख़स्ता हम! कोई काम बन्द नहीं, हमें उँगली हिलाने तक की ज़रूरत नहीं।

यही घुड़की पिलाई थी बड़े बाबा ने मेरी नौकरी की अर्जी फाड़ते हुए — "जाकी का ज़रूरत गधऊ बिलकुलई अकल सें पैदल हौ भुच्चड़" — हाथ मटका मटका के — "तुमसें कोई कछु कहि नाईं सकत, आँख उठाइ कैं देखि नाईं सकत, जे धन मिलौ है तुमें अपएँ पुरखन सें। पुस्तन सें जा घर में काऊ नें अँगुरिया तक नाँईं हिलाई है और रोटी पानी ऐसो-आराम सब बैठें बैठें मिलत रहे हैं। हियाँ सें निकरे तौ बस," वे गरजे, "छुट्टी। छुट्टी!"

"जा दौलत सें हाथ धोनौ है का?" वे हकबक देखें कि इत्ता पगलैट हमारा खून। "हम नाँइ झुकत काऊ के आगें। दूसरन के कायदा हम मान्त नाँइ, अपएँ खुद बनाउतें।"

"बिलकुलई बौराइ गऔ है," चिंघाड़े "चलौ है दूसरन की नौकरी करिबे, चौ-ऽ-प..."

मैं भागा पूँछ दबा के।

अभी नहीं मगर। न भाग, न पूँछ। टहलता हुआ। चुपचाप। हो सकता है उन आवाज़ों के बीच जो बाहर निकल नहीं पा रहीं या निकलते ही कुछ और सुनाई पड़ रही हैं?

अनजाने ही फूस वाली कुटिया की तरफ निकल आया। कुटिया आम और अमरूद के बाग से घिरी थी और सामने फूस का छप्पर पड़ा था। कोठी

को फार्महाउस बतलाकर और सारी ज़मीन को कृषिकार्य वास्ते बतलाकर बड़े बाबा ने कुटिया को अपना घर बतलाया था। दादी वहाँ कभी नहीं जाती थीं और मैं भी उस दिन के बाद नहीं जब बड़े बाबा ने, अच्छे मूड में आकर, खाना पकाया था और मुझसे पूछा कैसो लगौ और मैंने कहा मूली ठीक से दबायी नहीं, चरूरी पनियल रह गई। बड़े बाबा दहाड़ते हुए मेरे पीछे भागे और एक लाफा रसीद कर गए।

मैं और तेज़ भागा, अपने आप को देखते हुए।

उस कुटिया में औरतें आती थीं, यह मैं जानता था। फिर कुटिया उस औरत को दे दी और दादी के ये वो गहने भी देते रहे। हम उधर नहीं जाते। बड़े बाबा कुटिया कोठी दोनों में आते जाते।

कभी फूस की छत के नीचे बैठे होते। जहाँ से कोठी भी दिखती और बाहर जाने का फाटक भी। मैं दबे पाँव निकलता। फाटक तक पहुँचा नहीं कि बाग से आवाज़ आती — "काये राजा कितैं चले?"

हर समय कोई मेरे पीछे...

लगा कि मेरे पीछे कोई है पर मैं घूमा नहीं।

बड़े बाबा कहते कि साँप को वे देख कर पहचान लेते और औरत और उसकी उम्र और तेवर को उसकी पदचाप सुनकर। वह भूरे रंग का, धामिन, डालियों में सरक सरक। वह भारी उठते कदम मोटी औरत के, हाँफती, बढ़ती, फल सब्जी की झोली लटकाए। वह धीरे पड़ते पग, अधेड़ा है, रोनी सूरत होगी, फटकार पा के निकली है। यह उड़ने वाला साँप, रंगीन, इस फुनगी से उस फुनगी उचकता, जैसे उड़के, बड़े बाबा के वारों से बचने, और आखिर तँग आकर कागज का रॉकेट सा उनके डंडे के सँग उड़ा आता। और यह, चप्पलें पायल सी बजाती, कमसिन, छैल छबीली है, उल्लसित चलती।

लड़की, मैंने जाँचा। छोटे थाप देती चल रही है। जल्दी में है।

सवेरे का वक्त था और शायद मैं नींद से पूरा बाहर नहीं। बासी मुँह सैर पे निकल आया। हवा में रात की बारिश की नमी। अगल बगल झाड़ियाँ। ऊपर की पत्तियों पर सुबह का उजास चुपचाप पड़ा हुआ, नीचे उलझी डालियाँ और

पुरानी जड़ें, गाढ़े सायों में पड़ी। ऐसा लग सकता था कि गहरे रंग वाली प्रकृति उजली टोपी पहनना चाहती है!

पर यह भी लग सकता है कि यही वे गहरे साये हैं जहाँ वे प्राणी, जो प्रकृति को अँधेरे में छिपा के प्रकृति रहने देते होंगे, सोते, जागते, विचरते हैं।

जो उस प्रकृति को छेड़ते हैं वे उलँग पड़ जाते हैं, फिर कहाँ जाते हैं?

उनींदा यों, मैं जाता गया, और उस पगडंडी से होकर उस फटकिया पर आ गया। हाथों ने बढ़कर उसे खोल दिया, नींद तब भी न खुली। मगर उसी पल एक छाया मेरी बगल से होती बरामदे से अन्दर भागी। तब टूटी तन्द्रा और तब मैं समझा कि मैं तो कुटिया पहुँच गया! और अरे यही बालिका तो मेरे पीछे आ रही थी!

पलट जाता पर अबके लड़की भी देखती मुझे भागते हुए!

ऐसा भी क्या, मैंने ठाना, है तो अपनी ही जागीर।

फल की बगिया का कॉन्ट्रेक्ट इन लोगों को मिले रखा था। छोटे चाचा पीछे पड़े हैं उन्हें दे दूँ, जूस और जैम का धंधा करेंगे।

देवी जी को खुशखबरी सुनाने आ भटका हूँ कि आपके ख़ैरख़्वाह गए और शायद आप भी!

"लंगूर आ जाते हैं बेटा सुबह सुबह आओ राजा," जिसका विचार आया उसी महिला ने दरवाजा खोला और मुझे राजा कहा जो केवल बड़े बाबा कहते थे।

या लंगूर कहा, मैं झकपकाया।

तभी अमरूद की डाल पर लंगूर हुड़दंग मचाने लगे।

"बस ऐसे ही," मैं बुदबुदाया और कमरे में दाखिल हुआ कि बड़े बाबा की आदमकद तस्वीर ने चौंका दिया। बन्द गले का कोट और तिरछी नज़र की मार, मैं बौना, लँगोट अदृश्य और ऊपर की जेब से लटकती घड़ी की जंजीर, मैं निखट्टू, रुतबा देखो, क्या कहूँगा उनकी 'काये राजा कहाँ हौ' पर...?

कदम आगे रखते रखते पीछे को रखना चाहें तो कहीं न कहीं हम टकराएँगे ही। मैं टकराया। एक मेज से। जिस पर साँपों की भीड़ थी।

उछल पड़ा और पूँछ साँप की तरह उछली फिर चिपक गई।

अदृश्य में कोई हँसा। बड़े बाबा, मेरे दाँत भिंचे। नहीं यह तो लड़की थी। वही लड़की जो पीछे थी और आगे भागी?

"पिन्नी को लाकर देते थे, केंचुल जमा करके।"

केंचुल से सजी मेज।

"मेरी भांजी।"

केंचुल से नहीं डरते, मैं डरा। कैसे कैसे तो रंग, कैसी कैसी डिजाइन। यह कोबरा, यह करैत, यह रसैल वाइपर, धामिन, यह सिन्दूरी रंग की...मैं इसे नहीं जानता...मुझे नहीं बताया बड़े बाबा ने, जलन सी हुई।

"बरामदे में बैठें," महिला ने पूछा?

मैं नहीं, लंगूर धम्म से कूदा और लड़की हँसती हुई निकली, मेरे इंतज़ार का जैसे अन्त करने, और नमस्ते करके भागी उसे भगाने, बरामदे से पेड़ों की तरफ।

और मेरी खातिरदारी की फिकर में बावेला मच गया।

"यहीं हाथ धो लो...वह डालेगी पानी...पाँव धो लो, नहीं?...तुम्हारे दादा धोते थे...परेशानी क्यों नाश्ता तो बनता ही है...यहाँ करो चाहे वहाँ करो...तुम्हारे दादा कभी दोनों जगह करते...करके आए देखा अमरस है कचौड़ी है दोबारा बैठ गए...कचौड़ी नहीं खाते?...कॉर्नफ्लेक्स टोस्ट?...पिन्नी माली के लड़के को दौड़ा दो डबल रोटी ले आए...खुली होगी स्टेशन की दुकान चौबीस घंटे खुली होती है...पिन्नी...बड़े बाबा...भगाओ लंगूर...उत्पाती चोर किसी से नहीं डरते... हलवा कैसे मना कर सकते हो...तुम्हारे दादा चट कर जाते...भूखा थोड़े जाने देंगे...जाड़े होते तो तिलकुट बनाते...हमें पता है तुम्हें क्या पसन्द है...तिलकुट... कित्ता...हर साल तुम्हारे दादा तिल गुड़ ले आते थे कि राजा को तिलकुट पसन्द है...सीधे मेरे पास...मेरी जैसी हठौती और किसी के पास नहीं...वे ही कहते थे...और राजा मैं बनाती... तुम्हारा खयाल लगा रहता उन्हें...लंगूर कहीं के... कल की रोटी डाल दो नहीं तो पेड़ तोड़ डालेगा..."

मैं खा रहा था सो मुँह बन्द था। मैंने कभी खयाल नहीं किया दादी गई, तिलकुट कहाँ से आता है? लंगूर टहनियाँ पत्ते गिरा रहे थे।

"पिन्नी नेंक बैठो यहाँ...राजा से बात करो...पकौड़ियाँ बनाती हूँ...नइ राजा हलकी हलकी मूँग की...चखना तो...पढ़ती है, बी ए कर रही है।"

पिन्नी बैठ गई थी और मैं पूछ रहा था क्या कर रही हो।

वह हँस दी, "अभी बता तो गई मासी।"

"बीए की लगती नहीं हो," मैं झेंपा। "छोटी लगती हो," मैं सयाने स्वर में बोला।

वह खुश हुई।

मुझे मजा आया मैंने खुश किया। कनखी से दीवार में खुँसे बड़े बाबा पर नज़र मारी। "बड़े बाबा ने तुमसे कभी साँप पकड़वाया?" उसे और हँसाने को पूछा।

पिन्नी और हँसी। महिला भी जो पकौड़ियों की प्लेट लिये लौट आई थीं। उनके गाल मोटे हो गए और उनके ऊपर मिचियायी आँखें गोश्त में छिप सी गईं। आत्मसन्तोष-नुमा कुछ मुझमें भी जागा।

"हाय हाय साँप तो यहाँ इतने...फूस की छत से आए दिन

टपकते हैं...पर वे कब डरते थे...लो ना...बुढ़ापे में उनकी खुराक तुम्हारी दुगुनी...अच्छा नहीं लग रहा क्या...छोटी छोटी हैं, पता भी नहीं चलेंगीं... डरते वे किसी से नहीं थे...चाय," वे चिल्लायीं "टोपी लगा के लाना...नंगे सिर चले आते हैं जब से तुम्हारे दादा गए हैं...बड़े सख्त थे...पर तुमसे डरते थे..."

"नहीं...बस...बिलकुल नहीं...असम्भव...चाय कम पीता हूँ...न न कॉफ़ी भी नहीं...दूध, बाप रे बाप...!"

मैं कभी फूस की छत को देखूँ, पूरे में पड़ी, कहाँ खिसके कुर्सी? कभी तस्वीर को जो मुझे भी देखे। कभी पिन्नी को जो मुझसे छोटी है।

"नींबू पानी बनाती हूँ," वह अन्दर चली गईं।

मैं इंतज़ार करने लगा।

मैं उसके बारे में नहीं जानता था। मोहल्ले की बेटी है कि बाहर की? मोहल्ले की बेटी को हाथ नहीं लगाते, बड़े बाबा ने उसूल बताया था। महिला के बारे में जानता था। दादी के जेवरों के बारे में भी।

मन में आया देखूँ उन्हें, बड़े बाबा की नज़र से। चोर-नज़र फिसला के पूरे तन पर, मुझे जुगुप्सा हुई। मगर नहीं ताक झाँक वाले वे नहीं थे, जहाँ चाहा नज़र दाग दी। देव-दृष्टि पाकर ये फूली न समायी होंगी? या भागने को कसमसायी होंगी? फल के वृक्षों में उलझ-पुलझ गई होंगी?

"उन्हें जब दे दो मटका भर दूध," वे हँसीं।

"और भाँग," मैं हँसा, पिन्नी को भरपूर देखने की कोशिश के साथ। शिकन्जी ले के आई थी।

"पर काम पूरा हो, जुटे रहते, घंटों न बोलते।"

मुझसे बरसों न बोले। मैं दादी के कंगन वापस चुरा लाया तब भी नहीं। फिर मैंने फूस की कुटिया में जाना बन्द कर दिया। हुक्म और फटकार बोलना नहीं होता। मैं उनसे यों भी भागता फिरता।

"तुमसे डरते थे। राजा बहुत समझदार है गए हैं, उनके बारे में का कहैं, बात जि है कि बे पलट कें कछू बोलि बैठे तौ अपईं तो ऐसी की तैसी है जाइगी..." वह हँसीं। "अमरूद में क्या है, फल है, ये तो खा सकते हो, तुम्हारा ही है," वह हँसीं। "हार नहीं सकते थे, कोई हरा दे, दादा तुम्हारे ढेर हो जाएँ," वह हँसीं। पिन्नी से कोई सवाल करने को मन हो रहा था। किसमें पढ़ती हो, पूछने को हुआ कि याद आया फिर भूल गया। हँसेगी। अच्छा लगेगा।

"आगे क्या..." मैंने समझदारी से पूछा।

"आजकल डोनेशन चाहिए तब दाखिला मिलता है नंबर कुछ लाइए उससे नहीं।" महिला जवाब देने लगीं। "टीचरी कर लो मैं कहती हूँ..."

"कम्प्यूटर," पिन्नी बोली।

"उसकी टीचरी कर लेना," मैंने चालाकी से कहा।

हँसी।

हँसा।

"तुम कहीं करा दो। तुम्हारे दादा सबको जानते थे, तुम भी..." महिला कह रहीं थीं।

वह उस तरफ थीं मैं इस तरफ। आप किस तरफ हैं उससे आपके तेवर फैलते सिकुड़ते हैं। मैं अपने बारे में आशावान होने की तरफ था।

"क्यों न मिलेगा दाख़िला, ज़रूर मिलेगा," मैंने अपनी आँखें पिन्नी के चेहरे पर मजबूती से टिका दीं।

"तू बता पिन्नी, तू बतिया पिन्नी," महिला कह रही थीं। "पढ़ी लिखी है,

पढ़ी लिखी बातें करेगी, मैं तो काला अक्षर भैंस बराबर। राजा जानता है, इससे पूछो, क्या पढ़ें, कहाँ नौकरी करें..."

"आप करना चाहते थे न नौकरी शहर में?" पिन्नी ने पूछा।

"हाय हाय," महिला माथा ठोंकने लगीं। "वे तो," उन्होंने रहस्य-खोलती आवाज़ में कहा, "फूट फूट के रोने लगे। अब राजा नौकरी करैं चाहत हैं, सोचौ नौकरी करिबे की सूझी है, हमारे पुरखन नें अपईं हजामत तक खुद नाइं बनाई और बे हैं कि गुलामी करैंगे औरन की...ये मोटे मोटे आँसूँ...चलौ गऔ तौ हमाऔ का होइगौ फिकर ही फिकर।"

क्या यह मेरे ही सँग होता है कि जरा दूर चलना सदियों से गुज़रना बन जाए, और एक वार्तालाप में पड़ना पूरे जीवन को फिर से जीना हो जाए? यह वही जीवन है या कोई और?

फूस की कुटिया। बड़े बाबा इसी कुर्सी पर आसीन रहते। सब का आना जाना देखते। ऐ ऽ ऽ उनकी आँखें कोयले सी जल उठतीं भक् और सामने वाला भुस्स।

वह औरत बोलती हुई। वह लड़की शीतल चुप बैठी हुई। बड़े बाबा की तस्वीर पीछे दीवार पर।

डरा चेहरा उस में कि मैं चला न जाऊँ? कोई नया, अलग जीवन जीने? कहीं और? उनकी नज़रों से दूर?

मैं हँसा फिद्द फिद्द। जो मुझे कुछ जानी पहचानी सी आवाज़ लगी।

फिद्द फिद्द हँसी से मेरी साँस फूलने लगी।

उधर कुछ हलचल मची। लंगूर नहीं, बच्चे, लग्घी लेकर अमरूद की डालों में मारते हुए। पिन्नी उछली, उनके पीछे दौड़ी। और मैं उसके पीछे पीछे गया।

'साँप साँप,' बच्चों में हलचल मची हुई थी।

हरे रंग का हरी डालियों में रुलने-मिलने को पड़ा। मैं उसे जानता था, मैं बाबा का पोता! जहरीला नहीं है, डरा हुआ है।

'देखो'। मैंने हाथ बढ़ाकर लग्घी ले ली और रेंगते सर्प को कोंचा। वह डालियों में छिपने को इधर उधर हुआ। 'देखो देखो,' मैंने देखते हुए कहा।

साँप की वह बड़ी बड़ी विस्फारित आँखें दुख से हमें ताकने लगीं और साँसें ज़ोर ज़ोर से चलने लगीं कि मानो आहें भरता हो नुकीले, बेवकूफ से सिर के नीचे, उसकी देह गुब्बारे की तरह फूल गई और लम्बे हरे गुब्बारे पर काले भूरे चकत्ते तन गए। नुकीली मुण्डी पर हरे हवा-भरे लिबास में जोकर! गुलाबी मुँह मसूढ़े फैलाए कि अब रो ही पड़ेगा। हमें हँसाता।

बड़े बाबा हँसते, मैं डरता।

मैं फिद्द फिद्द हँसा। जी हुआ देखूँ गर्दन मोड़ के उनकी तस्वीर की तरफ — वे डर रहे हैं कि मैं भागा, रो रहे हैं?

मगर गर्दन मोड़ के चोरी चुपके देखना, डरी डरी निगाहों से?

पिन्नी और बच्चों को लग्घी थमा के मैं बोला — "कार्टून है रे, जो चाहो करो, पर मारना मत!"

चकरघिन्नी

मैंने फिर कोशिश की। जैसे लेखन में करती हूँ कि फिर शुरू करूँ तो अब के खत्म कर पाऊँगी। पर इतना ही हुआ कि जहाँ मुड़ना था तन लचपचाया, पल भर को पंजों पर डिगडुग सँभला, और फिर उसी रफ्तार से बढ़ चला।

एक फेरा और।

फिर एक और।

राउंड पे राउंड मैं मारे जा रही थी। बिना रुके।

मैं रुक नहीं पा रही थी।

चिल्लाऊँ? कि रोको मुझे? खींच के बीच राह? जैसे झूला झुलाती बच्ची बस मेरी बारी करती झूले को खींचती है और दाएँ-बाएँ बाएँ-दाएँ असन्तुलित से झटकों के साथ झूले को रोक देती है। रुक...झटका...लचका...रुक गया।

पर मैं ठहरी बेहद प्राइवेट आत्मा। पुकारूँ? ज़ोर से? अनजान किसी को? किसी को? सवाल ही नहीं! गोल-गोल चक्कर मारती रहूँगी और उम्मीद करूँगी किसी की नज़र नहीं पड़ी और रुक जाऊँगी जब रुक पाई।

वैसे अभी ठीक ही था, खास कोई नहीं देखने दाखने को, और पहिया भी तो द्रुत से मंथर से थम तक आते-आते आता है! आदमियों की टोली निकलनी शुरू ही हुई थी, फ्लैटों के बीच के लॉन में जमा होने, पर अभी इतने चौकन्ने नहीं थे कि देखें एक निवासी लगी हुई है फ्लैटों के चारों ओर सैर में!

ये मेरी मॉरनिंग वॉक, दिन प्रतिदिन की। और आदमियों के निकलने की घड़ी मेरे लौटने की।

बस यहीं जरा सा लोचा हो गया आज। पैर एकदम से थम नहीं पा रहे थे।

मैं उनके रुकने का इन्तज़ार करने लगी।

आदमी ताली बजाने लगे। अपनी बाकी टोली को जगाने।

एक मल्टीस्टोरी से दूसरी मल्टीस्टोरी के बीच की खुली जगह में उनकी तालियाँ और ज़ोर से बजतीं। ये तो कोई बात नहीं हुई! क्या करूँ, गेट खोल के बाहर निकल जाऊँ और किसी दूर के पार्क में अपनी इस चक्रगति को ठिकाने लगाऊँ?

पर दूसरे पार्कों में जाना कब का बन्द कर दिया था और उस बेफिक्री को कि छोड़ो पीछे बन्द दीवारों की तूतू-मैंमैं और छानो दुनिया को, उठाओ फाटक का पल्ला और निकल पड़ो।

फाटक पर अभी ऊँघा समा बाकी था। गार्डरूम का दरवाजा अधखुला था और टेबल फैन की आवाज़ आ रही थी। सो रहा होगा!

खम्बे पर बत्ती ऑफ़ हो गई।

जग रहा होगा!

तो मैंने अपनी गैरइरादा चाल बाइरादा बनाई और फाटक के सामने से फट-फट निकली। कौशल से मोटरगाड़ियों के बीच दाएँ-बाएँ बाएँ-दाएँ जैसे नौकाचालन करती।

जरा सी जगह और उस पर गाड़ियाँ!

हर बार सोसायटी मीटिंग में छिड़ती कि गाड़ियाँ यहाँ न ठूँसो, फाइन लगाओ, पहली पर कम, दूसरी पर ज्यादा, और बीच की एक अकेली हरे रंग की कहलाने वाली जगह को सीमेन्ट सपाट करके कारपार्क बना दो और क्या करेंगे अगर आधी रात में एम्बुलेन्स बुलानी पड़े, फ्लैट से गेट तक मौत की गारन्टी, रात को दिल का दौरा न पड़ने दो?!

इतनी सुबह भी नहीं, मैंने मुचामुच गाड़ियों के पार जाते हुए तय किया। हालाँकि सवेरा हरकत की तैयारी में आ रहा था। ड्राइवरों का आना शुरू। कोई इंजन रिरिया उठा, गाड़ियाँ धुल पुँछ रही हैं। बच्चे स्कूल जाएँगे, और जनता काम पे। ये सब हो हवा जाए, फिर आने दो दिल के दौरे शौरे!

पर अभी मेरी चिन्ता हार्ट अटैक नहीं थी, मॉरनिंग वॉक थी, जो रुकना नहीं चाह रही थी और कभी भी सब देखने लगेंगे। ऐन वही चीज़ जिससे बचने के लिए मैंने बाहर जाना छोड़ दिया था और अपनी ही सोसायटी में चलना शुरू

कर दिया। मुँहअँधेरे, जब सोसायटीवाले अभी सोते हैं। और मैं नहीं दिखती। न उनको, न खुद को।

क्योंकि उन्हें दिखो तो खुद को भी दिख जाते हो!

सामनेवाला दिखा देता है हमें हमारी छवि! उसकी आँखों में आ जाता है कि लड़की तुम्हारा काजल बाढ़ हो गया, मैडम आपका ब्रा स्ट्रैप कहाँ भाग रहा है, और बाल हुए जाते हैं सफेदी की जयजयकार, और पेट तो कपड़ाफाड़ आजादी पर तुल गया, और वैसे ये किस ढब के कपड़े पहनती हैं आप, न जनाना, न मर्दाना, न पूरब, न पश्चिम!?

हँस भी लेती थी उनकी आँखों में अपनी तसवीर देख कर। किस खाँचे में डालें मुझे, वे समझ नहीं पा रहे, और अगर अपने अजूबेपन पर इतराती नहीं, तो भी बुरा तो नहीं ही लगता था मुझे। इन फाटकवालों का इधर-उधर खिसक जाना कि कैसे तो इसका अभिवादन करें!? गार्ड, प्लम्बर, बिजली चैप, धोबी, सारे के सारे जो हाउजिंग सोसाय्टी की मरम्मतबाजी को थे। न 'माता जी नमस्ते' बनता, न 'बहन जी नमस्ते' मुँह से निकलता, न ही 'गुड मॉरनिंग डॉक्टर साहिब' या 'सर जी' कह पाते, जो उनके लिए था जो आदमियों वाली नौकरी करने लगी हैं। पर लेखिका, अनजानी, और रंग-ढंग उलझट्टा!

मैं ही मजा लेने को आँखें मिला देती और वे ऐसे देखना चाहते कि जैसे मैं हूँ ही नहीं!

आज मैं हूँ गोल गोल!

बजरी पर जूते फटकारती मैं फिर वापस। मैं फिर आगे। लेफ्ट राइट लेफ्ट राइट।

कुछ कारें तो निकल गईं। बजे बजरी। हाँ ये जगह पिछले चक्कर में नहीं थी।

हेज के साथ-साथ।

बजे बजरी।

कोने पे इकलौता पेड़। सेमल। लाल-लाल फूल बरसाता है। मैं कुचलती हूँ। तुम गिराओ, मैं हर राउंड में कुचल दूँगी।

हेज से लगी मैं चल रही हूँ। गिलहरी भी बाउंडरी के तार पे। गिलहरी और मैं! चलते हुए। बढ़ते हुए।

अगले पेड़ तक। मुर्झल्ला आम। फफूँदी सा बौर। महक जरा-जरा।

फिर हेज जिसे सब हरियाली कहते हैं।

अगला कोना। पीपल का पेड़। उसकी जड़ से फूटे हैं नए पत्ते और पुराना मन्दिर। उसके नीचे से फिर घूमो। वर्तुलाकार घुमाव।

फिर फाटक। मेरे बैरी ये दो पैर। मेरा चकरघिन्नी मन। मेरा बजरियाता तन।

तालियाँ रुक गईं। माने पूरी मंडली पहुँच ली। इमारतों के बीच से मैंने कनखी मारी। हाथ ऊपर। हरी ओम की गुहार अब होगी। हरी ओम हरी ओम।

अब मैं थकने वाली हूँ मुझे लगा।

अब लोग देखने वाले हैं यह भी।

लोगों का देखना मुझे सख्त नापसन्द है। अपना अक्स उबाऊ हो जाता है। उस ऊब से बचने के लिए भीड़ में खोने की मंशा उठती है। भीड़ में खोने के लिए साड़ी, शलवार कमीज़, ऐसे सबके जैसे कपड़े डाट लेते हैं। डाट के सोचते हैं अब निश्चिन्त होकर किसी भी पार्क में जितना भी चाहो भ्रमण लगा सकते हो। सेहतअंगेज सैर कर सकते हो।

क्योंकि

सैर तो करनी ही थी। सब करते हैं। इसमें मैं सबके जैसी हूँ!

लिहाजा उम्र जो भी, लिंग जो भी, वर्ग जो भी, हर भेद जो भी, सबके सब करें वॉक। वॉक वॉक वॉक। कोई करे जॉगिंग, रीबॉक और नाइके में। दूसरा उठाए बाँहें सतर और मार्च अनन्त। कोई बनाए बाँहों को चप्पू, कोई बनाए चक्कू। कोई चले, रुके, सिर पे खड़ा हो जाए, फिर चल पड़े। पर चलें सब के सब।

मैं भी, अनुदिन, लगातार, बिला फेल, बिला रोक, कभी-कभी बिला रुक! हरी ओम हरी ओम की पुकार से लगभग ताल मिलाती। ऐसे जैसे कभी नहीं रुकूँगी, चलती रहूँगी, सैर तन्द्रा में चली गई हूँ और चलती जा रही हूँ।

वैसे

मैं गजब की वॉकर हूँ। मगर जैसे लेखन में खुद को देखते हुए नहीं लिख सकती, यानी कोई देखता हो तो, उसी तरह चलना भी टूट जाता है अगर खुद को देखने लगो। यानी कोई देखने लगे।

चलना मेरे लिए जैसे लिखना।

जैसे मेडिटेशन। ध्यान। एकतान। वॉक-बिन्दु पर अन्तर्नेत्र फोकस। वॉक

वॉक वॉक। बिन्दु केन्द्र। वॉक वॉक। बिन्दु ग़ायब। बस वॉक। अन्दर बाहर बजरी की धुन। बन गए वही ध्वनि। बिसर गए गर्दिश में। ब्रह्मांड में समाहित।

मगर

मगर तब जब कोई देखे नहीं। वरना उकता जाओगे अपनी झलक से। थक जाओगे अपने अक्स से। कपड़े बदल डालोगे तो भी वह सामने होगा। आखिर ठोढ़ी का ढब और कन्धे मचान तो वही पुराने रहेंगे! लोग भी पुराने होंगे। हैरान, परेशान, नज़र भोंकू, नज़र भौंकू।

एलर्जी हो जाती है। किसी को अंडे से। किसी को धूल से। किसी को घूरे जाने से, जैसे मुझे। तब करना पड़ता है घेरे को छोटा और अब यहाँ ही चलती हूँ।

सुबह-सुबह। जब अँधेरा अभी पसरा पड़ा है। पहले कि उजाला दुनिया को नंगा करे और वह मुझे।

रुका जाए, मैंने सहज स्वर में खुद से कहा।

मानो मालूम नहीं कि बार-बार यही कोशिश तो कर रही हूँ! हरी ओम जाने कब से। कहीं दरवाजा कोई खड़का, किसी की कमीज़ का रंग चमका, और मेरी चाल मुस्तैद; आगे पीछे नज़र डाली और मैं फिर, फिरफिरफिर,

रुक जा बायाँ पैर थम जा दायाँ पैर।

जरा डगमग और फिर आगे!

अभी भी लेकिन मैं धीर ही थी। झट घबराने लगूँ ऐसी नहीं हूँ। धुकड़-पुकड़ को केंचुआ मान भीतर अँधेरे में लुका देती हूँ और धीर गम्भीर चलती जाती हूँ। बशर्ते कि उसके बारे में सोचूँ नहीं चूँकि सोचा नहीं — जैसा केंचुआ चाह रहा था — कि वह सर्प बनके उछल आएगा। और मुझे पूछना पड़ेगा। कहीं है तो नहीं यह घबराने लायक

स्थिति?

इसका जवाब मैंने मुल्तवी कर दिया था।

फाटक फिर आ गया और गार्ड मुझे देख बाअदब खड़ा हो गया।

वाह, लगातार सामने पड़ने ने मुझे सलाम पाने के काबिल बना दिया।

सलाम, मैंने सर हिलाया, वेग से आगे निकलने के पहले, पर, तभी समझ आ गया कि वह डे गार्ड से ड्यूटी बदलने उठा था, बस!

हरी ओम वाले हँसने लगे। हाथ ऊपर आकाश की तरफ उठा कर। गाल

फुला के, मुँह फाड़ के। पागलों की तरह। ठहाकों से सेहत बनाते।

हा हा हा हा हा!

हो हो हो हो हो!

हि हि हि हि हि!

हु हु हु हु हु!

मुझ पर नहीं।

न...हीं...?

मुझ पर तो नहीं!

इमारतों के बीच से उनकी हँसी मेरा पीछा करती। मैं रल्ला सी निकल जाती। एक कौआ साथ-साथ फुदकता चला। तू भी हँसता है? घूरता है? डरता नहीं। देख कौए, तेरे देखने पे कोई गुरेज़ नहीं, मैं गोल-गोल चलूँगी।

लोग और निकलने लगे थे।

मैंने चेहरा सँभाला, पैरों को धिक्कारा, शर्ट नीचे खींची, हाँ घुस गई थी नितम्बों के बीच, गर्मी भी तो उठान पर थी, और मैं चलती रही। गोल पे गोल। हेज से सटी बजरी पे, मल्टीस्टोरी इमारतों के चारों ओर। सेमल से, आम से, पीपल से, फाटक से, सेमल से, आम से, पीपल से, फाटक से...। रेस करो तो सात मिनट का राउंड, सौम्य चलो तो दस, बुढ़ऊ बनो तो आधा घंटा तक। एक राउंड पाँच सौ कदम। दो हजार डग पूरे तो एक मील पूरा। और सौ कैलोरी कम और दिल फेफड़े त्वचा की दमक ज्यादा, जरा कुछ तो, बुढ़ापा दूर सरक जाए, जरा मरा तो, उमर बढ़ ली, मिनट-दर-मिनट, और नींद हो गई गहरी, मीठी, घूम के लौट जाओ जब।

सब चंगा मानो, मैंने आतुरी दबाई, और चलती चलो, ठोढ़ी टाइट, कन्धे मचान, बाँहें मार्च ऑन, साँसें घमासान, पैर निर्दयी, पैर बेईमान।

और सुनो, किसी को क्या पता मैं कब से यहाँ हूँ? जो स्कूल बस पकड़ने निकली है उसने एक ही पलक तो देखा मुझे और गई। वे ऑफ़िस को चले, देखा, गए। अख़बारवाले ने अपनी बाज़ीगरी आज़मायी, देखा, और गया। जब जिसने देखा उसी पल मैं निकली हो सकती हूँ?! घूमने। आपस में दरियाफ्त करेंगे कि तुमने कब देखा और हमने कब?

हाँ जी, मैंने तभी शुरू किया है जब आपने देखा!

इतना ही ज़रूरी बस, कि अपनी शुरुआत का चिट्ठा न खुलने दूँ। घंटों पहले — या और, मुझे क्या पता — का।

मन्दिर की बगल से निकली, अपनी टाँगों और अपने परिवेश से तारतम्य बने होने का भाव ओढ़े और बेधड़क घूमती रही।

गुड मॉरनिंग, कोई बुदबुदाया। मैं जोश से पास से निकली। आज सारा गोश्त-ए-थुलथुल झटक देने की ठानी है, ऐसे!

कुछ मैं भी बुदबुदाई पर हम अलग हो चुके थे। मैं सेमल के नीचे थी जहाँ से मुड़ना पड़ता है।

रुकने की कोशिश नहीं की। कहीं वह देख रहा हो मुड़कर? शर्ट खींची, फिर तो नहीं अन्दर? लुढ़कती चली।

जैसे कंकड़।

चोर निगाह इधर-उधर। आगे बढ़ो लेफ्ट-राइट। अगला मोड़ यानी अगला पेड़ आम का मिरगिल्ला। तीव्र घुमाव धीमा चलो। मुड़ने का टाइम यानी रुकने का टाइम यानी कोशिश का टाइम यानी बेमुरौव्वत इन टाँगों से उम्मीद करने का टाइम यानी कोशिश तो की, धीरे भी हुई, रुकी पर नहीं। चुन्नी सी फड़फड़ा के आगे।

मैं कंकड़, मैं चुन्नी, चकरघिन्नी, फिरती गोल-गोल सोसायटी के भीतर और अब क्या करूँ?

इतना साफ हो चुका था कि जिसे मैं रुकती गति समझना चाह रही थी वह था बदन का मोड़ पर डुगडुगाना कि बजरी के संग-संग घूम लूँ वरना जा लड़ूँगी तने से या फाटक से या खम्भे से।

यह मगर मैं जानती हूँ कि कोशिश मैं किए जा रही थी और वो कोशिश यह भी थी कि सर्प केंचुआ बना चुपका रहे और चेहरा मेरा शान्त रहे। एक ब्लाक की लेखिका, तन्दुरुस्त, फुर्तीली, तन्दुरुस्ती और फुर्ती बरकरार रखने मॉर्निंग वॉक में पिली हुई और इसमें अजीब क्या है?

इसमें अजीब क्या जनाब?

मतलब मामला सन्तुलन का। सन्तुलन बरतने का। सन्तुलन दरसाने का। रुकने की नाकाम कवायद और सर्राटे से चलते पैरों के बीच सहजपन की डोर खींचने का।

कि सहज और बामकसद है ये होना — लट्टू, धूमकेतु, औरत।

सहज ये घूमना। सहज ये स्पिन।

हाय कि जो कर रहे हैं उसमें सहज रहें।

सहज दिखें।

सहज महसूसें।

सहज हो जाए तेरी आँखों में छवि मेरी।

सहज है ये, का प्रस्ताव रखें नया, और यू.एन. उसे मंज़ूर कर दे।

थका देती है यह सहजपन की चाह।

मैं थकने लगी थी। तन में कम, मन में अधिक।

प्रश्न यह भी कि कितना वजन आज ही छिजाना है और चाहती भी हूँ मैं ऐसा वाह वाह फिगर?

हाय, सुस्ता लेने दो मुझे जमाने की भीड़ में छिप कर, मेरी थकी आत्मा की पुकार।

हँसना बन्द हो गया। अब योग शुरू था। फ्लैटों के बीच से मैंने देखा। जैसे एनिमेशन फिल्म। टुकड़ा-टुकड़ा जुड़ के बनती। अब नाव। अब मछली। अब साँप।

एक बूढ़ा आदमी, लाठी टेकता, कमर पे दोहरा झुका हुआ।

लाठी रखी।

सुस्ताया।

खड़ा हो गया।

टेढ़ा बकरा मगर सीधा।

रीढ़ लहरिया मगर सीधी।

सिर आकाश को, पाँव धरती पे।

मैं हैरान।

इधर वर्जिश, उधर वर्जिश।

मैं हैरान।

एक औरत कौन सा जानवर बनी है?

उकड़ूँ बैठी।

टाँगें उलटाए।

उलझाए।

पाँव कान पे, सिर पाँवों के बीच।

हथेलियों पर टिक के झूल रही है।

अगले राउंड में देखा वह जॉगिंग सूट में।

अगला राउंड, कहाँ गई?

अगला राउंड, झाड़ के पीछे जॉगिंग सूट तहा रही है।

अगला राउंड, गार्ड की ड्रेस में।

अगला राउंड, कहीं आदमी तो नहीं?

अगला राउंड, तो क्या हमारी सोसायटी ने औरत गार्ड रख ली है?

अगला राउंड, तो क्या मैं सोचती हूँ मैं ही इस जमाने की औरत जो अलग कुछ करने लगी?

अगला राउंड, अपनी याद आ गई क्योंकि कब तक न आती कि पैर हमारे हावी हैं और बछेड़ीपन के चक्कर हैं। थकान लौट आई, दर्द भी और अनचाही नज़रें भी।

बिला शक अब नज़रें बढ़ गई थीं। मेरी छवि उनमें पुरानी पहचानी। हैरत उनमें स्थायी कि ये कौन क्या किस चौखटे में फिट? डे गार्ड झेंप के अलग मुड़ जाता मेरे फिर-फिर फाटक पे प्रकट होने पर।

लोग भी वे आ गए थे जो दिन भर ठहरेंगे — प्रेसवाला, सब्ज़ीवाला, फलवाला, गेट के बाहर। अब यह इत्मीनान कैसे करूँ कि एक बार देखेंगे और चले जाएँगे बिना ये जाने कि कब से और कब तक यही रील चल रही है।

आपस में कानाफूसी भी करने लगे हों वरना ये कामवालियाँ घरों में घुस के उनकी बालकनी पर 'नमस्ते मैडम' करने आज तक तो झाँकी नहीं! औरतें भी औरतों के संग अपना कुरेदूपन नहीं छिपा पातीं!

बहरहाल मैं कर ही क्या सकती थी सिवाय गोल-गोल चक्कर मारने के? क्या मैं सब कुछ कर चुकी थी — दूर पार्क के बड़े घरों से लेकर उससे छोटे, फिर और छोटे, फिर पास और पास के घेरे में, और वापस उसी बिन्दु पर पहुँच गई जहाँ से भागी थी? वहीं राउंड राउंड।

एक वादा मैंने तब किया। कि यह जोखिम अब नहीं उठाने की। बहुत कर ली राउंड राउंड सैर। करना है तो फ्लैट में करूँगी, छोटा है तो क्या? दस चक्कर यहाँ जुड़ के कुछ बनते हैं तो पचास वहाँ।

अच्छा सौ।

चलो दो सौ।

जितने भी करूँगी, वहीं करूँगी, अपनी दीवारों की हिफ़ाज़त में।

और पाऊँ कि वहाँ भी रुक नहीं पा रही तो मार तो सकूँगी अपनी काया को ज़ोर से दीवार में या सोफे में या अपनी मेज पे और खुशी से सिर फटने दूँगी और बहने दूँगी खून उस जगह जहाँ मैं लिखना प्रिफर करती हूँ और लहूलुहान मौत में घुस जाऊँगी, अकेली, निश्चिन्त।

यहाँ इतना भी हक नहीं मुझे। कि तने में, दीवार में, गेट से, लड़ जाऊँ, किसी तरह झटके से घूमने पे। ओमाईगॉड मैंने कल्पना की, कैसे हँसी मंडली योगा शोगा छोड़ मेरी तरफ दौड़ पड़ेगी और कितनी सारी आँखें एक संग मुझ पर झुक मुझे घूरेंगी और मेरा खून किधर, कैसे, बह रहा होगा और मेरे कपड़े और मेरी खाल और मेरा जबड़ा न जाने कैसे घुचे मुचे फटे? क्या मालूम मैं बच्ची की तरह सुबकने लगूँ?

नो, नहीं, मैं पब्लिक में नहीं रो सकती।

नहीं, नो, मैंने अपने को फटकार पिलाई, आँखों में उमड़ते आँसुओं पर। बिल्कुल नहीं पता था मुझे कि मैं कब से घूम रही हूँ पर स्पीड मेरी हवाई जहाज और ओमाईगॉड मैं थक गई थी, जिस एहसास पर आँसू फिर उमड़ने को हो गए।

लोग थे कि जो शुरू किया था, पूरा करके उठ पा रहे थे। हँसी, योग, सब पूरे हुए, गाड़ियाँ भी बैक हुईं, निकल गईं। मैं ही — न बैक, न ब्रेक।

कार पार्क बल्कि अब पार्क था, भले ही बजरी का। खाली-खाली।

मेरे जूते उस पर बजते।

बिना व्यवधान और घोर संकल्प से, लग सकता है, मैं चलती रही।

हरी ॐम मंडली उर्फ हँसी मंडली उर्फ योग मंडली अब रामनाम कर रही थी। मेरी हर झलक पे वे चीखते राम नाम एक, राम नाम दो।

राम नाम तीन।

राम नाम चार।

मैं गोल गोल।

राम नाम सत।

राम नाम सत।

मेरे कानों को लगा।

तब वह उछला, फन उठा के, केंचुए से साँप बन के? मेरे अँधेरों से निकल के, और सटाक मेरे चेहरे पर फैल गया फुफकारता — ये हो क्या रहा है? इसका अन्त होगा क्या? इसका अन्त होगा?

या मेरी जैसी औरतें बस शुरू करती हैं, फिर चलती रहती हैं गोल गोल गोल गोल! बड़े घेरे से छोटे से छोटे...

चूर चूर।

जैसा कि कोई भी मेरी दशा में होगा। चल रही हैं सुबह से, पौ फटने के पहले से, मटमैले उजाले की बढ़त में।

सुबह से अब तक कितने घंटे हो गए होंगे, मैंने सवाल किया?

जिस पर सवालों का अम्बार लग गया। कि क्या सिर्फ सुबह से? कहीं कल शाम से? या कल सुबह से, या परसों से?

अब मैंने याद करना चाहा कि सैर पर निकलने से पहले क्या किया तो शायद अनुमान लगे कि किस टाइम — दिन? — से निकली हूँ पर सहसा जो क्रियाएँ याद आईं वे आम थीं और उनका अलग कोई समय नहीं होता, विशिष्ट कोई पहचान नहीं होती। कि चाय पी, सोई, ब्रा पहना, हाजमे की गोली ली, त्रिफला पानी में घोल कर पिया। सवाल फिर भी कि ये नितक्रम आज किए कि कल कि और पहले? हथेली मुँह के आगे रखी, चलते हुए, और 'हाह' करके साँस छोड़ी और उसे नाक की तरफ फूँका कि मंजन सूँघ पाऊँ, कितना ताज़ा है, अन्दाज़ूँ?

निबट ली, पेट पर हाथ रखा? हलका है कि भारी? और सूसू? ब्लैडर कहाँ है, हाथों से खोजा?

जो अच्छी सूझ नहीं थी, क्योंकि सू सू अभी ही की हो तो भी वह याद करते ही फिर आ जाती है! सू सू, जम्हाई, अलादीन का जिन!

अब क्या, चक्कर काटते-काटते पूछने लगी, इस सूसूलगीहै को मैं कहाँ बिठाऊँ?

बेवकूफीप्रद बात से बेहतर कुछ नहीं किसी ट्रेजेडी को मुकम्मल बनाने के लिए। दर्द का लिबास बार-बार जोकराना होता है। नब्बे बरस की बुढ़िया अपनी नातिन की शादी के लिए तैयार हो रही है और झुर्रियों की लड़ियाँ पहने

अपनी गरदन पर बहू-बेटियों के हार ट्राई ऑन कर रही है, ये पहनूँ कि ये, जैसे उसके गले को निहारने बरात आएगी! आखिरी साँसें गिनता मरीज रेडियो थेरपी में ढेर हो रहा है पर जिद ये कि अलग रंग और डिजाइन की टोपियाँ लाओ, जो फबेगी वह मेरे बाल उड़े सिर को चाहिए। और हम, जो निकले इस दिन घूमने और घूमे ही जा रहे हैं और सू सू भी आ रही है!

ऐसी करुणा महिला वर्ग के प्रति कभी जो पहले मुझमें भरी हो! वॉक और ज्वारभाटा सी उफनती दबती लहर। काश कि बूँद-बूँद चुआती बढ़ सकती इस विद्रोही सैर में!

आदमी भी, मुझे पता है, इस चपेट में मुश्किल में होता। पर यह भी हो सकता है कि आदमी होती तो इस स्थिति में ही न होती? नहीं, सच्ची! बार-बार हालात के फेर में निकल न जाना पड़ता। निकल के घूरती नज़रों से मुकाबला न करना पड़ता। चूँकि किस आदमी का ब्रा स्ट्रैप झाँकता है या ऐसा कुछ? उस पार्क से, इससे, पास, न लौटना पड़ता। अँधेरे पल, लुके कोने, ढूँढ़ने न पड़ते, जो करना था उसे करने। जो करना था वही करना न पड़ता!

टट्टी पेशाब से मात खाई औरतों से ढेरों हमदर्दी के संग मैं चलती रही। मेरी मॉर्निंग वॉक में नया रुख आया, कह सकते हैं। कहाँ दबा के रख लेती हैं जब इस तरह दिन और लोगों के उजाले में होती हैं हम सब?

यह तक सूझ उठा मुझे, चलते-चलते — अब इसे दोहराने की ज़रूरत क्या? — कि मान लो देवी सीता पर भी यही मुसीबत आन पड़ी हो? लग आई और जाना था? जब किस्सा चरम पे था? पति बूँद-बूँद बेइज़्ज़ती कर रहे थे?

दुख, जलालत, तिरस्कार की गरिमामय लपेट भी जोकराना! हिन्दू देवी, हिन्दू नारी, पतिव्रता, सेवारत, हाथ जोड़े खड़ी है, चेहरा अपमान में नहाया हुआ, माँ जननी फट पड़ो, मुझे, मेरी लज्जा के साथ, छुपा लो। वह नीचे गईं मगर ऊपर हो गईं, राम ऊपर थे मगर नीचे गिर गए!

पर

उस अभिमानी पल में उन्हें मेरी तरह लग आई होती? लज्जा बढ़ न जाती? विनती और विनीत न हो जाती?

फिर भी वे खुशनसीब कि छिप पाईं महान आत्मसम्मान के मुलम्मे में।

मगर मैं? क्या गरूर माथे पर पोतूँ, उजली धूप में जोकराना गति से गोल-

गोल चलती और ब्लैडर को बन्द रह...बन्द रह...काबू...काबू...।

पैन्ट नीचे करके कूदूँ? क्योंकि कूदना तो पड़ेगा, मेंढक की तरह, क्योंकि पैर ये खुदगर्ज, दया धर्म दिखाने से रहे, एक पल अवकाश भी न देंगे?

तो फिर एक ही बात हो सकती थी...पर कैसे कहूँ...नहीं, नहीं कह सकती...नहीं...अपने से भी नहीं...कान बन्द...।...!

बस चलते-चलते चलती रही और पल-पल और गरम होते सूरज ने बाकी जो करना था किया।

हाँ, सूरज उरूज पे था और धूप बढ़ गई थी। लोग मगर घट गए थे। शुक्र है! क्योंकि अप्रैल की दोपहरों में कोई, कब तक, बाहर रहेगा? वही जिसके पास कोई चारा न होगा! गेटवाले भी छायेदार सायों में बचे खुचे हो गए। धोबी, दुकानदार, सब। माली ने तय कर लिया कि लॉन, बाग, सारे की निराई, गुड़ाई, पानी हो चुके, अब सो लो। सुबहवाला व्यस्त वेग नहीं रहा।

मुझ में छोड़कर! या मेरे पैरों में। जो ड्यूटी की तरह कायम थे। ड्यूटी में निर्लज्ज, मेरे संकोच पे हिकारती। चलते रहे, चलाते रहे।

पैरों की क्या कहूँ जब वे मेरे होकर भी मेरे नहीं, पर मैं (वैसे अब सोचती हूँ कहाँ हूँ मैं, पैरों में नहीं, दिल में, माथे में, पेट में, पैरों में तो नहीं?) शिद्दत से महसूस करती हूँ जो भी मैं महसूस करती हूँ। गर्मी का खयाल आ गया तो ढेरों गर्मी लगने लगी।

सम्भव है, क्यों नहीं, कि दिन चढ़ने का नतीजा था। महीना ग्रीष्म का, वक्त दोपहर का। घड़ी और कैलेंडर तो बाँधे नहीं थी पर क़यास लगा सकती थी।

कहाँ चलूँ कि साया मिले? तीन पेड़ बाउंडरी पे! कोनों पर, जहाँ घुमाव आता था। कोशिश करने लगी कि पेड़ से पेड़ तक रेस करती जाऊँ (जो वैसे भी कर रही थी) नंगी हेज के संग संग, और पेड़ों के नीचे धीमी हो जाऊँ (जो वैसे भी होती थी)।

मैं साये से साये तक फाँदने लगी। जैसे जलती रेत पर एक परछाँई से दूसरी तक कूदते जाया जाता है। बीच के दरमियान को लगभग, पाँव बिना नीचे धरे, लाँघते!

क्या मैं उड़ती सी दीख रही थी? पेड़ से पेड़ से पेड़ तक?

पेड़ से पेड़ से पेड़ बस देखो और बीच की तचन मिटा दो तो तीन पेड़ क्या जंगल बन जाते हैं?

इस तरह चल रही थी मैं उस निष्ठुर अप्रैल के दिन, अपनी शुरुआत याद करने में असमर्थ और अपने अन्त को पकड़ पाने में भी। तेज़ धूप में जलती, बचती, जलती...।

प्यास लगने लगी। पाइप दिखने लगा। या पाइप दिखने लगा और प्यास लगने लगी।

माली महोदय गमछा मुँह पर ओढ़े सो रहे थे, पाइप गमले के पास क्यारी में चलता छोड़! बिल्डिंग के बीच। मुझसे दूर मगर पास। मेरे पास फिर भी दूर।

हर बार दिखता। प्यास बढ़ाता।

तब मैं इस अभ्यास में लगी कि पाइप जहाँ था उस ओपनिंग पर गुज़रते हुए दायाँ पाँव जरा और दाएँ फटक दूँ, नीचे रखने के पहले। नौकरी पहले मिल गई, हुनर बाद में सीखा! तो क्या? निरे ऐसे। डॉक्टर, इंजीनियर, ड्राइवर, दो चार को मारा, कुछेक पुल गिराए, गाड़ियाँ फोड़ीं और सीख गए!

मैं भी करते करते कर गई।

पहले पाँव फटका।

फिर पाइप को किक मारा। अपनी तरफ गिराया।

गमले पर फेंका।

फिर दाहिने को झुक, चुल्लू में पानी उठा लिया।

उठा भी लिया, कुछ पी भी लिया।

एक्वागार्ड और आर ओ का पानी नहीं था वह, पर इन मौकों पर ऐसी बातों की दरकार नहीं होती।

वैसे, सच बताना है तो, पीपल के नीचे उगे मन्दिर में चढ़े परशाद के टुकड़े, गरी और चना और इलायचीदाना, भी मैंने ऐसे ही उठा लिये। गिलहरी, चिड़िया, चींटी से गई बीती तो नहीं, हमारी भी इक जान है चारा माँगती!

ज़रा झुकी,
ज़रा और
हर राउंड में ज़रा और
और चील झपट्टा लग गया

और मैं गिर के तमाशा भी नहीं बनी।

फिर सतर और लेफ्ट राइट लेफ्ट राइट।

बाद में पूछने वाली थी कि कब मैंने खाया और कब पिया, उसी रोज़ या अगले रोज़ या उसके भी बाद, मगर वक्त पहली चीज़ थी जो मैंने गँवाई उस अजीब घड़ी में, जब भी वह थी, और इसलिए मैं बता न पाऊँगी।

फिर जलते सूरज की आदत पड़ गई। न दहकान थी, न पसीना।

या सूरज ही शीतल हो चला था।

इस पर ज़रूर मेरा ध्यान गया कि स्कूल के बच्चे लौट रहे हैं और अन्दर जाकर अपनी माताओं को लेकर अपने बरामदे बालकनी पर आकर मेरी तरफ इशारे मार रहे हैं। स्पष्ट नहीं, फिर भी। पता तो लग ही जाता है।

शायद...?

हाँ शायद उन्होंने ही, औरतों और बच्चों ने, काम से लौटे आदमियों को खबर दी कि लगता है कोई औरत सुबह से वॉक कर रही है। या कब से? और लोग बालकनी पर जमा होने लगे और शाम की लाली में खड़े मुझे देखने लगे। यह जतलाते कि थक के लौटे हैं काम-काज, ट्रैफिक के बाद और अब पना, चाय, लस्सी, रूहअफज़ा पीने क्यों न निकलें अपनी ही बालकनी पर, चाहे हो या न हो कोई बावली जो मैराथन ढंग से गोल पर गोल पर गोल चक्कर काट रही है?

सबने देखा — एक ही पल में नहीं जैसा बता चुकी हूँ पर जब जिसके आगे मैं पाँव पटकती पड़ जाती — और बिना बूझे नज़र हटा ली।

या क्या मालूम मैं ही देख रही थी और वे सब वही कर रहे थे जो हर रोज़ करते हैं? बेशक किसी ने मुझे रोका नहीं, कूद के मेरी राह में, जबरन कन्धे बाँहें खींच के मेरा पाँव रस्सी में फँसा के मुझे गिराया नहीं, ना ही जाल फेंक कर उसमें मुझे जकड़ दिया। मैं आज़ाद थी बशर्ते उनकी राह में व्यवधान न बनूँ। जो मैं नहीं बनी, थोड़ा बाएँ, थोड़ा दाएँ, झुकने बल खाने में माहिर, बिना उन्हें या उनकी गाड़ियों को ठोकर मारती, चलती हुई।

लेकिन ये भी तो हो सकता है कि समझ नहीं पा रहे थे कैसे मुझे मना करें? उन्हीं सब की तरह जो अभिवादन करने से कतराते थे कि क्या कहें? क्या मालूम ये मन ही मन कुढ़ रहे हों पर कैसे तो मुझे हाथ लगाएँ? गार्ड से कहें? पुलिस से कहें? पुलिस वुमैन से कहें?

इस पर तो मैं मर ही गई। बिना मरे यानी! बस पानी पानी। इस कदर खुराफाती लगती हुई। मुझे पता था, मेरा रोंआ-रोंआ जान रहा था कि मेरा अनजाना ढंग उन्हें परेशान कर रहा है। नाहक चर्चा होगा। मखौल बनेगा। उनकी हाउजिंग सोसायटी को लेकर फब्तियाँ कसी जाएँगी। प्रेसवाले भी कैमरे शैमरे लेकर पहुँचेंगे। कोई समझ नहीं पाएगा कि मुझे कैसे रोकें — ये भी नहीं कि मैं खुद भी नहीं जानती — पर इतना ज्यादा मंच पर होना सबको खलेगा। बहू बेटियोंवाले। ऐरे गैरे पहुँचेंगे मेरा नाटक देखने के बहाने उनके घरों में ताक-झाँक करने। बच्चे अलग पढ़ाई-लिखाई छोड़ बालकनी पर भागे जाएँगे — अब क्या कर रही है, रुकी या अभी भी चल रही है? जो चिन्ता की बात होगी आज के कॉम्पटिशन के जमाने में और घटती नौकरियों की दुनिया में। इसका खेल है क्या, सब सोचेंगे? कौन सा नारीवादी शगूफ़ा अब खिला रही है? ज़ोर से प्रतिवाद करने से इसलिए भी वे डरेंगे कि क्या पता ये नारी आन्दोलनवालों को जमा कर दे उनके दर पे धरना देने?

ओह ओह मैं अपराधबोध से भरने लगी और सोचने लगी पूरी ईमानदारी के साथ कह दूँ, सच उगल दूँ, और चिरौरी करूँ कि तमाचा लगा के पहले मुझे गिरा दो, फ़िर धर दबोचो और हिलने न दो।

मेरी आत्मा पर इतना बोझ और फिर भी चक्कर काटे जा रही हूँ।

क्रान्ति होगी कोई, इन सिरफिरी औरतों की, बड़बड़ा रहे होंगे।

मुझे समझाना पड़ेगा। मुझे विनती करनी पड़ेगी। कि समझें। उनकी बहुत बातें हैं जिनसे मैं सहमत नहीं, पर इस दफे मैं दूसरी तरफ नहीं हूँ, उन्हीं की साइड पर हूँ और जैसा कहते हैं अबला नारी हूँ, किस्मत की मारी हूँ, हारी हुई कहानी हूँ, अलबत्ता कुछ नए घुमाव के साथ!

ऐसे नहीं चल सकता।

मतलब ऐसे नहीं चल सकती।

मुझे बिना लागलपेट पूरा खुलासा करना होगा। माफ़ी माँगनी होगी, जो मैं ऐसी हूँ, जैसी हो गई हूँ। मेरे तन मन आत्मा इस निराले गोलमेल में!

मैंने कातर नज़र उठाई, अपनी चाल में नेक इरादा डाल उससे ताल मिलाई और बढ़ी, कि जो दिख जाए उसी को समझाऊँ।

धुर सामने, फाटक पर, चिट्ठियों की गड्डी फेंटते इंजीनियर साहब।

"हैलो," मैंने मुँह खोला, उनके करीब आते हुए, "सुनिए टुक...!"

पर वे गार्ड को कस के डाँट पिलाकर सर उठा के निकल गए।

गार्ड ने भी अनदेखा किया, ज़रूर चिढ़ के, कि मैंने उसको फटकार पाते देख लिया।

अब किस से, मैं चलती चली, दोनों तरफ चौकन्नी देखती? सोसायटी का प्रेज़िडेंट दिखा, माली को डाँटता कि झाड़ें क्यों छाँटीं और डालें क्यों ट्रिम कीं? आपकी तो सातवीं मंजिला शान, दूसरे कहते, ऊपर से हरियाली सराहो, पर हम तो नीचे जहाँ कीड़े-मकोड़े, मच्छर, शायद साँप भी, निकलते हैं, तो काट दो।

छाँटो, न छाँटो, के बीच माली रूठा खड़ा था और प्रेज़िडेंट उर्फ रिटायर्ड आई. जी. ऐसे जैसे हाथ में पुलिस का डंडा अभी भी!

पर यह पल गरूर दिखाने का नहीं है, मैंने तय किया।

"मिस्टर आई. जी.," मैंने शुरू किया।

वे मुझसे कुछ गज की दूरी पर, उसी राह पर जिस की मैं खाक छान रही थी।

"मिस्टर प्रेज़िडेंट," मैंने हाथ सलूट में उठाया। थोड़ा पहले से ही चालू, क्योंकि उनके पार निकल गई और अपनी बात पूरी न कह पाई तो क्या आगे बजरी को सुनाती निकलूँगी? आई. जी. साहब मेरे संग-संग बाअदब दौड़ने नहीं वाले कि मैं अपनी दो टका बात पूरी कर सकूँ!

पर जैसी मेरी उन से अपेक्षा भी थी, जनाब ने सरसरी निगाह मुझ पर फेरी और कि-त-ने मगरूर ढंग से मुँह उधर, हाथ से हवा में यों वार करते कि मक्खी उड़ा रहे हों।

उफ्फ, तमाचा लगाना चाहिए, मैंने बेबस चलते सोचा। ये सामन्ती टुकड़े किसी युग के, अंग्रेजों की औलाद, फासिस्ट जल्लाद।

मुझे मगर ज़रूरी काम है, तमाचों, तानाशाहों पर ग़ौर करने का ये समय नहीं।

समय होता तो अपनी मंशा पर शक कर लेती शायद। अपने को यह बता लेना कि इन हैरतमंद, परेशान, चकित जनता, बच्चों, की ख़ैरख़्वाही में तैयार हो गई हूँ कि मुझे शिकार मान लो और पकड़ लो, ना कि यह मेरी

आखिरी उम्मीद थी कि रुक पाऊँ उस अजीबोगरीब दिन की उस अजीबोगरीब गश्त में।

पर जब पूरे जहान को यह बीमारी है तो मुझे अलग कर के क्यों देखा जाए कि करते हैं जो करते हैं खुद के लिए मगर मानते हैं परहित के लिए, कि यह तो संवेदना और भलमनसाहत हमारी!

मैंने फिर कहने की कोशिश की। फिर और फिर। जो रास्ते में या पास में दिख जाए उसी से।

माफ़ करिएगा...

सुनिए...

प्लीज़...

हे...

एक्सक्यूज़ मी...मैं...नहीं...मगर...

हर बार नाकामयाब।

मेरे चलते-चलते सूरज डूब गया और इलैक्ट्रिक बल्ब जल उठे।

उन पर अँधेरा लहरा रहा था और मैं चक्कर काट रही थी और अपनी सुनवाई की चेष्टा किए जा रही थी। सोसायटी के एक-एक बाशिन्दे से।

बदतमीजी से, लापरवाही से, सब ऐसे पलट जाते अलग, कि मैं कुछ भी नहीं।

तब तक शाम गहरा चुकी थी और फ्लैट लैम्प की तरह जल उठे थे।

आठ बजे होंगे, मैंने अनुमान लगाया, जब आरती का मजमा निकलने लगा। हर राउंड में पीपल के नीचे थोड़े और लोग आ जाते। इसी सोसायटी के पांडे पुरोहित आ गए। और औरतें दीया जला के पूजा करने लगीं और सभी भक्ति में एकजुट हो गए।

मैं झेंपी झेंपी निकली, कई-कई बार, इस अड़ में पक्की कि इतनों में एक से तो कह ही दूँगी। भजन प्रार्थनावालों में दया की कमी न होगी। अरज ही तो सुना रहे थे। मेरी भी अरज सुन लो।

बार-बार आ जाती, झेंप से अलग देखती, धार्मिक सौहार्द से शीश झुकाती, आँखें मिलाने के फेर में आँख मिलाती।

यह आखिरी मौका न फिसल जाए हाथ से, हर चक्कर में और विकल

हो रही थी। तो मैंने हर बार, मन्दिर की बगल से परेड मारने के दौरान, सम्पर्क की कड़ी अभी से बनानी शुरू कर दी। हर बार सिर अतिरिक्त ज़ोरों से हिलाया और जिससे आँख मिल गई उसकी तरफ पूरी-पूरी मिन्नत आरज़ू से देखा। आँखों से याचना करती कि प्लीज़...अरज...सुनो...मेरी...पूजा के उपरान्त हाँ हाँ, एक तरफ रुकी हूँ, मतलब ठिठक के नहीं, चलते हुए ही रुकी हूँ और ठिठक के क्यों नहीं वही तो...अरज...सुनो...मेरी..., एक राउंड लगा कर आती हूँ फिर बताती हूँ, अधूरी बात अगली किस्त में, अगला राउंड अभी आई, भूलना नहीं, पूजा के बाद इधर मुख़ातिब होना, जब फुरसत हो जाएगी, और सुनना और पकड़ लेना मुझे और रोक देना और बाँध देना।

कृपया...। एक।

मेहरबानी...। दो।

प्लीज...। तीन।

विवश...। चार।

आरती के बीच घूम-घूम के मैं अपनी प्रार्थना कर रही थी।

अब, मैंने कहा, एट लास्ट, जब भीड़ हटने लगी।

सुनिए...।

ये जो हो रहा है...

तय करके नहीं...

न कोई षड्यंत्र...

सुनिए तो सही...

भीड़ और छँटी। मुझसे, मुझ पर गुजरती से बेज़ार, बेख़बर, अन्धे, बहरे, गूँगे।

"हे," मैंने आवाज़ लगाई।

"आप मुझे खास पसन्द न करते हों तो भी," मैं बिलबिलाई।

"ओके, आप मुझे नापसन्द करते हों तो भी।" मैं चिल्लाई।

"नफ़रत करते हों तो भी क्या?" मैं गरज पड़ी।

कोई सुन नहीं रहा था।

आरती की थाली तक मेरे धुर आगे से यों ले जा रहे थे जैसे अगरबत्ती का धुआँ, आरती, आचमन, कुछ मुझे नहीं मिलना चाहिए। धर्म और क्रूरता,

करारा कुछ उस पर मैं उनके मुँह पे कह सकती थी। पर कहने की तो कुछ और कोशिश कर रही थी। और कर इतना ही पा रही थी कि अर्ज बनी उनके बीच से निकल जाती हर बार, पर सुनो यह मेरे बावजूद है, चिल्लाती।

और वे मेरी बगल से निकले चले जा रहे थे, निकलते ही जा रहे थे। जैसे मैं वहाँ थी ही नहीं। जैसे मैं सूखा तिनका हूँ हवा में बेआवाज़ सरकता जिसे देखने की ज़रूरत नहीं। सच्ची, वे बेझिझक अपने-अपने फ्लैट में लौट गए और कोई-कोई तो मजा लूटने बालकनी में भी आ बैठे, व्हिस्की, जिन, रम, बर्फ़ पे उँडेल के और पकौड़े शकौड़े खाते रहे एकदम बेपरवाह कि ठीक उनकी नाक के नीचे एक बेचारी औरत फँस गई है, थक गई है, अकेली पड़ गई है, सहारा चाह सकती है।

कोई सन्देह नहीं कि किसी ने दिखावा करना भी लाजमी नहीं समझा कि मुझे रोकने की कोशिश कर रहे हैं। मुझे मेरी सनक में कुदकने छोड़ दिया। वे पीते रहें, खाते रहें, उनके माल असबाब सलामत रहें तो परेशानी क्या और किसकी? बस उनकी राह में रोड़ा न बनो।

सो तो मैं कहाँ थी, उनके सामाँ से अलग, दाएँ-बाएँ होते हुए चलने में मेरा कोई सानी नहीं।

सिर्फ सेमल ने कोई भेदभाव नहीं किया और मुझ पर और बाकी सोसायटी पर अपने नर्म-नर्म फाहे गिराने लगा। एक मेरे कन्धे पर फिसला, एक मेरी नाक पर टिक गया।

तितलियाँ

बात बड़ी सादी सी है — मैं समझ नहीं पा रही हूँ कि मैं सुखी हूँ कि दुखी! केरल की इस अपूर्व सुन्दर जगह में। बरसात, पेड़, हरा। लकड़ी के बने पुराने ढंग के घर में। नारियल की सुखायी गई सुनहरी पत्तियों की उलटी बिछी पंखों की छत के नीचे।

मेरे सीने में पंख उछले हैं और गले में उलटे बिछ गए हैं। यह डूबा हुआ दिल है कि उड़ने की कलाबाजी?

मैं बरामदे में बैठी हूँ और ऊपर बादलों का मेला है। वर्षा नहीं हो रही पर जैसे बूँद बूँद छिड़काव जारी है। अदृश्य आवाज़। शबनम की बूँदें दूब पर लुढ़क रही होंगी, हरी घास, हरे पत्ते, सब भीगे नहाए से हैं। मगर कहीं कोई चहबच्चे नहीं, पनियाले नहीं, कीचड़ नहीं। नरम हवा भी दिख नहीं रही पर हर तरफ मंद मंद है, गीत सी गुन गुन करती, जिस पर मैं इधर देखती हूँ, उधर देखती हूँ, कि कौन गा रहा है? तितली जितनी चिड़ियाँ और उतनी ही जित्ती पत्तियाँ, हलके से सिहर के नीचे बह आती हैं और पृथ्वी पर बिछी कालीनी वनस्पति पर तिर जाती हैं, या फिर उस में लुप्त ही हो जाती हैं।

हरा शनील यहाँ की धरती पर मढ़ा!

उसे देख कर मैं खुश हो रही हूँ कि उदास? यही पता नहीं चल रहा। हँसूँ कि रोऊँ?

सुन्दरता हँसाती है। रुलाती है? झुका आसमान उड़ाता है? दबाता है? खुलती हूँ, तो हँसूँ! घुटती हूँ, तो रोऊँ?

बेचैनी है।

जायफल का पेड़ है। उस पर हरे जायफल लदे पड़े हैं, सारे में पगलायी सुगन्ध फैलाते। काली मिर्च की लतर पर काले और हरे दाने गुच्छों में लटक रहे हैं। नारियल के पेड़ पंख फैलाये आकाश में झूम रहे हैं और नारियल के गोले, बन्दर के बच्चे जैसे माँ से, वैसे पेड़ से चिपके हुए हैं।

इक्की को लेकर बुआजी आई थीं तो दो साल का था और मेरी माँ की गोद में कूद आया। बच्चे का ऐसा स्वीकार दुनिया की हर दुत्कार को पछाड़ गिराता है, ऐसे माँ का चेहरा खिल गया था। इक्की उनके चेन के लॉकेट को बार बार खींच के मुँह में डाल रहा था। खींच खींच। माँ ने सोने की जंजीर उतार के उसके गले में डाल दी।

पता नहीं वह चेन कहाँ गई?

चेन, इक्की, माँ? बुआ?

गए तो रोऊँ, या याद आए, मुस्कराऊँ?

खाना पानी इन्तजाम की निगरानी रखने वाला सामने चला आ रहा है, लुंगी की दोनों तरफ चोंच निकाल कर ऐसे पकड़े जैसे स्कर्ट हो और बॉलरूम डान्स करने वाला है। मालिक हो या सेवक, यहाँ सब लुंगी का लहंगा बनाए चलते हैं। हँस दूँ?

मैं उससे कहती हूँ मुझे नारियल पानी पीना है मगर वह फिर वही दोहराता है कि बरसात में नारियल के पेड़ की फिसलन बहुत बढ़ जाती है और उन पर चढ़ना मुश्किल हो जाता है, इसलिए नहीं पिला सकता। यह सब एक दूसरे की जबान का एक भी शब्द जाने बिना हम बार बार कह लेते हैं। मैडम, कोकोनट, और थोड़ी मुस्कान और वेरी वेरी रेन बस बूझते हुए। हमारा वार्तालाप उसका सिर को तूफानी वेग से दखिनी अंदाज में हिलाते जाने से पूरा होता है, जिससे मैं फिर नहीं समझ पाती कि वह हाँ मैं कोशिश करके ले आऊँगा कह गया है या कि नहीं मैं नहीं ही ला पाऊँगा बोला है? और हम दोनों सरसता से हँसते हैं।

तो शायद में खुश ही हूँ।

पर नारियल इच्छा तो पूरी हुई नहीं है, दुखी है!

सामने पेड़ों के तनों पर ऑरकिड के फूल फूट रहे हैं।

एक पीली किरणों सा। मुझे बचपन का सूरज याद आता है जो हम कम्पस से गोला बनाकर चारों ओर एक छोटी एक बड़ी एक छोटी एक बड़ी लकीरें फुटा के बनाते थे।

एक शान्त, बैंगनी है, मुझमें बैंगनी उतराता।

वह दोरंगा है, गुलाबी और नारंगी, मेरे सीने में हूक उठ रही है।

फ़र्क़ क्यों पड़ना चाहिए गर मालूम नहीं हम दुखी हैं कि सुखी? यह तो मालूम है कि ख़ूबसूरती भरपूर है और प्रकृति से रस छलछला रहा है तो क्यों न बैठो चुपचाप और चुस्कियाँ लो? शान्त मन कर...

यही अटकाव है। शान्त बैठना नहीं हो पा रहा। दिल से वह लम्बी आह उठती है जैसे स्मृति का रेला।

शायद इस ख़ूबसूरत प्रकृति में बीती आत्माओं की ताक झाँक तो नहीं?

ऐसे ही दूब-हरे लॉन होते और शामों की महफ़िलें। दावत, संगीत, मेहमान, विलायती देशी की मिलावटें। लड़के, पपा मेरे नारियल वाले को आवाज़ देते और अंग्रेजी उच्चारण में कहते कोकोनट पानी माँगता और फिश फिंगर। अपने को भी, अंग्रेज साहब को भी, बेवकूफियाते। इक्की और मैं जगह खोजते कि रास्ते में थोड़ा पानी, थोड़ी मछली उड़ा लें। छिप के, हँसते हुए, नौकर की ट्रे खींचते।

वह कहीं पीछे से आता। जैसे उस झुरमुट के।

इस पर मैं उठ जाती हूँ और बाँस के झुरमुट की तरफ बढ़ती हूँ। कोई सुबुक सी। बाँस पर, कि इक्की पर...कि अपने पर...?

मेरे दोनों तरफ बाँस के झुरमुट, जैसे घने बाल सीधे कढ़े, और दूर तक जाती उनके बीच पतली माँग-सी सड़क। उसमें सिन्दूर नहीं है। पर ब्राह्मी घास उग आई है जिस पर चलती चली जाऊँ तो क्या आसमान में पहुँच जाऊँगी? जहाँ हैं वे सारे बिछुड़े हुए? मगर उन तक पहुँचने के लिए मुझे अपने पाँव पर नमक पोतना पड़ेगा और जोंक और बिच्छुओं को मात दिखलानी होगी। नहीं तो बाद में पाऊँगी कि राह भर जोंक चिपकी रही और खूब चूसा मेरा खून, तब फूल कर कुप्पा हो गयी और मोटापे को सँभाले न बना तो गिर पड़ी।

तब घाव दिखा जिसमें से खून बह रहा है और दर्द टीसें मार रहा है।

अपने तसव्वुर में मैं पुराने दिनों की कोई गोरी मेम बन जाती हूँ, जो इस राह पर चल रही है और आँखों से इतने सारे हरे रंगों को निहार रही है, मगर दिल में, और पाँव में साँप और जोंक के डर समाये हैं और यह ख़्वाहिश करती चल रही है कि लौटे अपने कीड़े-कीटाणु-मुक्त वतन को, अकेली सही, क्योंकि अकेली तो वह यहाँ भी है जहाँ उसका मर्द दिन भर रबड़ वन में गायब रहता है।

और कितनी गरमी है इन देशों में, वह बड़बड़ाती। अपनी त्वचा की चिपचिपाहट के नीचे गरम झकोलों से बेचैन, जो पसीने के फव्वारे से निकलते। अजीब है कि पवन मेरी खाल पर हलके ठंडे थाप दे और धरती से गरम भाप उठे। धुँआधार बारिश की तैयारी।

भारी, गरम, गीला सा आसमान नीचे को झुका जा रहा है, मन पर बोझ सा दबा। उसमें छिपी कोई नन्ही सी चिड़िया खुले असीम में निकल पाने को सूराख़ ढूँढ़ती है।

तड़फड़...।

ऐसे ही लमहों के लिए वह हौद होगा। गोरे साहब ने अपनी गोरी मेमसाहब के लिए ही बनवाया होगा। जा बैठो उसके पानी में, हरी लताओं की आड़ में, गोल पत्थरों के घेरे में।

मेमसाहब शायद तब भी घबराती — इस बेल में, इन पत्थरों में कौन से रेंगने, चिपकने वाले जीव होंगे? यहाँ के असल बाशिन्दे! तुम्हारी तरह जाने के लिए नहीं आए हैं वह!

बाहर रहूँ कि भीतर, मेमसाहब अनिश्चित।

मैं बेहिचक चली जाती।

इक्की के साथ।

जाना पड़ता।

इक्की को पानी ऐसा लुभाता। कहीं देख ले, किसी मौसम में, मचल उठता। बोलना नहीं आता पर कपड़े खींचने लगता कि उतारने हैं। पानी की तरफ इशारे और चीख चीख के बोल जो कोई जानी पहचानी भाषा नहीं पर सब जानते।

छोटे छोटे कदम, डगमग, डगमग, शुरू ही किया था चलना और पहले कि मैं रोक पाऊँ मेरी उँगली छोड़ फव्वारे के अन्दर। अरे रे रे, मैं भागी तो पीछे, डूब जाएगा। माँ चिल्लायी, पकड़ो शराराती को। बस, सीख गया वह शब्द, बन गई उसकी भाषा। डूब डूब, जब देखो तब चिल्लाना। पकड़ लो, जकड़ लो, तो माथा यों मारता सीधे फ़र्श पर कि सब पानी हो और हाथ पैर तैरने को चल पड़ते। डूब डूब ललकारता।

सब हँसते बच्चा डूब डूब की मचाये है।
माँ कहती उसे अकेला मत छोड़ना।
मैंने कहाँ छोड़ा, उसने छोड़ दिया।

न छोड़ा होता तो अभी होता और उसकी जिद और मचल मुझे मजबूर कर देती कि उस हौद में उसे उतरने दूँ, उसके सँग खुद भी उतरूँ। शलवार उतार दूँ, कौन है यहाँ, पर कुर्ता नहीं। पानी में दोनों। वह उछल कर मेरे घुटनों पर बैठ जाएगा और गेंद की तरह लुढ़क पुढ़क करेगा और उसकी हँसी में ब्रह्मांड खिलखिलायेगा।

हाँ, इक्की होता तो मैं कूद पड़ती उसे लेकर इस हौद में, उसे खुश करने और साथ खुश होती। हँसती।

ओ बाबा अब तो मुझे दुख हो रहा है।

सब भूल जाओ। चुपचाप सामने जो देखो।

चिड़िया और पत्ते, एक सँग, हवा में तैर रहे हैं। एक चिड़िया डाली पर बैठी तो एक पत्ता घास पर टिक जाता है। चुपकी चुपकी उनकी चहचहाहट। हरे और ताँबई रंग के कठबढ़ई और भँवरे के बराबर फूल चूसती चिड़िया और पत्तों की हरी फुल्कियाँ।

जैसे हरा शामियाना ऊपर फड़फड़ा रहा है। या आसमान, इक्की बना, कभी यहाँ से, कभी उधर से, तम्बू हटा के झाँक जाता है। चमक जाता है, फिर म्लान हो जाता है। वहाँ मस्त है कि मुझे याद करता है?

हँसूँ कि रोऊँ?

न हँसती हूँ न रोती हूँ। कभी बैठती हूँ, कभी उठ के सैर करती हूँ। अनजान गति से दिन बीता जाता है।

शाम का वह वक्त है जब पृथ्वी भारी साँसें लेती है। जैसे रति इच्छा में। गरम साँसें ऊपर बाँहें फैलाती, आसमान से उतरते शीतल पवन को गरमाती। उनके इस मिलन में, कि संभोग में, सारी प्रकृति महक उठती है। जायफल और जंगली घास की भाप।

रोज़, इस घड़ी में आते आते, मेरी बेकली चरम पर आ जाती है और मैं झटके से उठकर चलने लगती हूँ। इसलिए कि अँधेरा हो जाएगा और फिर सैर न होगी, असल निवासियों के राज में? जो मेरे मन में आ रहा है वह चारों ओर को रच रहा है या बस मेरा पर्यावरण वह रसायन घोल रहा है जिससे मैं जलने, पिघलने, सूखने, तिलमिलाने लगती हूँ? खुद एक प्राकृतिक कीटाणु!

इस हरे भरे आलीशान षड्यंत्र का मैं जरा सा अंश?

झेंप हो जाती है अपने किसी भी अहंकारी विचार पर।

विचार भी असल है या वह भी केमिकल रीएक्शन?

चलती जाती हूँ जैसे चलते जाना है। हे मालिक, क्या यह शरीरी कवायद सिर्फ अन्दर की घबराहट को पसीना बना के निकाल देने का षड्यंत्र तो नहीं?

अब इसमें क्या आँकड़ा बने हँसने से, या रोने से?

रोज का यही वह वक्त है जब मुझे लड़कियाँ दिखती हैं। बड़ी बड़ी देगची, केतली, थालियाँ, वे कतार बना के लाती हैं, कैन्टीन से कमरों तक। दूध भी लाती हैं और अपने से बड़े बड़े गट्ठर, धुले कपड़ों के, इस्त्री के लिए सर पर ढोती हैं। चाय और खाना और ताज़ातरीन कपड़े पेड़ पत्तों के बीच मँडराते हुए।

इन लड़कियों की लम्बी घनी और काली चोटियाँ हैं, दोनों कंधों पर सफेद रिबन में झूलतीं, और सब गुलाबी शलवार कुर्ता पहने हैं, नीली वास्कट के संग।

नीली वास्कट उनकी जाँघों तक आती हैं और इस कॉस्ट्यूम में लड़कियाँ नर्स लगती हैं। अनाथ होंगी और यहाँ नर्सिंग की डिग्री करने लायी गई होंगी। फाटक के पास जो क्लिनिक है उसमें जाते मैंने उन्हें देखा है।

ट्रेनिंग के साथ साथ मेरे जैसे प्रवासी की देख रेख भी करती हैं, शायद उससे कुछ आमदनी होती हो।

सबसे ज्यादा खपत इस प्रदेश में नर्सों की ही लगती है। जिधर देखो उधर नर्स। दूसरे प्रान्तों में भी वही जाती हैं। भारत के किसी कोने में अस्पताल में भर्ती होना पड़े तो पाओगे केरल की नर्स सेवा करने आएगी। और हँसेगी।

वह हँस रही है। वह लड़की जो हर सुबह मेरे दरवाजे पर खट-खट करती है और कहती है कि ठीक है कल से साढ़े-छह पे करूँगी खट-खट और चाय की केतली और एक प्याली देती है।

अभी उसके हाथ में एक हरे रंग का फल है और वह मुझे देखकर मुस्करा रही है। सब की सब मुझे देखकर मुस्कराती हैं क्योंकि मैं हाथ पाँव की मुद्राएँ बना बदल कर अपनी फ़रमाइशों को भाषा देती हूँ और जिद करती हूँ कि यहीं की और एकदम प्राकृतिक चीज़ें मुझे दो ना। इसी बाग के, इन्हीं खेतों के, यहीं पले पशुओं पक्षियों के — अंडे, मछली, नारियल, अनन्नास, केले, सूरन, पैशन फ्रूट!

नाशपाती, वह अंग्रेजी में कहती है, और अमरूद मेरी तरफ बढ़ाती है।

शुक्रिया, मैं अंग्रेजी में कहके फल लेती हूँ।

हवा साफ, पानी साफ, धोने की यहाँ ज़रूरत नहीं है। बस पोंछो और काटो। दाँत से। अन्दर गुलाबी। मीठा नहीं। सीठा। पर ताजा। रसीला। जहाँ से मैं आ रही हूँ फल मीठे हैं चूँकि उनमें शीरीनी इंजैक्शन लगा है और चमकीले हैं चूँकि उन पर किसी जहरीले रंग से दमक पोत दी है।

लिखना हो गया? पूरा हो गया? वह हमेशा पूछती है।

कहाँ, नहीं, कभी नहीं! होठों के अफसोस-भाव, हाथों के बेबस-फैलाव,

से मैं कहती हूँ। उसे क्या बताऊँ कि अभी शुरू भी नहीं किया है!

कहानी मैं, वह कहती है।

कुछ पल लगते हैं मुझे समझने में कि कह रही है मुझे किरदार बना दो कहानी में।

इसी तरह हमारी बातचीत होती है, ज्यादा मुस्कान, कम बयान।

हाँ, मैं कहती हूँ। हाथों से जतलाती। सुन्दर, लम्बे बाल, मुस्कान मुस्कान, चाय देरी देरी।

वह खड़ी है, पास के पेड़ के तने पर पैर पीछे जरा उठा के टिकाये, तलवे से पेड़ को खुजलाती। चप्पल उतार के। शरमा जाती है। समझ गई होगी मेरी बात। अपनी ख़ूबसूरती के जिक्र पर लजाने की उमर है। सोलह की होगी? या और कम।

वॉकिंग वॉकिंग, मैं पैर ज़ोरों से चला के, कि वॉकिंग कम, साइकलिंग ज्यादा लगती होगी, बताती हूँ कि सैर करने निकली हूँ। तीन कदम आगे बढ़ती हूँ और हाथ हवा में पैरों के माफिक चलाती हूँ, अभी भी समझाती कि सैर, ऐसे।

वह हँसती है।

मन कुछ खुलता है, पर खिलता अभी भी नहीं। जैसे ही यह सूझ जाता है, दिल कसकता है मानो कहता हो बूझो, मैं सिकुड़ा कि खिला? शायद उदासी महसूस हो आती है।

क्या सूरज को अचानक देखकर? मुझे बरसात ही चाहिए, सूरज नहीं, और यहाँ, कितना भी बरसाती आलम हो, सुनहरी किरणें पेड़ों के बीच से चौंकाती कभी भी आ सकती हैं। अग्नि-बाण हों जैसे।

उनकी झुलस मुझे दिक करती है जब मैं काजू के पेड़ के नीचे बढ़ती हूँ और रबड़ के झुरमुट के पार जिनके पतले तनों पर थैलियाँ बँधी हैं। अब नारियल के पेड़ हैं फर्शी सलाम में लहराते झुकते और उन पर भी थैलियाँ बँधी हैं, ताड़ी जमा करने।

सुन्दर लड़की फिर सामने आ जाती है।

बहुत गर्मी है, मैं कहती हूँ, अपनी कमीज़ को फड़ फड़ हिलाती हूँ, पसीना है, चिप चिप चिपकता, बताने।

वह हँसती है। हर बात पर वह हँसती है।

नहीं गर्मी नहीं गर्मी, वह सिर अस्वीकार में हिलाती है और ऊपर आकाश की तरफ इशारा करती है।

वाकई बदलियों की काली चादर सूर्य की नर्म पड़ती किरणों के पीछे फड़फड़ा रही है। जैसे इस आसमान के पीछे एक और आसमान हो।

बरसात करा दो, मैं छेड़ती हूँ।

मुझे कहानी बना दो, वह जवाब देती है। वह समझ गई है और मोल-भाव कर रही है। तब बारिश करा दूँगी।

यह मैं आज तक नहीं जानती कि अलग बोलियाँ बोलते हुए भी हम कैसे एक दूसरे को समझ लेते हैं, वार्तालाप किए जाते हैं।

ओके, मैं मंजूरी में सिर हिलाती हूँ।

अचानक ढेरों लड़कियाँ मेरे चारों ओर मँडराने लगी हैं।

तितलियों जैसी। हर पत्ते, टहनी, पंखुड़ी के पीछे से मेरी हाँ के इंतज़ार में लुकी थीं और हाँ निकली कि वे उड़ आईं। गुलाबी और सफेद और नीली और जवान। काली चोटियाँ झुलातीं। अपनी भाषा में चकर पकर करतीं और मुझ पर हँसतीं मगर बुरे मन से नहीं। उनके पुष्प बदन। जो ज्यादा गोलगदराई हैं वह भी बस यों कि फूल की कुछ और पंखुरियाँ खिल गई हैं। हाय जवानी।

सब की सब मुझसे चाँय चाँय करतीं, एक ही रट लगातीं — मैम मैं कहानी!

आपस में धक्के मुक्के लगातीं नहीं तुम नहीं मैं।

तुम सब कहानी, मैं बिना उनकी भाषा समझे, उनका संवाद समझ कर कहती हूँ। मतलब कि तुम सब को हीरोइन बनाऊँगी।

सब वहाँ? मैं पेड़ों के बीच से झाँकती अस्पताल की इमारत की तरफ इशारा करके पूछती हूँ। उनके नर्स लिबास पर भी। गुलाबी नीली तितलियाँ।

सत्रह हम। वे उँगलियों पर हिन्दी अंग्रेजी मिलाकर गिनते हुए बताती हैं। अभी यहाँ सिर्फ दस, वे अपने को गिनाती हैं, और नर्स कम तितली ज्यादा मैं सोचती हूँ, आगे बढ़ते हुए।

अस्पताल के करीब पैर ठिठक जाते हैं। एक नींबू का पेड़ है, एक शरीफे का, और दोनों से ताजी ख़ुशबू उड़ती है। कहीं डिटॉल, फिनायल की ब'स इनकी भीनी महक को गुमा न दें, मैं घबराती हूँ। घबराइट में सुख हो सकता है, सवाल लौट आता है, मगर दुख भी पता नहीं चल रहा। मज़ाक ही कर रही हूँ; मुस्कराना चाहिए।

इस जायदाद के संयोजक ने मुझे देख लिया है और मेरी मुस्कान का जवाब टोपी अभिवादन में उठाकर करता है — आइए मैम।

मैं मुड़ती हूँ और बादल फटते हैं।

अब हम अस्पताल के बरामदे में खड़े हैं और घमासान बरसात देख रहे हैं।

अभी बस थम जाएगी, सुपरवाइजर जनाब दोहराते जाते हैं। नहीं तो मेरा छाता ले जाइए, वह यहाँ की हवाओं के लिए बना है।

वाकई छाता ऐसा है कि खोलो तो एक नया आसमान सर पर हो।

चैरिटी अस्पताल है, वह वार्तालाप जारी रखते हैं।

गरीब गुरबा आते हैं, गाँव वाले आते हैं, मैं जानना चाहती हूँ?

मधुमेह के मरीजों के लिए है। वे यहाँ मरने आती हैं।

मुझे अस्पताल के गलियारों की तरफ जाने का मन नहीं हो रहा है। बूढ़े, झुर्रीदार, मरते चेहरों की झलक कमरों में मिलेगी।

लड़कियाँ, वह कहते हैं, आजकल सत्रह हैं।

वह भी रुककर उँगलियों पर और मन में गिनते हैं और अंग्रेज़ी या हिन्दी का सही लफ़्ज़ ढूँढ़ते हैं।

लड़कियाँ, मैं तकती हूँ?

अमूमन तेरह चौदह की, इक्का दुक्का कुछ इससे बड़ी।

डायबिटीज, इतनी सी बच्चियों को, मैं विमूढ़ तकती हूँ?

हो जाती है। जन्म पे, बचपन में। यहाँ मुफ़्त उपचार होता है, निगरानी रहती है।

इलाज होता है। अच्छा...

इलाज नहीं। देखरेख। कभी भी कुछ भी हो सकता है। दूसरे अंग चपेट में

आ सकते हैं, दिल, गुर्दा...। कोमा। इसके मरीज अधिकतर चालीस पैंतालीस तक ही सम्भल पाते हैं।

इन नर्सों ने बड़ी छोटी उमर पर सीख लिया है सूई लगाना, खून में शुगर नापना, मैं विस्मित होने ही वाली हूँ कि समझ जाती हूँ ये नर्स हैं ही नहीं, न नर्स-ट्रेनिंग को आईं, ये तो वही सत्रह हैं जिनकी बात हो रही है। जिन्हें सिखाया जा रहा है अपनी रगों के प्रति चौकन्ना रहना। और रहना। जब तक...

बिजलियाँ तड़कती हैं, बादल गरजते हैं, और बरसात हवा को धम धम पटकती है।

छाता दे ही दीजिए मैं गुजारिश करती हूँ। और वापस जिस राह आई चलने लगती हूँ पर राह वही और वापस नहीं लगती, केरल की तूफ़ानी वर्षा में जलाहल।

मैम मैं, कहानी फिर मिल जाती है, नारियल के झुरमुट में, नारियल के ढलवाँ डगालों के नीचे ऐसे खड़ी जैसे वाहेगुरु को ललकारती कि बना के उन्हें बड़ी बड़ी थालियाँ, उँडेलो मुझ पर पानी, बजाते हुए।

नारियल के पेड़ डर गए थे। ले देके एक उनका तना, वही उनकी शाख! गए तो गए। जरा सी छाया पड़ती कि घबरा के पत्तों में सिहर जाते। इस तूफ़ान में तो थर थर थर्राते हुए। पानी ऊपर पड़ा कि हड़बड़ा के उसे नीचे फिसला रहे हैं कि हमें न ढहा दे, पल भर लापरवाही बरती तो।

लड़की, इधर आ जाओ, मेरी चीख निकलती है, अपना विशाल खुला मज़बूत छाता दिखाती हूँ।

ऊपर वाला वाकई उसकी चुनौती पर भड़क उठा है।

मगर वह हँसती है और नकली कँपकँपी ले ले कर नारियल के झरने के नीचे और उछलती है। ज़ोर का झरना बहता है और वह अइया दइया अय्ययो करती नाचती है।

हड्डियाँ कटकटाती होंगीं।

मुझे साफ न तो सुनाई पड़ रहा है, न दिखाई पड़ रहा है। जैसे धुँआधार

बारिश मेरी रगों में टूट टूट पड़ रही है और सारी इन्द्रियों पर धुँधार पर्दा हिल रहा है।

मैं डाँट कर चिल्लाती हूँ इधर आओ। और कस के, आ जाओ।

वह नाचती है जैसे पत्ती बरसात में और ऐसे साँसें भरती है, मुझे दिखा दिखा के, कि डूबती हो।

बाकी लड़कियाँ भी कहाँ कहाँ से निकल आई हैं और उसी की तरह काँप रही हैं, उचक उचक जा रही हैं। तितलियाँ नहीं, मछलियाँ, ताल के बाहर छिटकीं।

मर रही हैं क्या? मुझे डर लगता है और मैं बौखला के उनके बीच कदम बढ़ाती हूँ। जिस पर वे कूद कर अगले पेड़ के थालीनुमा पत्ते के नीचे नाचती हैं। जिस पर मैं झपटूँ वही आगे लपके कि हम पकड़म-पकड़ाई खेल रहे हैं!

अब तो मुझे कतई नहीं पता कि मैं दुखी हूँ कि सुखी और रोऊँ

कि हँसूँ, न यह कि उनके मुँह से फूटती वाणी हँसी है या कोई और चीख, हमारे पास वक्त ही नहीं है कि यह सारी पड़ताल करें क्योंकि मैं...जिद में हूँ... हाँफ रही हूँ तब भी...कि इसे पकड़ के ही मानूँगी...और इसे...और इसे...और वह उचक कर आगे...और आगे...लड़की...**लड़कियों...पीटूँगी...**!

इतना आसमान

अच्छा सुनो जो बताने जा रहा हूँ और सुनो दिल थाम के। बताने जा रहा हूँ एक ऐसी औरत के बारे में जिसे लगने लगा कि इस पूरे संसार में एक वो है ज़िन्दा और एक आसमान है ज़िन्दा। इसे जादू न समझो। हालाँकि जादुई ज़रूर मानो।

देखो। कल ही मेरे एक मित्र ने जादू शीर्षक के तहत मुझे एक ईमेल भेजा। उसके स्टेप्स माने चरण इस तरह थे। पहले आया कैप्शन माने संदेशा कि दिल थामो तुम्हारी मुलाक़ात अभी रवीन्द्रनाथ टैगोर से होगी। दिल थमा नहीं, उछला! टैगोर? गीतांजलि वाले? माउस क्लिक किया। कम्प्यूटर वाला।

और

वह ख़ूबसूरत कवि, उस दूसरे युग का, स्क्रीन पर उभर आया।

एक पल के लिए तो उछला हुआ दिल वहीं ऊँचाई पर लटका रहा। पर है तो ढपोरसंख और इसी युग का, जो हर उछाल को कल्पना मानता है और कल्पना को हेय, तो फौरन शक का खलनायक उठा और लटक गया कठोर कट्टर, डोलते दिल पर, उसे नीचे खींचता।

ख़ैर कोई बहुत ख़तरनाक शक नहीं था। यही था कि कहीं हमारे मित्र ही टैगोर बनकर हम से मसखरी तो नहीं कर रहे? ग़ौर से देखा। हसीन हो तुम भी दोस्त मगर यह...तुम...तो नहीं...? नहीं। टैगोर ही हैं!

जिन्होंने जादू दिखाया। स्क्रीन पर यह खेला खेल कर। बोले, यानी स्क्रीन पर अक्षर उभरे, कि मैं तुम्हारे मन को पढ़ने आया हूँ, यकीन नहीं तो आजमा लो, यह लो, वे बोले यानी बोल उभरे, फैला दिए तुम्हारे आगे ताश

के कुछ पत्ते, और उभर आए पत्ते स्क्रीन पर। तैयार, उन्होंने पूछा? पाँच थे। अब एक चुनो। छूना नहीं। मन में रख लो चुन के। एक पलक देखो उसकी तरफ ध्यान मान से। आहा...! अब टाँक लो याद में। भूलना नहीं। अब माउस फिर क्लिक करो।

किया। क्लिक।

टैगोर ने कहा बता दूँ, बताता हूँ तुमने कौन सा पत्ता चुना, भूले तो नहीं?

स्क्रीन उड़ा। लौटा। टैगोर माफ़ी माँग रहे थे। तुम्हें जानता नहीं इसलिए मुश्किल हो रही है। हमारे वक्त भी बड़े अलग, बहाने बनाने लगे। पर रुको कोशिश करता हूँ। रुको...हाँ...आया...पता चल गया। देखो। तैयार?

देखने लगा। तैयार।

यह लो तुम्हारा चुना पत्ता मैं ले लेता हूँ, बाकी चार ये, तुम्हारे आगे खोल देता हूँ।

चार पत्ते स्क्रीन पर खुले। पाँचवाँ, जो मैंने चुना था, नदारद।

एक सिहरन सी दौड़ गई। खलनायक नए नए शक बनकर मेरे आगे डोरी पर झूला तो पर दिल ऊँचा उछलता भी चला। आखिर टैगोर हैं!

जादू नहीं जादुई।

यह राज फिर खोलूँगा।

पहले असल किस्से पर लौट आऊँ जो ताश के पत्ते, टैगोर, और मित्र नहीं, ये तो बस बानगी! — एक औरत और आसमान थे, जो दोनों बस इस संसार में जीते फड़कते जीव थे।

यह सिलसिला कुछ सोते सोते शुरू हो गया था। इस औरत को उसके मुल्क की सरकार ने एक खासे अच्छे अरसे के लिए कहीं वीराने में जाने का ऑफ़र दिया। इसके पीछे कलाकारों की उस माँग की इज़्ज़त थी कि उन्हें उनके समाज और सम्बन्धों से दूर होने की मोहलत दी जाए तो वे क्या खूब अपनी कला को परवान चढ़ाएँ। वहाँ बस तुम और कला होंगे, यह घोषित करके, और टिकट वीजा आदि थमा के उन्होंने औरत को रवाना कर दिया।

औरत का कहना है वह थक रही थी। अपने समाज और सम्बन्धों की

टचन से। पहले पार्लियामेन्ट पे धरना देने वालों के सँग शरीक होना था क्योंकि यही सरकार जो कला की ख़ातिर उसे बाइज़्ज़त भेज रही थी, साथ ही साथ यह भी कर रही थी कि चुप खाए बैठी थी जब एक शहर के एक कलाकार ने एक नंगी मूर्ति बना दी और नंगी संस्कृति को ढापने हथियार ओढ़े कुछ समाजसेवक घुस आए और मूर्तिकार के कपड़े फाड़ उस पर खून लीप कर उसे बचा डाल आए। सरकार ने एक पल ज़ाया नहीं किया, न किसी को पकड़ने में, न कुछ कहने में ऊर्जा लुटाई।

धरने से निकल के — हा समाज, सम्बन्ध, संस्कृति! — औरत को एक पार्टी में जाना पड़ा चूँकि देश की सिविल सर्विस में अव्वल आने वाला, इतिहास में पहली दफे एक अछूत था और यह प्रगति के जश्न की घड़ी थी।

इस सब धूम धड़ाके से निपट कर जब औरत हवाई अड्डे पहुँची तो वहाँ मची हुई थी जैसे बैलगाड़ी अड्डे और बस अड्डे में फ़र्क़ नहीं और उनमें और हवाई अड्डे में भी नहीं। कोई लाइन तोड़ रहा था, कोई जबरन मोड़ रहा था और ऐसा लग रहा था कि लाइनें नहीं, नदियाँ हैं, जो देश भर में फैली हैं और कहीं ताल तालाब बन गए हैं, कहीं नहरें फूट रही हैं, कहीं बाँध बाँध दिए हैं तो कहीं सूखा छा गया है।

लाइन में खड़े खड़े औरत को बुत बनते जाने का एहसास होने तो लगा पर तभी एक कर्मचारी ने आकर उसकी तन्द्रा तोड़ दी। मैडम, वह बोला।

मैडम, एक ही कैबिन बैग 'अलाऊ' है।

एक ही तो है, औरत ने कहा और दिखाया।

एक ही, कर्मचारी ने दोहराया और उसका बैग पैक छुआ, फिर हैंड बैग की तरफ इशारा किया।

पर यह तो हैंड बैग है, लेडीज पर्स, औरत ने अधिकार से कहा।

जीरो टॉलेरेन्स। एयरलाइन्स का अभी अभी बना कानून है।

बहस बेमानी थी। इतनी मशक्कत से भरे पर्स को गिरती पड़ती चीज़ों सहित ठुँसम ठुँसे बैकपैक में औरत ने मोड़माड़ के धसमसाया।

सिक्योरिटी मैम। हम जाने देंगे तो आगे आपको रोक देंगे। एक ही बैग। आजकल। कोई जैल, द्रव, प्रोहिबिटड आयटम?

कॉलगेट?

नहीं मैम। सिक्योरिटी।

बॉडी लोशन?

सॉरी मैम। टैरोरिज़्म।

कुछ कूड़ेदान में गया, कुछ ठँसा पिसा।

आगे बढ़े तो एक्सरे पर घड़ी को लेकर ऐतराज हुआ।

मगर वह तो नन्हीं सी है और चेक-इन लगैज में जा रही है।

पर उसमें बैटरी है।

तो?

बैटरी निकाली जाए।

उलट पुलट ढूँढ़ ढूँढ़ाई, तह सीवन बचे न बचाई। घड़ी हुई बेजान, पैकिंग हुई पुनः पैक, तब जाकर उस सूटकेस को रुख़सती मिली।

जब अपने असबाब के बाद, अपने आप को यंत्र मंत्र में फुँकवा के औरत अपनी सीट में आख़िरकार बैठी तो वह बेहद थक चुकी थी, बन्द बन्द टूट रहा था।

यही बताने के लिए मैंने यह लम्बा ब्यौरा दिया।

कि सीट में बैठी तो इस पस्ती में थी — टुकड़े टुकड़े, एक यहाँ से गिरता, एक वहाँ धँसता, कोई अपने जिगर से टूटा, कोई जश्न में छूटा, कोई नंगे कलाकार की नंगी मूर्ति में पड़ता, सारे के सारों को किसी तरह एक में अटकाए, फँफाती हाँफती थकी खुची साँस में लटकाए।

हवाई जहाज उड़ा तो देश के बादल थरथराए। हाय, औरत को लगा, यह सब हो रहा है और चल दी मैं और थक के सो गई।

मतलब कि औरत, जो थकी थी, सो गई।

उसने सपना देखा। उसके सपने में एक कछुवा आया। कछुवा नीले रंग का था। इतना सुन्दर, इतना नीला, जैसे किसी ने नील में डुबो दिया हो तराबोरी तक।

उसमें फिट कोई बैटरी, मोटर, कम्प्यूटर नहीं थे। यानी कि कछुवा, जो सपने में ही आया, ज़िन्दा था। पर नीला कैसे, औरत हैरान हुई।

सपना हैरानी का था, पर जैसे जैसे सपना बढ़ा, औरत की हैरत एक गहरे सन्तोष में बदलती गई कि जहाँ सब कुछ नीला वहाँ कछुवा हो ही जाएगा नीला।

उसका कहना है कि सपना बहुत सुन्दर था और कछुवा भी बहुत सुन्दर था। गहरा सन्तोषी नीला, चलता फिरता, शान्त प्रशान्त।

उसका यह भी कहना है कि उसी दौरान एक घटना घटी। कि हवाई जहाज को, जिसमें वह बैठी थी, किसी ने हलकी सी टीप दी। जैसे गेंद को टीप दे दो। और वह हलके से कहीं और चल दे, हलके से घूम के।

जहाज के सँग वही हुआ। जिस वक्त वह टीप पड़ी वह दुनिया के परिमण्डल के किसी छोर पर था और वह जरा सा हिलकर घेरे के बाहर सरक गया।

औरत की आँख खुली तो उसकी खिड़की के बाहर बादल ही बादल की रेल पेल। उसी पल से उसे अकेला लगना बन्द हो गया। न छूटे जनों की कमी अब खली।

सन्तोष की छाया उसमें धीरे धीरे फैलती गई जो इन्तज़ार था आने वाले आसमान का।

बादलों के पीछे था वह नया आसमान। सदियों पुराना! उस संसार से अलग, इस संसार में।

यह कहूँ कि इस संसार में सिरे से कोई दो पाए, चार पाए वाले, जो हिल डुल रहते हैं, नहीं थे, तो भटकाने वाली बात है। बल्कि बड़े जतन से हिलने डुलने वाले भरे थे। मगर कैसे? ऐसे। कि जहाज नीचे उतरा और औरत बाहर निकली कि सामने था यह संसार जिसमें कला संसार में जो फ्रेम के भीतर स्टिल लाइफ चित्र होता है, वह यहाँ जड़े फ्रेम में मूविंग लाइफ का चित्र था। मानो कहीं कोई मोटर लगी है जो सबको बे की बजाय बाहरकत किए हुए है।

जहाज से उतर के यात्री फ्रेम में घुसे और चित्र बन गए। यानी चलचित्र।

यानी हिलडुल करते। कतार-बद्ध खड़े। औरत ने उनके चेहरों पर नज़र दौड़ायी। ये सब उसके सँग जहाज में बैठे थे? कब? एक चेहरा पहचान में नहीं आ रहा था। सब टक सीधे देखते, जो कहीं नहीं और किसी को नहीं देखने वाली बात थी, अपने बैग खोल के, उनमें से पासपोर्ट, टिकट, मय चेक-इन बैग की चिप्पी के, और लैंडिंग कार्ड हाथ में थाम, सतर खड़े थे।

औरत को लगा वह अलग अलग और मनमानी हरकत करने वाले अंगों के जोड़ की बनी है और उसे ऐसा नहीं होना चाहिए। उसने अपनी हिलडुल समेटी और बाकियों के अनुकरण में लाइन में लग गई।

लोगों की लाइन के सामने बेल्ट पर ट्रे भी कतार-बद्ध बढ़ रही थीं। सामने वाले के आगे ट्रे आती तो यात्री उसे उठा लेता। फिर अपना जैकेट खोल देता और उसमें से वॉलेट, चाभी, अगड़म बगड़म निकाल के ट्रे में रख देता। फिर जैकेट उतार के ट्रे में रख देता। फिर झुक के बूट, जूते, के फीते खोलता और जैकेट की बगल में उन्हें — हाय हाय कहाँ कहाँ की मिट्टी में सने! — रख देता। हैंडबैग और लदा फदा ट्रे वापस बेल्ट पर रखता।

इतना होना था कि बेल्ट चलने लगती और दो पाया उसकी बगल में चलता। ट्रे जाती एक एक्सरे-सुरंग में और पुतलेजन एक्सरे गेट में। पार होते ही एक छोटी चौकी — जैसी मोची के पास देखने को मिलती थी — पर खड़े हो जाते और दोनों हाथ नब्बे के कोण पर उठा के खड़े हैं। अजूबा जूता बने जिसे वर्दीपोश एयरपोर्ट के 'मोची' ठोंक बजा के मरम्मत अन्दाजी कर रहे हैं।

औरत अबूझ सी इस चुपचाप चलचित्र में वही करती गई जो बाकी। अजीब लगा तो भी। खासकर जूते की तरह झाड़ा पोंछा ठोंका जाना।

अजीब बात यही थी कि उसे अजीब लग रहा था, बुरा नहीं। बल्कि राहत सी भी कि जैसे इस अनुसरण में ही धरा है यहाँ से बच निकलने और निकलने की राह। उस पार, एयरपोर्ट के, जहाँ आसमान है।

अवचेतन में उसे एहसास हो पड़ा था कि वह — यह — भी उसके इंतज़ार में है। आसमान।

मतलब कि दोनों, आसमान और औरत, आ और औ, एक दूसरे की बाट जोह रहे थे।

अब यह सब पहले से तो पता होता नहीं। कैसे होता? औरत और आसमान? कौन सोच सकता है कि ऐसी भी कोई जगह है ब्रह्मांड में, या ब्रह्मांड के ठीक बाहर, जहाँ बस एक औरत ज़िन्दा है और एक आसमान?

औरत खोयी खोयी सी टैक्सी की कतार में खड़ी हो गई। उसकी बारी आई तो उसके लिए भी एक पुतले ने दरवाज़ा खोला और उसके हाथ से पता कार्ड लेकर ड्राइवर की सीट में बैठकर विंड स्क्रीन पर चिपकी एक मशीन में डाल दिया। पता टैक्सी के जेहन में खुब गया और ड्राइवर पुतला स्टीयरिंग व्हील घुमाने लगा जो टैक्सी के पहिए।

एक आवाज़ के आदेश पर।

आइ एम पैगी आइ

विल गाइड यू।

टर्न राइट

चर्च इन फ्रंट ऑव यू।

टर्न टू द रोड कर्विन्ग अप द हिल

ऑन इट्स लेफ्ट इज़ द पॉण्ड

गो अलौंग इट टू द ऍण्ड

टेक लैफ्ट

टैन याड्र्स फ्राम हियर अ ग्रेवयार्ड

टेक लैफ्ट

फौलो द फील्ड

स्टॉप। सिगनल।

मेक यू टर्न।

पुतला, आवाज़ और गाड़ी, उसमें सवार औरत, यों निकल पड़े।

जब वे पहाड़ी रास्ते पर चल पड़े तो धुँध के ढेर में लिपट गए। इतनी धुँध कि जैसे मोटा जाडा पर्दा डाल दिया हो मंच पर, खुलने के पहले वाला।

औरत डरी नहीं। आजकल की मशीनें अपना काम इनसानों से बेहतर जानती हैं। खो जाना, भटक जाना, भरक जाना, यह उनमें फीड नहीं किया गया है। तरतीबवार बताई सड़क पर बढ़ते आने का प्रोग्राम उनमें डाला गया है और उसी तरह प्रोग्रैम्ड टैक्सी चल रही थी और देर तक चलती रही।

औरत पीछे की सीट में बैठी थी मगर ऐसे कि जैसे किसी विशाल गद्‌देदार गुदाज गद्‌दी पर। वह सोच रही थी ये मैं कहाँ चली आई हूँ पर पता नहीं यहाँ ईसबगोल की भूसी मिलती भी है, मगर इतमीनान से।

गाड़ी रुकी तो वह अपनी तन्द्रा से बाहर आई। चारों ओर अभी भी धुँध ही धुँध थी।

पुतले ने उतर के दरवाज़ा खोला। योर गेट मैडम, वह बुदबुदाया। होठों ही होठों में। जैसे उसमें पेट्रोल कुछ कम हो गया हो और इससे ज्यादा ऊँची और साफ आवाज़ नहीं कर सकता।

थैंक्यू, औरत ने आदतन कहा।

उसे याद आया मदाम तूसो का वैक्स म्यूज़ियम जिसमें पुतले भ्रमित कर देते और हम उनसे सॉरी थैंक्यू ऍक्सक्यूज़ मी प्लीज़ करने लगते हैं।

अब वह अकेली खड़ी थी। अनजान संसार की अनजान सड़क पर। धुँध में। गेट उसे नज़र नहीं आ रहा था और टैक्सी कब की जा चुकी थी। सनन सनन की आवाज़ पर उसने नज़र इधर उधर दौड़ाई। दूर से किसी का इस तरफ आगमन? गोता गोता झोंका झोंका कौन बढ़ता चला आ रहा है पवन चलत सनन सनन।

प व न चलत सन न न न न न न न न न न

प

व

न चलत स न न स

न न न न न न न

न न न ऽ ऽ ऽ

झोंका उस तक पहुँचा और वह अपने आप जरा आगे को हुई और नर्म से झटके से लगभग टकरा गई फाटक से।

फिर झोंके ने फाटक खोला और उस पर पड़े धुंध को दोनों पल्लों पर उठा के दाएँ बाएँ खिसका दिया जैसे छल्ले सरका के पर्दे को।

वह देख पाई और कदम बढ़ा के अन्दर रख पाई।

सामने आसमान खड़ा था।

खड़ा था? फैला था।

ऐसा आसमान उसने पहले कभी नहीं देखा था। इतना विशाल कि आदि से अन्त तक। हो सकता है उस संसार से इस संसार तक भी।

औरत पहाड़ के ऊपर खड़ी थी और उसके सामने पेड़ों से ढकी घाटी थी और उसमें आकाश का प्रतिबिम्ब एक झील। झील के पार और पहाड़, और पेड़, और हर तरफ ढलानों पर पीले फूलों के गुच्छे और आसमान के पानी में हजारों हरे रंगों के पत्तों के बीच में भी उनकी कतारें, गुच्छे दर गुच्छे, कतार दर कतार। और सारे में

सारे में

सारे में आसमान औरत देखती ही रह गई। पेड़ों में, पीले फूलों में, झील में, चट्टानों में, हवा में, लहरदानों में, घास के परों में, मिट्टी के पायतानों में, सारे में आसमान औरत देखती चली गई।

उसके देखते ही देखते आसमान ने जैसे अपने फड़फड़ाते, साये फैलाते, लिबास को समेटा, मानो दुशाले की तहें समेटीं और दाएँ हाथ से बटोर बाएँ कँधे पर फेंकी, एक लरजिश सी हुई और झील पर फुर्ती से फिसलती गई। आसमान जीव बनकर पानी की सतह पर ढुलका, फिर पंख फैला कर पेड़ों की ओर उछला और घाटी पर फैल गया दोबारा। कोई खेल करता।

उसे लगा उसके पैरों के नीचे भी लोट गया। उसे समझ नहीं आया पर आसमान तो बस दिखता ही गया और उसकी आँखों के आगे चमकता लपकता चुपाता भी गया।

औरत को पता नहीं कि वह क्यों खुश हुई। बस वह खिलखिल हँस दी।

खिलखिल अजीब थी। पचास बरस की महिला पाँच बरस की बच्ची सी हँसी और दुनिया को ऐसे देखे जैसे पहले न देखा हो और मस्त हो गई थी।

यह वहाँ की उसकी पहली शाम थी। और किसी मायने में आसमान से उसकी पहली मुलाकात।

सभी की तरह वह आकर सो गई थी और जैसा सब करते हैं जेट लैग की नींद से उठकर उसने अपने कमरे पर सरसरी नज़र दौड़ाई। उसकी भी मेज पर कार्ड था स्वागतम का और सूचना थी वेल्कम डिनर की।

औरत ने अपना बक्सा खोला और छूटे संसार से लाए कपड़े पहन कर सड़क पर चलने लगी तो उसने हवा में वह हँसी सुनी जो आसमान की थी। वह तपाक से मुड़ी जहाँ झील के ऊपर पहाड़ों पर वह टँगा था पर फौरन पहचान नहीं पायी। तभी आसमान लचका और झुक के उसने पानी में चमकते छर्रों का ढेर उसकी तरफ अदा से लुढ़काया और वे छनछनाते हुए इधर घाटी पे आए जहाँ वह खड़ी थी।

सही है, औरत खुश हुई। यहाँ कुछ भी पहनना फैन्सी ड्रेस और एक्जौटिक कॉस्ट्यूम लग सकता है चूँकि ऐसा यहाँ देखा नहीं, पर थैंक्यू, मैं अच्छी दिख रही हूँ, उसने जरा सा झुक के अभिनन्दन लौटाया, जैसे हवा को।

कॉस्ट्यूम में प्रसन्न वह ऊपर पहाड़ी पर चढ़ी।

ऊपर पहाड़ी पर, जहाँ कॉन्वर्सेशन पार्क नामक शीशे के, हॉल जितने बड़े, डब्बे में हर शाम डिनर होते।

दरवाज़ा खोलते ही मेज पर वाइन की बोतलें नज़र आईं और उनके आगे तरह तरह के कॉस्ट्यूम डाँटे दो पाए वाले।

टैक्सी के विन्डस्क्रीन पर फिट मशीन की तरह इन सबके भी नाम थे जो उनके मुँह से फिसलते ज्यों ही उनके हाथ हैण्ड-शेक को आगे होते —

हाय...जूलियन

हैलो आइ एम पीटर...

आर्लीन...

ऐलेक्सिया...लौरा...औस्र्टन...रौडी...आयमन...नीदा...याएल...एमीर...दीदीए...थीयूब...बीडीमा...आया...अनापे शनापे।

आगे चलकर औरत के मन में विचार आया कि वाइन और खाना, जब पुतले अपने चेहरों पर बने मुँह-छेद में डालते हैं, तो वह कहाँ जाकर जमा होते हैं और वहाँ की सफाई रोज़ाना होती है कि साप्ताहिकी, पखवाड़े, मासिक? खाना, पेय, आदि की रीसाइक्लिंग का क्या मामला होगा? यही सब प्रश्न।

मगर पहली शाम यह सब नहीं सोच पाई। संवाद और क्रिया पार्टी को व्यस्त करे हुए थे। किसी ने उसे वाइन दी और थैंक्यू उसने ले ली। अब एक एक करके उसके पास दूसरे कॉस्ट्यूम आ रहे थे और कॉन्वर्सेशन पार्क में कॉन्वर्सेशन हो रहे थे।

हाय। पहले ने कहा।

हैलो। औरत ने कहा।

व्हैयर आर यू फ्रॉम?

आइ एम फ्रॉम माइ कन्टरी।

हाँ है तो।

सो डिड यू हैव अ गुड फ्लाइट?

थैंक्यू या।

गौश यू मस्ट बी टायर्ड।

आइ एम ओके।

वी विल ट्राइ टू मेक इट कम्फर्टेबल फॉर यू।

थैंक्यू।

हैव सम मोर वाइन

वाइन के नाम पर वाइन की बोतल उठी, झुकी, ग्लास में पड़ी।

थैंक्यू।

हाय आइ एम बिबिन।

हैलो।

व्हैयर आर यू फ्रॉम?

माइ कन्टरी।

गौली, सो फार, यू मस्ट बी टायर्ड।

आइ एम ओके।

मोर वाइन?

दो पाया आगे, बोतल सतर, बोतल उलट।

हाय देयर।

हैल्लो।

... ...

काफ़ी जल्दी औरत को अपने और सामने वाले के संवाद रट चुके थे, कॉनवर्सेशन अनवरत चलते रहे।

मेज पर करीने से लगे प्लेट काँटे छुरी के बीच। हर किसी के नैप्किन पर पिन से चुभे उसके नाम के लेबल के सँग।

मतलब कि सब बैठ गए, डिनर के लिए, बिना गड़बड़ाये, बिना तन या चाल लड़ाए टकराए।

हैल्लो, औरत की बगल में बैठी ने कहा।

हाय, औरत बोली।

व्हॉट विल यू डू हियर?

औरत बताने लग पड़ी। बगल वाली तकनीकी तौर पर उसी को देख रही थी। पुतले की पुतलियों से, औरत के पार या उसकी बगल से जाती कहीं, और या कहीं नहीं।

औरत बोलती गई।

बगल वाली का टाइम-अप हुआ, एक्सक्यूज़ मी करके वह दूसरी तरफ वाले की ओर मुड़ी — हाउ इज़ योर प्रोजेक्ट गोइंग?

औरत चुप हो गई।

एक पल में चुप नहीं हुआ जाता। तो चुप औरत होते होते हुई।

जैसे सड़क चलते उसे कभी न कभी दोपाए चौपाए मिल जाते। चौपायों के पतले पतले चार पैर और उन पर लगभग टखनों तक उनका घेरदार घुँघराला

फ्रिल फ्रिल गाउन। हरी घास में उनकी तादाद अलग अलग हरे को अलग अलग चर चर चबाती फिरती और औरत की पदचाप सुनते ही बुत बन जाती। घास से सिर उठा घूरा उसे और मूर्तिवत् घूरे गए।

लैंडस्केप पेन्टिंग में कैटल-लाइफ। चट्टान, भेड़, चित्रकला, घास, आकार प्रकार। कभी काली भेड़, कभी सफेद, कभी भूरी, कभी तीनों रंग मिलाए। नुकीले, घुँघराले! बाल, चट्टान।

उनको समझने में फिर भी बहुत वक्त न लगा।

दोपायों का मामला दूसरा।

इस तरह।

औरत सड़क पर चल रही है। सामने से दो — पाया बढ़ा आ रहा है। आमना सामना हुआ कि हुआ।

वह मुस्कराता है। होठों का जरा सा फैलना और उसी पल वापस सिमट जाना। औरत जवाब में मुस्कराती है। होठों का फैलना। फैलते जाना। सिमटना देर तक नहीं आना।

वह मुस्काती है, मुस्काती जाती है, मुस्काती हुई चलती चली जाती है। दोपाए के होंठ फैलते ही सिमट चुके हैं और वह कब का निकल चुका है, संयम सपाट। औरत मुस्कान ढोये चली जा रही है, चली आ रही है।

वैसे ही जैसे कॉन्वर्सेशन।

दूसरा दोपाया और उसके मुँह-छेद से आवाज़। हेलो हाऊ आर यू?

औरत खाना पीना ठिठका, चालू — हालेदिल, बुखारेजहाँ, सुनाती जा रही है।

जिससे मुख़ातिब है उसका मुख सपाट, आँखें कंजी गंजी, कान न जाने देखने के कि सुनने के।

होते होते ही औरत चुप हुई। बेशिकन ख़ूबसूरती और पालतू वन-प्रकृति के सलीके की आदी हुई। बनाव शृंगार न टस न मस, न मुसा मुसा।

जो औरत अभी नहीं समझी थी वह थी आसमान की आशनाई। कि किस कदर रीझ वह गया औरत को देखकर और शायद उसकी नासमझियाँ और भोली

कोशिशों पर और अब लगा था घड़ी घड़ी उसे देखने में और घड़ी घड़ी उसे रिझाने में। कभी धड़ल्ले से सामने आकर तो कभी चुपका चुपके कहीं से झाँकते। अलग अलग भेस भी बदल कर।

जैसे सुबह सवेरे वह दूधवाला बन जाता। सारे में दूध का कारोबार करता। पूरा समाँ है कि दूधिया हो जाता। इधर है कि दूध उँड़ेला पड़ा, वहाँ है कि छलक गया, यह पास में उसकी एक धार, वह लटकी दूध की राल, जित देखो तित दूध। जब पूरी झील दूधिया हो जाती तब आता आसमान औरत की खिड़की पर और देता नर्मगुदाज दस्तक।

बन्द पलकों के पीछे औरत उस दूधिया दस्तक को छूती। बिना जाने कि दुनिया उसके लिए दूधियाई गई है वह उठ जाती और पहली चीज़ खिड़की खोल देती। दूधिया झील को निहारती, क्या खूब निहारती, कि ऊपर पड़ा आसमान लोटपोट हो जाता।

झील गहरी। आज का वैज्ञानिक उसमें पनडुब्बी डुबा दे। युग युगान्तर से छिपते डायनोसौर और लॉख नैसी उसमें दुबके पड़े रहें। बाकी जहाँ में जिसका विलोपन, उस झील में उसकी अँगड़ाइयाँ। कोई युग नहीं, कोई मंशा नहीं, कोई सम्भावना नहीं जो उस झील में न रह सकें।

कि झील तो चित्त पड़ा आसमान हो सकता है औरत को यह सुबुद्धि अभी नहीं मिली थी।

वह झील को देखती और उसे ओक में भरने की ख़्वाहिश में जल्दी जल्दी शलवार या जीन्स के पाँयचे पकड़ के उछलती कि वह ऊपर खिंच आएँ और झील की तरफ़ उतरती। पहाड़ी रास्ते से।

आसमान नटखट बच्चा बना उसके आगे और पीछे कंकड़ लुढ़का देता। औरत का पाँव बजरी पर फिसल फिसल। तब आसमान उसे हाथ देता और उसके तामझाम — ब्रश कैनवस रंग स्केचपेन एक्रिलिक शीट रोलर — उठा लेता और औरत को लगता वह कितनी हलकी हो गई। आगे कंकड़ उचकता, पीछे वह उचकती, उचक उचक।

यह कुछ भी उसके पचास के अनुकूल न था।

उसे बस यह पता था कि वह यहाँ चित्रकारी करने आई है, सो वही वह करने में लग जाती।

पर आसमान तो उसके संग होहुल्लड़ी। बाज नहीं आता। घाटी में पर, परिन्दे, सबकी छवियाँ बदल डालता, एक चुटकी यह रंग छींट कर, दूसरी झपक में वह साया फेर कर।

जैसे बत्तख वाला खेल जिसे औरत बत्तख के खेल समझ रही थी। उसने स्केच खींचे और रंग भरने चली। बत्तख की चोंच सीपी गुलाबी, गर्दन और पंख नीले-हरे और काया रुई सफेद। बत्तख की पिछाड़ी पर दो गोलाकार काले धनुषी रंग अंग।

इतना आसान लगा, औरत ने आकार बनाए, रंग उठाए।

कि आसमान ने मछली का बिम्ब फेरा और बत्तख ने चोंच घुसा दी झील में और अपनी पिछाड़ी उठा दी हवा में। रम्य बनता चित्र हास्य में बदल गया। हँसी उठी आ और औ, और रंग पर दूजे ब्रश फिर गए।

उसे औरत पकड़ा चाहे कि बत्तख ने पूरी कलाबाजी मारी और झील से फव्वारा उछला जिसमें बतख के मसूढ़े से गुलाबी रंग के चौड़े फूहड़ पंजे ऊपर हवा में।

हँसी आ औ की।

ब्रश उठे नहीं कि बत्तख पैंतरा बदले। इधर पलक झपक उधर बत्तख झपक।

औरत फिर भी मस्त, बत्तख में गुँथी रही। जो अब पानी से निकलती चट्टान के कोने पर ठंड में खड़े सैनिक सी तैनात हो गई, चोंच पंख दुम सब, पुतलों की मुस्कान की तरह समेट कर, और अपनी गर्दन में घुस गई। आँखें मूँद।

औरत के कैनवस पर एक लम्बी पंखुड़ियों वाला जंगली फूल बन गया, अधखिला, कली कली, एक डंडी पर टिका टिका, हरा, गुलाबी, नीला, श्वेत।

आसमान छकाता रहा है, औरत ने अभी नहीं पहचाना।

बत्तख छोड़ वह झील को कैनवस पर बिछाने चली तो वहाँ भी शरीर आसमान। हर बार एक अलग रंग में उसे लहरा दे। एकदम गहरे धुँध में डुबो दिया। औरत धुँध के धुँधकार रेशों से कैनवस भरने लगी कि धुँध छँट गई और झील को चादर की तरह फटका के उस पर किसी ने धूप ऐसे छिटकी कि हर तरफ़ से चिड़ियाँ फुरफुरा के आने लगीं। फुरफुराहट से ब्रश ने जूझना चाहा तो अचानक चिड़ियों ने बरसात की बूँद ओढ़ ली और यों बरसीं कि बस बरसात की झड़ी ही थी। झील एक भीमकाय काला पत्थर और उस पर थिरकती अनगिनत बूँदीली परियाँ। वे चित्र में बस नाचने को हुईं कि फिर कमाल — झील का पत्थर पिघल गया और बूँदें जो ऊपर से परियाँ बनके उतर रही थीं, पानी के भीतर से फूल बनके खिलने लगीं। सतह पर निरे काँचीले फूल।

जो उचकने लगे मछलियाँ बनकर!

कितना शरारती है आसमान, अभी सोचा न हो औरत ने, मगर अपने अन्दर की सारी स्फूर्ति वह महसूस कर पा रही थी। यह जादुई समा उसे अपने रहस्य से बोझिल नहीं, हलका व मस्त बना रहा था।

मानो एक दिन नीचे देखेगी तो पैर नहीं पंख पाएगी।

या पाल।

इसी तरह औरत दिन भर घूमती। घाटियों में, झील के पास पहाड़ी रास्तों पे। जैसे किसी जुबान में एक चीज़ के लिए सहस्त्रों शब्द, यहाँ एक किरदार और एक उसके रंग की सहस्त्रों प्रस्तुतियाँ — आसमान और उसका रंग। और उसकी छवि। अर्श से फ़र्श तक। हरा तो एक और हरा और एक हरा और भी। पीला तो एक और और एक और भी। लाल तो उसकी छटाएँ। नीला तो नीले की रट। कहीं शाख की छाया, कहीं फूल का उजास, कहीं हवा मचलाती, कहीं धूप अलसाई, हर रंग और और, न इस पल का रंग अगले पल का रंग, आसमान आसमान आसमान। और औरत।

मुग्धा।

सब कुछ नया जो था। नए देश के नए तरीके अपने में काफ़ी होते हैं हैरत पैदा करने को। संख्या एक जताने कहीं तर्जनी उठाते हैं, कहीं अँगूठा। 'मैं' को

इंगित करने कोई सीने पर हाथ रखता है, कोई नाक की नोक पर। यहाँ हर रंग हर पल नया। अगले पल का, पिछले पल वाला नहीं। आत्मा की फूटती रंगत। आसमानी। प्यारी बदल, सब बदल।

सिवाय पुतलों के।

सिवाय पुतलों के जो हमेशा, हर स्थिति में बारिश, धूप, हवा में, एक सा मुस्करा के बन्द हो जाते, एक सा कह के और पूछ के मिट जाते। न देखने की रौ, न सुनने की तलब।

शाम को हैपी आवर्स में कॉन्वर्सेशन पार्क में जमाजमी।

ऊपर पहाड़ी पर पारदर्शी दीवारों का हॉल।

औरत उसकी तरफ चढ़ती तो अभी भी पुराने भ्रम उसे घेरे रहते। आसमान हवा और रास्ते उसके लिए तह खोलता सा खोल देता तो अलग सी ध्वनि होती। जिस पर उसमें पुराना लोक डोल जाता! ध्रुपद का आलाप? किसी की आवाज़ — क्याकरूँ-क्याकरूँ-क्याकरूँ? वह रुक जाती और कंकरीली पगडंडी पर दाएँ को बाएँ को सटती कि लगता है गाड़ी आ रही है पीछे से या लोग? मगर हवा बस, या पानी के परनाले, आसमान के छेड़े।

और लोग? उनके नाम पर वही जो ऊपर मिलते। खाने पीने के दरमियान। कॉन्वर्सेशन करते।

मध्य सप्ताह है तो — डिड यू हैव अ गुड डे? प्रोडक्टिव?

शुरू सप्ताह — डिड यू हैव एन एनजौयेबल वीक एण्ड?

साप्ताह अन्त, तो — व्हॉट आर योर प्लान फॉर वीकएण्ड? गोइन्ग साइट सीइंग?

ओ गौश...ओ गुड...वन्डरफुल...फैन्टैस्टिक...गौली...के बुलबुलों की भरमार जो छोटे मोटे पटाखों की मानिन्द फूटते रहते।

इस बार के हैपी आवर और डिनर के ब्यौरे की यहाँ खास दरकार है। चूँकि इसी के दौरान औरत ने विज्ञान और तकनीकी विकास के नमूने तो देखे ही, पर

यही वह शाम भी थी जब पहली बार उसे आसमान के जीवित होने का भान होने लगा और दोनों का परिचय खुले में आने लगा।

इस बार औरत ने देखा कि हर पुतले के अन्दर इलैक्ट्रिक बल्ब फिट है। जो ऐसे नहीं दिखता पर बात — यानी कॉनवर्सेशन — की लम्बाई चौड़ाई और स्वर की ऊँचाई गिराई के अनुपात में तेज़ या मद्धिम जलता बुझता है। उसी हिसाब से पुतले के चेहरे पर चमक दौड़ती फिरती और जीवन्त होने का अन्दाज भी। कभी आँख में लौ, कभी होंठों पर स्मित, कभी दाँतों की झक्खास फ्लैश, कभी जबड़ों पर तिरमिर रौशन तैर। इन सबके बीच, विराम, अर्ध-विराम, कोलन, सेमी कोलन, की तरह बराबर लौटते वही सधे, सम्भले, सँवरे भी कह लें, सम्भ्रान्त, बुतहे चेहरे, जिस भंगिमा को प्रगति की दुनिया में पॉलिश कहते हैं।

ओ गौश! बगल वाले ने कहा।

औरत हँसी। ओ गौश वाला जी रहा होता तो भी उस पल औरत का हँस पड़ना अटपटा न बैठता। पर औरत अपने किसी खयाल पर हँसी थी।

वह सोचने लगी थी कि यहाँ तो देखो लकड़ी ज्यादा ज़िन्दा है लोगों से और पानी और पत्ता और हवा देखो कैसे चल पड़ते हैं, थम जाते हैं। इस पर वह ज़ोर से हँस पड़ी और ओ गौश ने ज़ोर से कहा ओ गौश।

उसी पल आसमान ने ठहाका लगाया, ज़ोरदार चमक के साथ। नहीं, इलैक्ट्रिक बल्ब के मार्फ़त नहीं। जीने और हँसने के मार्फ़त। रात है, साढ़े नौ से आगे, औरत ने देखा। यह अमूमन तो होता नहीं आसमान के रौशन होकर चटख चमकने का वक्त?

कमाल, वह हतप्रभ हुई। शीशे की बनी पारदर्शी इमारत भक से जल उठी थी मानो आसमान ने माचिस को तीली लगाई। ऐसी धूप उस पर खिल गई जैसी उसके देश में दिन के बारह बजे। देख रही है कि बाहर सूरज का आग गोला जलता हुआ आसमान में।

यह क्या आसमान है? वह चमत्कृत हो के बोली। वाह वाह वाह आ आ आ!

ओ गौश ओ गौली की प्रतिक्रियाएँ हर तरफ उठने लगीं और वाइन की बोतलें खनकने लगीं।

सामने झील एकदम हीरा। बारीक़ कणों का चूरा उस पर चमक की कनियों वाला।

औरत के दिल में पहली आहट जो वह सुन सी सकी — कोई है तुम्हारे अलावा भी...जीता जागता?

उसने जिधर नज़र उठाई आसमान से आँखें चार। दिल में सुन्दर सी चली, कुछ नखरीली सी बन कि कहती हो फ़्लर्ट कहीं के, शो ऑफ कहीं के, औरत ने कहा गरम गरम, अपनी त्वचा पर इन अचानक मचली किरणों के संवाद छूकर।

आसमान फिर हँसा जैसे अपने पहचाने जाने पर ख़ुश और हवा के गुल्ले मारने लगा। देखते ही देखते सारी स्वर्णिम ज्वाला शीतल होने लगी और घाटी के पेड़ों पर झूलते पत्ते पंखा झल पड़े। एक एक पत्ते की अलग अलग झल! इतनी सारी पंखियों की अलग अलग एक सँग हवा?

हमारे तीन ब्लेड वाले मशीनी पंखे में यह बात नहीं, औरत ने कहा।

ओ गुड, बगल से स्वर उठा।

पर औरत को उसकी सुध नहीं। उसने जिससे कहा था वह शीतल शीतल जामे में कॉन्वर्सेशन हाउस में चला आया था और उसके काँधों पर नई नई दोस्ती की नर्मी से झुका था।

ज़रूर औरत उसे पहचानने लगी तब से।

जादू नहीं पर जादुई ज़रूर, जो हर रोमान्स का होना अनिवार्य है। पहली नज़र में प्यार, लव ऍट फर्स्ट साइट, बहुप्रचलित रोमानी लाइन है। एक और भी होनी चाहिए रोमानी हादसे के लिए — टक्कर अब और चोट तब। क्योंकि इश्क हो जाता है और पता पड़ता है निर्धारित पल में।

लव का पल। हर हैपी आवर और डिनर में आसमान औरत के पास डुला होगा पर उसे गुमान कहाँ हुआ? उसके पहले भी आया, बाद में भी उसे उड़ाता डुलाता रहा। पर लव का पल तो आज था और तब जाकर औरत ने महसूस किया कि हाँ, पहले भी उजाला पास आ बैठता और दिन और भी थे जब वह धुँध और हवा में पेंग लेती किसी अदृश्य हिलाय-धकाय पर।

हाय आसमान कितना सुन्दर...औरत के मुँह से बेसाख़्ता निकला। उफ्फ...हाय...।

गौश चियर्स, कोई बोला।

नटखट अलबेले आसमान पर लाली फिर दौड़ी।

उफ्फ, औरत के दिल की गति तेज़ हुई। आसमान में बादल नाच रहे थे।

उफ्फ औरत के दिल से छल्ले उड़े। गा पड़ूँ कि नाच पड़ूँ।

आसमान वाकई नाचने लगा। लाली में इश्क के नए नए रंग घोल के, बैंगनी, कंचनी, फीरोजी मस्तियाँ, झूम बराबर झूम शराबी।

नाचने गाने को जी करता है, औरत ने मुक्तनाद किया।

नाच कि गाने के स्वर पर पुतलों के भीतर नाच कि गाने का लट्टू जलने लगा। वे उठे, संगीत के बटन दबाए, और उनकी सारी जमात गाने बजाने की तरंगों पर, जैसे सच में सुनते, हँसते, जीते हों, ऐसे थिरकने लगे और उनके बीच झूमता आसमान और उसकी बाँह पर मतवाली औरत, गुनगुनाती हुई लव लव लव आइ ऍम इन लव।

एक ढंग से कहानी यहाँ खत्म की जा सकती थी। मंज़र अंतिम सीन के अनुरूप है। नृत्य, संगीत, प्यारा आसमान, औरत के मुँह का बरबस आइ ऍम इन लव। शायरों ने कहा भी है कि जिस अफ़साने को अंजाम तक लाना हो नामुमकिन उसे एक खूबसूरत मोड़ देकर छोड़ना अच्छा और हर इन लव अफ़साना इसी काबिल है।

मगर यहाँ अभी अंजाम नहीं, मैं हूँ। ग़लतफ़हमी न पैदा हो जाए इसलिए पहले ही बता दूँ कि कहानी के किसी खास पात्र की हैसियत से नहीं पर कभी राह चलते कोई राहगीर कुछ देख ले और सोचे कि बता दूँ क्या देखा कितना देखा जो अब तक के कहे में किसी अलग राह से आ जुड़े, उस तरह।

इतना बताने तो मुझे आगे आना ही था कि गीतांजलि वाले टैगोर और ताश के पत्तों का क्या कवित्त है।

उसी के सँग औरत का। आसमान का और प्यार का।

क्योंकि जब मेरा उस जगह में पहुँचना हुआ तब तक यह जानी पहचानी आम सी बात हो चुकी थी कि औरत और आसमान हरदम हरदम साथ हैं और बातें भी करते हैं जिसमें औरत के स्वर सुनाई पड़ते हैं, आसमान के संवाद दिखाई पड़ते हैं।

मेरा उस जगह के बारे में पहले से कोई पूर्वानुमान नहीं था। न औरत या किसी और के बारे में। बस अपना तो वही जो साधारणत: होता है कि नए लोग सामने पड़े तो शरीफ अनुपात में आँख कान नाक खुल जाते हैं।

पर कभी उनके पीछे थोड़े जिज्ञासु आँख कान नाक भी उग जाते हैं जिनका पता पड़ते पड़ते पड़ता है। पहले यही दिखा कि एक औरत है स्कैचबुक कैनवस उठाए इधर उधर नज़र आती है और आसमान उसे घेरे रहता है। तब सोचा तो नहीं पर सोच सकता था क्या अलबेला चित्र है — पट के इक कोने पर औरत, पूरे पर आसमान!

कुछ देखा, कुछ देख कर अनदेखा रहा।

एक सुबह देखा कि औरत पीला पीताम्बरी पहने चली जा रही है। वह चलती और उसके कदमों से फटकते हुए पीताम्बरी कनियाँ उठतीं। आस पास फैलतीं। कंकड़ घास पत्ते रेशमी पीले होते चले जाए हैं।

उसने देखा और चौंक कर झील को देखा और मैंने भी और क्या ख़ूब कि वहाँ भी वही मुलायम रेशमी पीला उसके पैरों से पूरे पर बहता हुआ।

उसने ऊपर आसमान को देखा।

मैंने भी।

शक भरी निगाहों से।

मेरी आँखों में भी उसकी देखा देखी।

आहा, वह मुस्कायी, उँगली ऊपर उठाई प्यार से इल्जाम में, तुम्हीं?

आसमान ने उसके जैसा पीताम्बरी लपेट रखा था, युवक भिक्षु सा सुन्दर और स्वच्छ। तुम और मैं, वह हलके से लहलहाया।

औरत के चेहरे पर सुनहली छटा मगर आँखों में अभी भी शक।

चूँकि यह इश्क का मामला है मैंने गूगल पर सर्च किया। पता चला कि

इश्क और शक उतने ही हमदिल हैं जितने औरत और आसमान। इश्क है तो शक है, शक है तो प्यार है, प्यार है तो चोरी है, चोरी है तो रंग है, रंग है तो नकल है, नकल है तो इल्जाम है, इल्जाम है तो सबूत नहीं, सबूत नहीं तो ही तो इश्क है, यह पीत प्यारा केसर कंचन प्रीति पीताम्बरी, पील पीला, किधर से आया किधर गया।

औरत को आँखें बन्द करके खोलते देखा, आसमान को आँखें मारते देखा।

औरत ने आसमान को आजमाया। बैग से एक लम्बा सलेटी कोट निकाल के शरीर पर डाला! आसमान ने सलेटी बादल हवा पर दौड़ा दिए।

उधर बादल उड़े, इधर औरत के बाल।

इश्क की यह अदा मुझे पसन्द आने लगी। तुम मेरा दर्पण मैं तेरा। कौन हो तुम, मैं तुम हो? इस तरह अक्स औरत आसमान के। और इश्क। और मैं इत्तेफ़ाकन टुकुर टुकुर!

हाँ, जानता हूँ कि पीपिंग टॉम होना कोई अच्छी बात नहीं। न किसी के इश्क में नज़रें गड़ाना। पर मेरे जैसे अपने काम से काम रखने वाले जब इन अकेली जगहों में पहुँच जाते हैं तो उनका ख़ाली वक्त काटते नहीं कटता। सुनसान उजाड़ अकेला बस लगता है। कौन कहता है कि धूप में खिलखिल है और हवा में संगीत और पानी के अचल में साँसें? भाँय भाँय और साँय साँय की टेर है जिसके हर तरफ फँसा आसमान बस फँसा आसमान है। किसी तरह काटें यहाँ और फूटें, वैसा साधारण जीव मैं हूँ। नींद हराम है इस भाड़ भाड़ की रातों में जो खिड़की दरवाज़ों से टक्कर मारता है। झपकी भी हराम — आई नहीं कि बत्तख की कें कें इन सूनी रातों में। हर समय का यह भुतैला आसमान जिसमें अगले वक्तों के जिन्न लहरा रहे हैं। सड़क पर निकलता हूँ जो निकलना पड़ता था तो लुढ़कता पुढ़कता जाता हूँ पत्थर कंकड़ों पर और हवा झन्नाटेदार चाँटें लगा के जान साँसत में डालती है। उसके तूफानी वेग में हर तिनका पत्ता इस तेज़ी से फर्र फर्र उड़ता है कि पुतलियाँ हिल जाती हैं और दृष्टि धुँधला जाती है। रोशनी की किरचें फिजा को ऐसा चटख चमकदार और चुभोऊ नुकीला बनाए हुए हैं कि आँखों में जल प्रकोप हो उठता है और मैं अन्धा अन्धा।

कुल मिलाकर यह कि जीना दूभर हो जाता है और रात को नींद गुल, दिन में डर थर थर कि जहाँ पैर पड़ा या हाथ धरा कुछ उचकेगा और डंक और काट सी लगेगी, पत्ता तिनका कतरा सब, जैसे वे जीवित।

मेरे जैसों को अपने शहर वापस जाने का इंतज़ार होता है। धुँए और धातुओं में घुली शहरी हवा की राहत भरी साँसें, जो धीरे धीरे नथुनों में जाती हैं, बीच बीच में अवकाश लेती, फिर कि जरा मैं खींचूँ जरा वह ठेले, सब पता पड़ता हुआ, न कि धमाधम भड़ाभड़ चीरती हुई भीतर। आँखें भी इमारतों के आगोश में शान्त थिर आसान दृश्यों में रमती हैं। और बीच बीच का जरा मुरा आसमान अपनी औकात में रहता है, यह नहीं कि छुट्टा साँड सा पीछा करता।

पारदर्शी इस समाँ में फँसा, मैं हाँफता टटोलता गिरता पड़ता दिन काट रहा था कि काम निपटाऊँ और लौट जाऊँ।

ऐसे में दिख पड़े एक औरत जो आसमान का आईना लिये घूम रही है, कि वह उछलती वह उछलता, दोनों उछलते, तो कोई तो खेला इस वीराने में कि चलो फिल्म की तरह देख डालूँ। जहाँ न दुकानें, न विडियो पार्लर, न क्रिकेट, न सौकर, न होटल, न खोमचे, न गुल, न शोर, उसे भी न देखूँ तो बीमारी बियाबाँ न हो जाए?

बस इसलिए।

अपने सर्वे से लौटता तो दिन — और रात — जो दूर तक फैले थे उन्हें पार करने का यही मेरा एकमात्र तरीका हो गया। मैं पीछे पीछे वह आगे आगे।

बल्कि इसमें जतन करके पीछा करने जैसी बात थी ही नहीं क्योंकि कोई अगर हर छोर पर था और बीच में भी तो वह आसमान ही था और उस पर फर फर करती तितली जो खुद भी कभी यहाँ कभी वहाँ, वह औरत थी। एक तितली और सब जगह! और आसमान, इतना आसमान! टहनियों में लिपटा, पानी में डुबकता, घास पर पसरा, पहाड़ों पर उचकता, खिड़कियाँ खड़खड़ाता, वाइन तक में झिलमिलाता।

जरा कभी मैं खीझ भी जाता कि औरत को लुभाने की उसे अच्छी पड़ी — पल पल रूप रंग बदलने का उसका खेल। उनकी इस आशनाई में हमारी

मति तो मारी जा रही है — गर्मी होगी कि ठंड, बरसात झमाझम कि सितारों की जुगनुआहट? पता रहे और अडिग रहे तो पहनावा प्रोग्राम तय रहे — निकलें न निकलें, पास रहें, दूर झाँकें, लबादे ओढ़ें कि परतें सरकाएँ? मगर यहाँ सूझ यह कि हर तेवर के लिए तैयारी करके चलो। छाता, दुशाला, टोपी, चटाई।

बूझ यह कि उनकी आँखमिचौली ने सिखा दिया स्पष्टवादिता का महत्त्व।

और यों टाइम पास टाइम पास के खेल के बाद आ गई मेरी आखिरी शाम। सर्वे पूरा, जगह अनुकूल, सरकार तत्पर, ग्रीन पीस वालों की थोड़ी अड़चनें जो देख ली जाएँगी। दूर तक खुला, दूर तक एकान्त, झील गहरी पर दुनिया बेईमान। हजारों साल तक दबा रहेगा यहाँ मीटरों नीचे खदानों में न्यूक्लियर वेस्ट, पर कुछ लोगों का काम ही आड़े आना। देख लेंगे देख लेंगे। कहीं तो स्टोर करना है रेडियोएक्टिव रिमेन्डर, यहाँ चुपचाप पड़ा वह नष्ट होता जाएगा और कोई नुकसान न बचेगा। पर कुछ लोग? सर्वे हम कर रहे हैं, बता वे रहे हैं कि दफन होगा पर रिसेगा, हवा में, पानी में, मिट्टी में! सदियों के हिसाबिए। पर है हमारी रिपोर्ट रिसर्च तैयार।

हमारे लिए सेन्ड ऑफ डिनर। उस तरफ औरत, इधर मेरा नेम-कार्ड। उसने हलके नीले रंग का लिबास पहना था जिस पर चाँद सितारों का दुपट्टा था।

हलका नीला आसमान और उस पर चाँद सितारों की लहराहट।

ओ गौली, मेरे मुँह से निकला, चूँकि वह मेरे पीछे देख रही थी, जहाँ छैल छबीला आसमान हलका नीला, चाँदी के गोटे पूरे में टँके।

जब से तुम्हें देखा है आँखों में तुम्हीं तुम हो। औरत ने गाया सा।

सूट बूट टाई में आए बॉस खड़े हुए और उन्होंने टोस्ट प्रपोज किया — टू आवर प्रोजेक्ट 'गामा-सेफ'।

औरत आसमान की कहानी कहने लगी।

प्रोजेक्ट के नाम पर कॉन्वर्सेशन चल पड़ा।

कैसा है आपका प्रोजेक्ट

मैंने बताया उम्दा। जगह माकूल है। आबादी में रख नहीं सकते, यहाँ की गहराई मुफीद, फैलाव सटीक।

आसमान गहरा पड़ने लगा और गाढ़े पड़ते पेड़ घास पहाड़ पर योगी सा संजीदा।

बॉस ने कहा उधर

एक ने कहा वह क्या है

औरत ने कहा झील

मैंने कहा हमारा नेवल न्यूक्लियर प्रोजेक्ट

चार हजार फीट बाद पनडुब्बी की जगह

साठ डीकमिशन्ड न्यूक्लियर सबमरीन

केजियम 137

कोबॉल्ट 60 स्ट्रोनियम और आयोडीन

वाह वाह

वाह

मैं बताने लगा पायरन बनेंगे, केबल के तारों को फैलाने। यहाँ सिविल लॉ नहीं लागू तो ये शोर ग़ैरकानूनी है कि परमाणु लीकेज, हादसा, अफ़सोस, दरार, धन, वनस्पति।

ऐल्फा रे जरा दूर जाता है पर खाल में नहीं।

बीटा खाल छेद सकता है पर दूर है।

गामा तो पूरे में फैल सकता है पर दफन रहेगा।

गामा पहलवान औरत बोली

गा मा पा कोई मशीन गाने लगी।

सुरक्षा और निगरानी को नावें चलेंगी इधर।

झील तो आसमान है औरत बोली। पानी पर नाव चलेगी तो आसमान घिसेगा।

बत्तियाँ जलेंगी, लाइट हाउस और नाविक सँभाल बनाएँगे।

'बत्तियाँ' के स्वर पर ऑटोमैटिक हाथ स्विच को दबाने उठे।

औरत ने हाथ उठाया रुको अभी सूरज डूबा नहीं है, बत्ती जल गई तो आसमान ढाप दोगे, सितारे बुझा दोगे।

ओ गौश मैं बोला।

ओ गौश कॉनवर्सेशन पार्क में सब बोले और उधर देखने लगे जिधर औरत।

दूर पश्चिम में, पहाड़ियों के पीछे से सूरज का आखिरी अंगार उठाए कोई चला आ रहा था।

मेरा आसमान औरत बोली। देखो कण्डील लटकाए।

गौश...गौली...करते सब विमूढ़ खड़े हो गए जैसे यह कमाण्ड पढ़ नहीं पाए।

नीला उजास कॉन्वर्सेशन पार्क को घेरने लगा।

इसी रंग का कछुवा था। औरत ने कहा।

एज़्योर, मैंने कहना चाहा। गूगल में देखा है। गूगल से कम्प्यूटर याद आ गया और ताश के पत्ते। वह जादू नहीं था पर जादुई ज़रूर था। जो पत्ता चुना था वह गायब हो गया था। चार वापस आए तो तुम तो अपना चुना पत्ता खोज रहे थे जो तुम सोच रहे थे पाँचवाँ वाला है जो गायब। पाँचवाँ, तुम्हारा वाला, टैगोर ने रख लिया, तुम हैरान खुश। जादू-विभोर तुम यह न देख पाए कि बाकी चार भी बदल गए। उन्हें टैगोर ने नहीं रखा, न किसी और ने।

न पाँचवें को!

यानी पहले वाला एक भी पत्ता नहीं था!

बदले हुए ताश के पत्ते, न अंक वही, न रंग।

एज्योर, यह रंग, मैंने मुँह खोला।

ओ गौश ओ गौली मुँह से निकला।

औरत मेरे सामने थी, आसमान उसके पीछे, फ़ीरोजी लिबास में, रात की आखिरी कण्डील लिये, धीमे धीमे।

ओ गौश मैंने कहा।

औरत फ़ीरोज़ी - एज़्योर - सपने के नीले कछुवे के रंग की होती जा रही थी। आसमान उस पर स्नेहिल झुका, लामा सा मन्द मन्द।

ऍल्फा बीटा गा मा पा धा गाना बजने लगा। सैन्ड-ऑफ डिनर में सब थिरकने लगे। एक बादल भी पारदर्शी दीवार से भीतर सबके बीच नाचता हुआ। बादल गुच्छी आकार का था।

कण्डील बुझ गई। बुझ गई तो पुतला मुस्कराया और उसके हाथ ने बत्ती

का बटन दबा दिया। जिस पर एक अलग किस्म की धातु सफेद रोशनी चारों ओर फैलने लगी और प्लूटोनियम का पीलाहट लिये टीन वाला रंग खाने के स्वाद में आ गया।

कुकुरमुत्ता, एक आवाज़ आई।

तो खा जाओ, दूसरे ने कहा।

नीला कछुआ झील में।

आ और औ, दबी हुई हँसी, पर्दा। आसमान कहीं पीछे।

लौटती आहट

मैंने पूछा निकलते हुए कि क्या?

वह बोला खीझते हुए कि अख़बार।

कि होटल वालों से कह दिया था पर...ओफ़्फ़, वह बीच उस शिकायत के दूसरी शिक़ायत की फाँस से ओफ़्फ़ कर बैठा, जब मैंने अपनी बगल में दबा अख़बार बढ़ाया। तुम ले गई थीं? बाथरूम में? तुम उस वक़्त पढ़ती हो? हगते हुए? और मैं इधर पगला रहा हूँ?

शिकायतों का आरोह।

दो उँगलियों से, लगभग न छूते हुए, अख़बार लिया, जैसे बाथरूम

से कुछ गन्दे-सन्दे कतरे उस पर ज़रूर चिपक गए होंगे, पर इसलिए भी कि मैंने उसे गीला कर दिया था, हाथ धोने के दौरान, और कुछ तो बस छेड़छाड़ में।

शिकायतों का अवरोह।

वैसे मुझे कभी समझ नहीं आई आदमियों की यह अख़बार-परस्ती। कोई भी आदमी। मेरे बाप, मेरे चाचा-ताऊ, मेरे जीजा बहनोई, मेरे कोई भी आदमी। बाप के लिए वह — अख़बार — जैसे बच्चे के लिए स्तन। सुबह हुई नहीं कि हाज़िर हो — चाय केला बिस्कुट अख़बार। ट्रे में पेश बतौर छोटा हाज़िरी, साहबों नवाबों की ख़िदमत में। क्या मालूम स्तन भी! साहबों नवाबों की ख़िदमत में! ट्रे पे अलबत्ता नहीं। और चाचे आदि, जब वे आते — ग़नीमत है एक एक करके आते — सबकी ज़रूरत, सूर्य की पहली किरण के फूटते ही कि बढ़े उनका हाथ और समाए अख़बार उसमें। जैसे कोई रिश्ता जगत से, जो नित्य सवेरे फिर जमाना है, खुद को अख़बार के साथ एक टाँके में बुनकर, जैसे इस

बढ़ती बिनाई में ही है उनके जीवन का स्टाइल। जहाँ तक जीजा की बात है तो दाता जाने किस जिन्स से रचा है उसे। चूँकि मैं तो बस इतना जानूँ कि उसका खयाल भी खीझ बनकर दौड़ जाता है मेरी रगों में और अख़बार उठाने के लिए उस शख़्स के हर झुकने के साथ, बहन के लिए मेरी इज़्ज़त भी झुक जाती है, फिर उठती नहीं। कहाँ की बात हुई भला कि जवान इनसान वह, साबुत और सलामत, बराबरी के इस युग में, जवान सलामत बहन मेरी की तरह, और साथ और नौकरीपेशा दोनों और दोनों की कमाऊ साझेदारी का ही तो खुश अंजाम यह अनेक बेडरूम, अनेक बाथरूम वाला फ़्लैट, महँगाई से भरी उस महानगरी में, और दबाता है बटन, नित सुबह वह जीजा हमारा, उस घड़ी का, जो अलार्म का बटन है कि घोंट दे उसकी कानफाड़ चीख और चल पड़े खुद, सोते-सोते, नंगे पाँव की बेसुधी में, सामने के दरवाज़े की तरफ, और जुट जाए उन अनगिनत क्रियाओं में कि इधर दबा के साँकल को रिहा करा, उधर उठा के ताले का मुँह खोला, पंजों पर उचक के सिटकिनी दी सरका, घुंडी घुमाई बाएँ कि दाएँ कि बाएँ और कुछ और भी ऐन-तैन खोलता गया, जिस सबका मूल यह कि जैसे, राणा साँगा बन, पार की बड़े शहरों की किलेबन्दी और खोल दिया इस तरह मुख्य द्वार, ताकि बाहर भीतर आ सके, और झुक गया उठाने नया, कैलेंडर-सा लपेटा पड़ा अख़बार, और जो नहीं उठाया वह है उसी से सटा लगा दूध का पैकेट, जिसे पल भर बाद आएगी उठाएगी उबालेगी बहन मेरी, उसके और उसके बच्चों के लिए।

घोर पुरुषप्रधान समाज यह अख़बार समाज। यहाँ तक कि अख़बार सब तलक पहुँचाने वाला भी आदमी, हालाँकि उस जीव के लिए मेरे मन में प्रशंसा का जज़्बा उठे बग़ैर नहीं मानता कि वाह जी वाह क्या तीरन्दाज़ आप जो बिना सायकल से उतरे और बिना उसका पेडल घुमाना पूरा रोके ही निशाना मारें और न चूकें। अपार्टमेन्ट बिल्डिंग के आगे ज़रा रफ्तार को टोक दी, पहिया फिर भी घिर्र-घिर्र घुर्र-घुर्र घूमता, एक पंजा धरती पर हल्के-से टिकाया। मानो स्प्रिंगदार कुछ, जो उछल सकता है और रबरबैंड में लिपटे लपेटे अख़बार सूँ-सूँ कोनकोर्ड प्लेन की तरह उड़ते हुए जाएँ और एक के बाद एक, अलग अलग बालकनी पर उतरें, ऊपर की सारी मंज़िलों पर, और ग्राउंड फ़्लोर है तो सामने के दरवाजे के सामने टप्प से पड़ जाएँ। यहाँ से नहीं चुन सकते क्या अन्तर्राष्ट्रीय क्रिकेट

के लिए, कभी-कभी मैंने सोचा भी?

पर यह कभी नहीं सोचा कि अख़बार से डाली भी काटी जा सकती है जिस पर चढ़े खुद बैठे हों! कि मानो उसका दूसरा नाम कुल्हाड़ी। अख़बार का।

वैसे कौन जाने उस वक़्त असल में मैं क्या सोच रही थी। समकालीन वक़्त मैं स्वप्न की तरह जीती हूँ जो बाद में याद आता है। जिस तरह जागने पर सबको सपना याद आता है। याद जो फिर से जोड़ जाड़ के सपने को नए वक़्त में बनाती है और वही अब कर रही हूँ उन छह दिनों को याद करके जिन्हें जी रही हूँ अभी न कि अब को, जो ख़ैर सपना है जो बाद में याद आएगा। और जी रही हूँ अख़बार को भी।

जिसको लेकर कभी मैंने समझौता नहीं किया, कैसे करती? उसका एक अतीत है, इतिहास, राजनीति, बिंधा लिसड़ा लिंगभेद का रंग है। अख़बार, दुनिया, दुनिया-बाहर की दुनिया, बाहर, पुरुष, इसलिए पुरुष का हक अख़बार। दूध का पैकेट, चपचप चिपचिपाता, पतीली, चूल्हा, रसोई, घर, औरत। घर और बाहर। घोरे बाइरे। बाहर। भीतर। तुम्हारी भूमिका और मेरी।

होना नहीं है ऐसे, सोचा होगा मैंने उस अवचेतन मन से, जो इस सबको लेकर मेरे पलते बढ़ते दिनों से बन गया कायदा है। हम जैसी, उन पूर्व-निर्धारित, बने बनाए, रेडीमेड, रूढ़िग्रस्त फ्रेम में नहीं फ़िट होतीं, न होंगी। चटका के उन फ्रेमों को निकल आई हैं बाहर और जी, अख़बार हमें भी उतना ही अधिक चाहिए जितना अधिक तुम्हें।

जितना कम तुम्हें भी कह सकती हूँ। क्योंकि कहना उसका यह था कि सब बकवास है। बस एक सफ़ा है अख़बार का, जो झूठ नहीं बोलता और वह है खेलकूद समाचार का, वह बोलता, और वह भी, मैंने दानिशमन्दी जताई, बदल गया हो शायद क्रिकेट स्कैम के दिनों से।

पर झूठ या नहीं, सवेरे का उदय सूरज से नहीं, पेपर से होना था, उसके लिए भी और उसे सीखना पड़ा कि मेरे लिए भी।

तो शायद वह हमारा नया नया सवेरा ही था जब वह होटल के स्टाफ़ को गलियाने लगा कि क्या अंग्रेज़ी भी नहीं समझते और इतना कहने पर भी पेपर नहीं

देते और पाया कि मैं निकली चली आ रही हूँ बाथरूम से पेपर थामे। नया नया सवेरा, होटल का कमरा, बड़ा सा गुदगुदा बिस्तर जिसको साथ झेलने की हमारी आदत नहीं है, चूँकि रहते तो हैं अकेले, अलग, मीलों, समुन्दरों, आसमानों दूर, पर आ गए हैं साथ आज़माने, एक बीते रोमान्स की याद में जब दोनों कॉलेज में थे और क़लम और किताब देते हुए मरमरी और सरसरी छुअन से एक दूसरे में धीमे से उतर लेते और फिर अलग हो गए अपने अपने कामों में और बरसों में और बस प्यार की तासीर वाले उस बुलबुले को हलके हलके फूँक मारते कि वह फूटे ना पर ज़रा सिमर सिमर सिहरे और शोख़ पत्रों और नर्म फ़ोन कॉल से उस सिहरन को दूसरे तक रवाना कर देते और बस, क्या बात है कि यों पहुँच गए इन सवेरों तक, दोनों के लिए अपरिचित किसी शहर में, और मैं आँखें बन्द करके रचती हूँ उस भोर को जिसमें मैं लेटी हूँ आँखें बन्द किए, सोने के दौरान बिस्तर के एक कोने पर लुढ़की पड़ी, चूँकि आदत तो अलग रहने की है और यह साथ, यह सवेरा, यह बिस्तर तो नया है पर अब जागती हुई, बन्द आँखों के भीतर ही और याद धीमे धीमे लौटती हुई कि यह स्वप्न सा पल अभी का है, जिसे मन ही मन अरसे से जीती रही हूँ, अभी के इस सपने की ही तलब में जब दूरी नहीं है बल्कि वह नज़दीकी है जिसकी इच्छा उस बुलबुले को सिहरता और सतरंगी बनाती गई है और मेरी अँगड़ाइयों में मीठा मीठा कुछ है और अभी भी कुछ जागी कुछ सोई सी याद करती हूँ कि अब नहीं है अम्बरों सागरों की दूरी, इस प्यारे न्यारे आदमी से, बस कुछेक इंच भर की है, तो झूमती हूँ और धीरे से, नींद कह लीजिए उसी में, उस सलोने सुन्दर तन की तरफ़, जानते हुए कि आँखें खोलूँगी तो वह भोर की शीतल उजास में भीनी सी छाया के रंग का होगा और मैं कराह पड़ी और मेरी त्वचा भी और बिस्तर भी कुछ लचक गया कि सरक आऊँ बिना प्रयास उसकी बाँहों में कि तभी बिस्तर ने झटका दिया जो प्रेम की लय में फ़िट नहीं होता और आधी तरफ उछला, जो उसकी तरफ का आधा था, जहाँ वह लेटा था और अब नहीं लेटा था, जब मैंने चौंक के आँखें खोल दीं और पाया कि वह नहीं अब वहाँ।

नहीं वह वहाँ! हाँ। टी.वी. था सामने, दीवार पर बने लकड़ी के आले में सजा। साइड-टेबल मेरी बगल में। मेरी छोटी ट्रैवल क्लॉक उस पर। और ज़रा सी वाइन अभी भी गिलास में ज़रा सा खट्टी महक उड़ाती जैसे ही मेरी नज़र

उस पर पड़ी। और मेरी अँगूठियाँ और चूड़ियाँ और कड़े जिन्हें मैंने उतार दिया था उसकी पीठ का लिहाज़ करके। उस तरफ बिस्तर की उसकी साइड थी जहाँ सिंका सा एक गड्ढा उसके वज़न के अनुपात का अभी बरकरार था और मेज़ पर उसके निरे आधुनिक औज़ार और नाक में डालने वाले ड्रॉप और नाक पे चिपकाने वाली पट्टी कि खर्राटों को निकलने न दिया जाए हालाँकि मैं कहती रही थी कि मेरी नींद को कुछ नहीं बेध पाता पर उसकी अड़ थी कि वह फ़िकर करता रहेगा कि बेध पाता है और मेरी नींद बिगाड़ रहा है और सो नहीं पाएगा और हँसा नहीं जब मैंने कहा कि फिर खर्राटे भी तो नहीं भरेगा।

बड़ा स्वीट है न, मैंने सोचा उसके तकिये में सिर घुसाते हुए, हम औरतों जैसा, क्योंकि मैं समझ गई थी वह उछल कर दाँत को इश्तिहार-छाप चमक दमक देने और मुँह को पेपरमिन्ट-छाप महक महक देने गया है, इसके पहले कि मैं उसे धर दबोचूँ! उसी पल बाहर से आती सड़क सफ़ाई की हाई फ़ाई आवाज़ें मैंने सुनीं — खच-खच ब्रश और कचड़े को हवा के साथ हप्प हप्प निगलता अजगर जैसा पाइप और इंजन की घिर्र घुर्र और मैं भी फुदकती गई खरगोश माफ़िक अचानक चेत कर कि यह तो सवेरा हो गया और अख़बार-वक़्त हो गया और मीठी मुख श्वास वाला आदमी ज़रूर मुझ तक आने की यात्रा के बीच उस तक जाएगा।

खरगोश ने बाज़ी मार ली!

लेटी रही बिस्तर पर फैल के और अख़बार फैला के और वह फैले कपड़ों के बीच से बढ़ता चला आया ख़बरों की तलब में।

सबसे नौयज़ी कमरा है यह, उसने खुनसना शुरू कर दिया, अख़बार ढेर नौयज़ करते हुए उठाते उठाते। वैसे सच खिड़की से इंजन का शोर और हवा का मशीन के संग शप-शप शूँ-शूँ, अन्दर घुसते दिखाई पड़ रहे थे! हम होटल बदल देंगे, उसने आँखें तरेरीं, अगर वह कमरा नहीं बदलते।

मुझे होटल पसन्द आ गया था। अभी जब याद से फिर उसे खड़ा कर रही हूँ तब भी पसन्द आ रहा है। सारी कोशिशों के बाद भी थोड़े निम्न टेस्ट के भोंडेपन से चिपके रहने की लाचारी वाला होटल। लॉबी और रिसेप्शन की दीवारें तस्वीरों से भरी कि दीवार न हो नदी का पाट हो और तस्वीरें न हों नदी खुद हो जो बलखाती बहती चली जा रही है, सीढ़ियों की दीवार पर भी मटराती

हुई और कमरों में भी लहलहाती और हमारे कमरे में मातीस, क्ले, क्लिम्ट के रीप्रोडक्शन। फ़र्श पर और सीढ़ियों पर मढ़ा मोटा, गाढ़ा, लाल कालीन सरासर गलत, अगर जगह और विस्तार का आभास कराना हो जहाँ वे हैं नहीं। और पुस्तिकाएँ और पत्रिकाएँ, अख़बार के हुजूम जैसी, रिसेप्शन पर रखीं कि यह वॉक, यह दृश्य, पर्यटकों के लिए इस शहर में।

जिस शहर में ख़ास कुछ ऐसा नहीं कि कोई कहे यह इस शहर की ही बात!

पर कौन हम वहाँ उसकी गाइड बुक और टूरिस्ट वॉक और हाई स्पॉट देखने आए थे! हम तो आए थे वहाँ सुहानी संभावनाओं की देहरी लाँघने। घूमे ज़रूर हम इधर-उधर गली चौबारों बाग बगीचों में, उस शहर के, जो निरे और शहरों जैसा ही था, अपने बीच के अरसे को मिटाने और सब बढ़िया था। चंगा, दुरुस्त, मैंने सोचा होगा। छेड़छाड़ प्यार व्यार के अपने एक बीते लमहे के सतरंगी बुलबुले को ई-मेल, पत्र, फ़ोनादि पर फूँक मार के दौड़ाते लुढ़काते, खुद भी ललक से दौड़ते-लुढ़कते, चले आए थे किसी इस शहर में, सारा अन्तराल मिटाने, खींचा खींची करते हुए अख़बार की और एक दूजे की और करके खींचा खींची फिर करने को तैयार और फिर फिर करने को तैयार प्रेम की खींचा खींची!

हो सकता है — विश्लेषण, खोज परख पर उतर आऊँ तो कहा जा सकता है — हम उसी बिन्दु से जलसा उठा रहे थे जिस पर काफ़ी बरस पहले हमने एक दूसरे को छोड़ा था, बीच के सारे लमहों को ग़ायब करके और उसमें उठे सारे कदमों को नज़रअन्दाज़ करके। उस शुरू के बिन्दु के बाद जीवन ठिठक गया था हमारा कि फिर चल पड़ेगा तभी जब मिलेंगे, इस तरह हम मिल रहे थे!

या मैं?

होटल के कमरे को ही अपना घरौंदा बना के, उसका कश्मीरी ड्रैसिंग गाउन मेरी इन्डोनेशियन सारौंग से चुपचाप होड़ में जुटा कि हुक पर किसका पहला हक। चुपचाप की मीठी होड़। और हमारी आपस की कि पेपर पर किसका पहला हक़। वह भी चुपचाप की मीठी होड़।

कभी कभी उतनी चुपचाप नहीं।

मुझसे पूछा जाए तो कहूँगी, हो न हो हमारी सुबह की नोक-झोंक में नोक अख़बार की थी और झोंक प्यार की और दोनों एक दूसरे से स्वाद पाकर, और मज़ेदार होते चले। कौन पहले अख़बार झपट ले! मेरा अंगद सा पाँव —

डीलडौल में न सही, इरादे में ज़रूर — और वह नीचे फँसा पड़ा, आँखें बन्द और सब।

जाने दो यार, मैं सिर्फ, कह रहा हूँ न सिर्फ, दाँत ब्रश करने उठ रहा हूँ। आवाज़ कहीं आनन्दित।

बासी पड़े शादीशुदाओं की तरह मत बनो कि पहले हाथ धो लें, कुल्ला कर लें, मैं नीमहोश में ही गुर्राती, लाड़ से पर शंका में थी कि पेपरमिन्ट की इस ख़्वाहिश के पीछे बीच सफ़र का अख़बार-पड़ाव आएगा।

अरे यार, मैं सफ़ाईपसन्द आदमी हूँ बस, वह बुदबुदाया। पर मुड़ गया वापस और मेरी चटनी बनाने लगा। शायद, शायद मैंने सोचा हो तब कि क्या पता धनिया पुदीना को भी चटनी बनने में मज़ा आता होगा!

असल में तुम रह गई न उस बदबूदार देश में तो बस बदबू ही रास आती है तुम्हें, बदले की भावना थी उसकी मस्ती की आवाज़ में।

असल में मुझे गन्दे आदमी पसन्द हैं तभी मैं इतनी दूर तुमसे मिलने चली आई, मैंने भी फ़िकरा कसा।

तो...अब बोलो...यह क्या है...उकताया शादीशुदा आदमी...साठोत्तर की उमर...वह दाँत पीस रहा था...वैसा हूँ मैं...वह ललकारा।

नहीं जी, मैंने मखौल मारा, तुम तो औरत हो, औरत जो सफ़ाई की धुन में पागल है और मलमल के, रगड़ रगड़ के खाल घिस डालती है, फिर सिर से पाँव तक इत्र उँडेल के, बतौर महकते तोहफ़े सा, अपने आप को सौंपती है आदमी को।

अच्छा...तो आप आदमी...अच्छा तो...वह खेल में उतराता गया पर ऐसे भी कि खेल न हो तो भी दिखा न दिया तो वह आदमी नहीं!

पता नहीं क्या जवाब था मेरा, था भी या नहीं, था भी तो कब दिया और ऐसा तो नहीं कि उसी ने दिया पर जुगजुगान्तर बिस्तर में तो पड़े नहीं रह सकते थे तो किसी पल अपने बीच छेद बनाकर मैं फिसल ली और अख़बार मेरे हाथ लग गया।

इस पर हुआ यह कि हममें से किसी एक ने कहा कि हाँ-हाँ वाकई मैं आदमी हूँ क्योंकि मुझे अख़बार की बीमारी है।

वह रूठा रूठा लगा तो मैंने उसके सिर पर हलके से हाथ फेरा, उन घने

घुँघराले बालों की याद में जिन्हें जब वे थे मैं छू न पाई। तब बाल सहलाने की छूट अपनी नहीं थी। अब तो ख़ैर सारी छूट थी पर बाल चले गए थे!

फिर भी उसने अख़बार लपकने की कोशिश की, पहले तो ऐसी न थी कहते हुए और जब देखा मेरी मंजिल बाथरूम है तो ज़ोर से बोला मुझे दे दो। आँखें जैसे कड़ी किसी धातु की उस क्षण।

आज देख रही हूँ।

तुम अभी सो रहे हो?

नहीं सो रहा, वह फ़ुर्ती से उठ बैठा और तकिया सिरहाने खड़ा करके उस पर टेक देकर ज्यों मुकाबले के लिए तैनात।

मैंने अख़बार के हिस्से करना शुरू किया, खेल वाला पेज उसे दूँ, सम्पादकीय साथ रखूँ।

नहीं, वह चीख उठा, तोड़ो नहीं, फोड़ो नहीं, अख़बार के टुकड़े टुकड़े मुझे बहुत ही बुरे लगते हैं, ठीक है बाबा ठीक है, तुम पहले पढ़ो पर पूरा रहने दो, वह हार के बोला, और पूरा देना, उसने हार को आदेश में गुमाना चाहा और गीला मत करना, उसने गुस्से की लेप लगाई।

गीला होगा तो साफ़ पानी से, मैंने सफ़ाई दी और चिढ़ाया, पर क्या ज़रा रिरियाई भी?

घिन आती है, उसकी आवाज़ क्या कठोर और ठंडी थी?

अगले रोज़ कौन जनाब बाथरूम से पेपर लेकर निकल रहे हैं? वह जनाब खुद!

तो अब हग्गू वग्गू पेपर से घिनाते नहीं? मैंने ताना दिया पर तेवर बनावटी।

न गीला है न हग्गू वग्गू है, उसने खिल कर कहा, अख़बार को लपेटकर डंडी बनाया, हलके-हलके मुझ पर आज़माया। हलके-हलके पर ज़ोर ज़ोर की चाह से! फ़तेह की मुस्कान से।

गन्दे कहीं के, मैंने चुभोया। ड्राई क्लीनिंग करके चले आए। पश्चिमी सभ्यता। इधर-उधर बचने को कसमसाती और उससे अख़बार छीनने की कोशिश जतलाती पर हार तो गई ही थी।

पहले पूरब की जल भरी सफ़ाई, छपाक-छपाक, फिर पश्चिमी ड्राई क्लीनिंग। सब पर हावी उनका टॉयलेट पेपर। वह हँसा।

तो यह दूसरी तरह का पेपर हमें भी देख लेने देंगे? मैंने हाथ फैलाया अपने भिखमंगेपन पर खिन्न हो। क्यों गधी ने, मैंने खुद को कोसा, रात इतनी वाइन पी ली, सोती रह गई न और ये सब तभी न?

देर हो रही है, नाश्ता नहीं मिलेगा, नीचे ले चलो, वहीं पढ़ना। उसका निर्देशन चालू हो गया, खुश खुश कि संचालन उसके हाथ में आ गया है। वैसे मैं देख चुका हूँ, चुटकी भी ली इतना सुख मिल रहा था उसे, तुम पढ़ती नहीं हो, बस बराबरी दिखानी है आदमी से, तो हाथ में पकड़े रहना है।

तुम कह रहे हो यह तुम कह रहे हो, मैं हकलाई बजबजाई और अब क्या मालूम छेड़ में कि सच में क्योंकि नाटक और वास्तविक ज़रा इधर ज़रा उधर भर का मामला है और क्या पता मैं गम्भीर कुछ मज़ाक के लहजे में उठा रही थी? कि तुम, आदमी, कह रहे हो, जो सबसे ज्यादा बस हाथ में पकड़े बैठे रहते हो!

अख़बार नहीं, सारा खोया पौरुष पा गया था ऐसी खिलखिल उसके चेहरे पर! तुम तो कहती हो मैं आदमी हूँ ही नहीं, औरत हूँ।

फिर काबिज़ हो गया मुझ पर कि जैसे अभी तो और पौरुष जमाना है।

अब नाश्ते को देर नहीं हो रही? दूसरी तरह की हमारी पकड़म पकड़ाई होने लगी।

ठीक लगती थी यह सारी खटापट। कुश्तम-कुश्ताई, तानातन्नाई। इस किस्म की भी, उस किस्म की भी। दोनों ही लगते थे सुन्दर। एक खास वक्त और जगह का चमकता कण, जो जड़ा था हमारी रोमान्स की अँगूठी में किसी बेशकीमती नगीने की तरह, जिसे मैं पहनूँगी निरन्तर आने वाले दिनों में प्यार से, हर्षोल्लास से।

कोई पूछेगा मुझसे तो मैं अख़बार को वह फिरकी बताऊँगी जिस पर नाचे वह चमकते दिन। और रात। अगर पूछेगा। मुझसे। कोई। हाँ, फिर से कहना पड़ रहा है क्योंकि अब आज है, वे दिन नहीं और अख़बार बीता और बहुत कुछ कहीं फिंका लुटा धूल खाता।

फिर भी कहूँगी, ज़िद्दिया के कहूँगी कि अख़बार फिरकी ही नहीं, ऐसा मंच भी था जिस पर चढ़ के हम अपनी मनचाही सारी रोल-अदायगी का मज़ा देते और लेते रहे। उन साथ के दिनों में। जो खुशनुमा खुशफ़िज़ा थे मैं तो कहूँगी। जुबान दी अख़बार ने हमें, गालियों की, प्यार भरी गालियों की, दलीलों की, बकवाद तक की, कुछ की भी और सब कुछ की भी। राजनीति, धर्म, गुज़रा हुआ अन्तराल, जिस पे चाहा उसकी बात की हमने, अख़बार के आपसी दंगल के बहाने उन साथ के दिनों में। खुशनुमा खुशफ़िज़ा मैं तो कहूँगी।

हर समय अख़बार में घुसे रहने के बाद भी तुम इतनी जाहिल जपट कैसे वह घुड़कता, मेरी राय से असहमति हो तो! तुम कितने बड़े झूठे हो, मैं पिल पड़ती, जो आँकड़े अख़बार से उठाते हो अपने सबूत देने, जब कि कहते हो उसका हर पेज झूठा है। लौट लौट के अख़बार पर, बात जो भी, मूड जो भी और अपने-अपने ढंग रंग जो भी। यों चला। प्रेम का दंगल। सुबह और अख़बार। फ़ोकस और अड़। और मुकाबलेबाज़ और शक्की। और शेर और चूहा। और आदमी और औरत। और जीते और हारे। और रिश्ते ही रिश्ते। नहीं दूँगी अख़बार जब तक कोई सौदा नहीं करते। अरे बस देख लूँ मैच में क्या हुआ। बारिश, मैंने ठहाका दिया। उसने मुँह टेढ़ा किया, बॉक्सिंग की, ढकी ढुकी हिंसा। अख़बारी नखरे। अख़बारी प्यार। सब कुछ बीच में क्योंकि अख़बार!

इसलिए सब कुछ होना है आगे भी, मैं मान के राग छेड़ती, कि अगला प्लान भी तो चलो बनाएँ कि फिर कब मिलेंगे और उसके आगे?

मैं आगे कह रही थी और देख पीछे रही थी, अख़बार के दिनों से पीछे का हमारा टिमटिमाता जोड़ा। कॉलेज के दिनों से आता हुआ।

आया, जैसे आएगा ही, आखिरी दिन। रात वही सब हुआ था फिर से। सदियों से होने वाला पागलपन। वही क्रियाएँ, वही स्पर्श, वही शब्द, आदम और हव्वा के ज़माने से दोहराए जाते और फिर भी कोई क्यों नहीं उकता गया है? वह नर्म नर्म बातें पर अंग अंग यों कि मानो नर-हत्या पर उतारू! हिंसा की महक। कस्तूरी और चंदन और मुसे हुए फूलों की महक।

यह लो, अख़बार। उसने कहा, दरवाजे के नीचे से झाँकते उसके कोने को खींच। और मेरी तरफ बढ़ा दिया। जैसे पहले कभी नहीं किया था। आँखें स्नेही। आवाज़ ठंडी। खतरे की घंटी हमेशा की तरह बेध्वनि। बजे तब और सुनाई दे अब!

मुझे नहीं चाहिए था। दूसरी बातें तय करनी थीं।

उसे नहीं करनी थीं। देख रही हूँ अब।

लावारिस पड़ा अख़बार। और मेरा पूछ लेना हालाँकि नहीं पूछना चाहिए था और शायद तब भी कहीं जान रही थी पर हूँ न औरत! चिन्ता, आदत, चक्कर, संस्कार, व्यवस्थापक, राजनीति, गले में हड्डी, न ऊपर न नीचे, तो पूछ लिया बनी रफ्तार के बहाव में, प्लान, हमारा प्लान, आगे, अगला, मोड़, मेल, मुलाकात साथ।

उसका चेहरा। उधर कि फिर लौटना नामुमकिन। मौत का जैसे।

सुन रही हूँ अब।

पर बोलती गई क्योंकि पहिया कुछ देर अपनी रौ में ही बढ़ता चलता है और इस भागमभाग दुनिया में प्लान व्लान पहले से पक्के करने होते हैं।

यहाँ आओ, उसने अपने बगल में बिस्तर थपथपाया, मुझे कुछ
कहना है।
क्योंकि मस्त रहे पर यह बात तो करनी ही है।
फिर कुछ नहीं कहता।
ज़रूरी है कि
पर नहीं है ज़रूरी, तब कहता है।
देखो... ...
देख ली कहता है
कि
अपनी सीमा। यही है।
मैं जानती हूँ तीर कैसे जाता है।
ज़िन्दगी अजीब है, उसने कहा।
और भीतर घुस के अटक जाता है।
तुम रात कितनी सुन्दर लग रही थी।

और फिर जब आगे निकलता है तो तीर की तरह नहीं, कुएँ से उठती डोलची की तरह खदबदाते हुए।

यह सीमा नहीं है, खदबद, खदबद, लपड़ सपड़, निकला मेरे मुँह से, अख़बार है बस। डाली एक घबराई नज़र उसके पन्ने पर कि क्या है वहाँ रोज़ की मारधाड़, कत्ल, आत्महत्या, बलात्कार, चोरी की ख़बरों के अलावा जो उसका चेहरा इस संगीनी से भर गया है।

सुनो ए, मैंने कहा। उसे दूर होते जाते देख, जाना-पहचाना उसका जिस्म, छह फ़ुट और सब, पास मेरे, छोटा होता गया, होता गया, पीछे और पीछे, किसी बीते हुए बुलबुले की तरफ, जाता रहा, जाता रहा, विलीन होने उसमें, और बस दूर कहीं।

लम्बे अरसे के बाद मिलते हैं, सुनो ए, अजनबियत होती है, पंख सी उड़ जाने दो, चूम कर पुँछ जाने दो, ज़रा वक़्त दो, ज़रा और वक़्त दो, लेने दो काया को एक सँजोयी स्मृति से तपन और फैलने दो उसे एक दूसरे में, नए कोनों कोटरों में, नए जोड़ जमाव में, नाप में, माप में, और अख़बार नहीं जो सिर्फ बहकाता है, भटकाता है और कुछ और जो हो रहा है उसे छिपाता है और फिर देखो कैसा तो झटका लगता है और वह सारी बातें जो मैंने नहीं कहीं और कह देनी थीं पर क्या, कह देनी थीं?

अख़बार की बात नहीं है अब बस। उसका ठव यों कि अब बस।

अख़बार झूठ बोलता है, मैंने रेलवे स्टेशन में उसकी जाती पीठ पर पुराने मज़ाक का लप्पा लगाया।

वह मुड़ के मुस्कराया, खेल के सफ़े को छोड़कर, और ट्रेन में चढ़ गया।

फिर कुछ नहीं बचा था कहने को। सच्ची। कुछ नहीं। बचा था। कहने को। गया। दाँत साफ़ करने नहीं। न बीच राह अख़बार लपक लेने। हो गया था पूरा। किस्सा। छह दिन में उसने अपनी सीमा दिखा दी थी। छह दिन में उसने अपना पूरा जीवन जी लिया और मर गया और जैसी कि उसकी सिफ़त है पूरा होते ही प्रेम भ्रम बन गया। कोई फ़र्क़ नहीं पड़ता कि एक माने या दोनों, एक ही माने तो भी काफ़ी है और हो गया खत्म। और प्रेम प्रसंग खत्म होता है तो

कस्तूरी और चन्दन वापस बदल जाते हैं पसीने और घुटन की महक में और वही रहते हैं वे फिर।

ठुकराई हुई और आज़ाद मैं मुड़ी कि अपनी ट्रेन के आने तक समय काटूँ किसी जुगाड़ से।

थक गई थी। कितनी। फिर सफ़र। फिर समेटो। फिर सहेजो। ये। और वो। शहर वैसा ही लग रहा था जैसा कल और जैसे हमेशा से हम यहीं रहते थे। जाना-पहचाना, अपना अपना। सड़क पर आने-जाने वाले भी परिचित लग रहे थे, खरीदारी, खाने-पीने के चाव में निकले। वक़्त था कि पार्क तक घूम आऊँ, पुराने किले की दीवार छू आऊँ और लौट लूँ और क्यों नहीं जब वक़्त था।

सो किया वही।

गई पैदल टैरेस कैफ़े की बगल से जहाँ छहों रात हम नाइट कैप के लिए आते थे और खेल खेल में क़यास लगाते थे कि सामने से निकलते लोगों में दूसरे को किसमें दिलचस्पी होगी, उसके चेहरे को देखकर या भाव को या चाल को, एक दूसरे की पसन्द की अपनी सूझ का सबूत देने। पुराने गिरजाघर के पास से निकली और दुकानों और चिमनी वाली छतों की बगल से और नई सपाट चपटी छतों के ब्लॉक के पास से और पेड़ों की कतार के नीचे सड़क पर गाड़ियों की चीखों के बीच से और लाल बत्ती पर पैदलों के संग और हरी पर, उस पार पार्क में और वापस उसी राह, शहर वैसा ही दीखता, शहर वैसे ही देखती, पर पहली बार अपनी अकेली आँखों से केवल, जानते हुए कि असल तो हर बार उसी तरह देख रही थी और उन छह दिनों में भी जो उतने में ही हो गए थे पूरे।

तन्द्रा टूटी पर रौ नहीं जब उन नए माचिसनुमा घरों के आगे से निकली। चाल की गति में फ़र्क़ नहीं ला पाई, लय भरसक बनाए रखने की चाह की आदत में। अहाते में बेहद लड़ाकू मजमा। पुष्ट तन जवान लड़के, झगड़ते, धक्का देते, आँखें तरेरते, चीखते। पौरुष, मर्दानापन, सामाजिक-ऐतिहासिक-राजनैतिक संस्कार और स्वभाव। हाथापाई मुकाबला माफ़ियापन। हवा में सनसनी और बूढ़े और अधेड़ लोग, बच्चों और कर्त्तव्यों के बीच, घबराए धुकधुकाए ज़ोर ज़ोर से पुकारते हुए — रोको उन्हें जल्दी वह रहे — और सायरन, ढेरों पुलिस कारों के, पास और पास आते हुए और मैं अपनी चाल, अपनी दिशा, कुछ भी बदल पाने में नाकामयाब, अनमनी, निकल रही हूँ निरावेग ढंग से, ठीक उस

फाटक के आगे से, सोचती कि क्या हो अगर उनमें से कोई एक पिस्तौल या चाकू अचानक फहरा दे और क्या हो अगर उनकी क्रॉसफ़ायर में मैं आ जाऊँ और सोचती अचानक कि हूँ क्या आखिर, सिर्फ कमज़ोर औरत एक, अकेली, बेसहारा, ढोती उसी इतिहास को जिसने मेरी कहानी कहाँ कही है और देखती मन के पटल पर एक सिंगल रील में घूमती सदियों की हिंसा और दहेज और जली औरतें और बाढ़ और बाल विवाह, और परमाणु बम और साम्प्रदायिक विस्फोट और बलात्कार और अकाल और छूटी औरत और रह गई औरत और दुनिया भर के ज़ुल्म का एहसास मुझमें धँसता हुआ और सिर मेरा दुख और पस्ती से झुकता हुआ, भीतर ही भीतर, और उठा के चलती जा रही हूँ उसे, बाहर ही बाहर, दिखाने को कि सहज हूँ, हौसला है, और जानती हुई, उनकी बगल से निकलते हुए कि अकेली हूँ और कोई नहीं बचानेवाला मुझे और रो सकती हूँ अभी और हर आस्था, हर मूल्य को खो सकती हूँ और पुलिस वैनों की दबक दबक जलती बत्तियाँ हैं और पीं पौं पीं पौं चीखते हॉर्न हैं और चारों ओर सशस्त्र फ़ौज है और उनके चुस्त लिबास पर बटन दप दप चमक रहे हैं और वे भाग रहे हैं, घेर रहे हैं, जहन्नुम की आग हों जैसे।

चलती चली जा रही हूँ बिना मुड़ के देखे कि क्या हो रहा है।

मार्च माँ और साकुरा

जब मेरी माँ जापान आई तो साकुरा खिल उठा।

मुझे उसी दिन कुछ लग गया था जिस दिन मैं उसे लेने हवाई अड्डे गया। मैं अराइवल-लाउंज में खड़ा था और आदत के विपरीत एयर इंडिया का विमान वक़्त से पहुँच गया था। मैं बेहद घबराया हुआ भीड़ को देखने लगा। एयर इंडिया के यात्री निकलने लगे। कहीं वह इधर-उधर चल दी तो न जाने लाउंज के किस कोने में डरती खड़ी रहेगी। हर चेहरे को मैं घूर रहा था। भारी भरकम सामान लिये लोग बढ़ रहे थे। दिल्ली में घरवालों ने बिठला दिया होगा, सामान-वामान चेक-इन करा दिया होगा पर यहाँ तो उसे ख़ुद ही अपना सूटकेस कनवेयर बेल्ट से उठाना होगा। उठा पाएगी? निरे बक्सों में अपना पहचान पाएगी? बुढ़ापे में यह सब अचानक दीखने थोड़े लग जाएगा। उसे तो शायद हमारी गाड़ी का रंग और नम्बर भी नहीं पता होगा क्योंकि उसे पिताजी या भाई साहब चलाते रहे हैं।

तभी एक जवान लड़के के साथ मेरी माँ लाउंज में आती नज़र आई। लड़का ट्रॉली लिये चल रहा था जिस पर माँ का भी सामान था और माँ एक छोटा एयरबैग कन्धे पर लटकाए चली आ रही थी। मैं लपक कर उसकी नाक की सीध में खड़ा हो गया कि वह हर हालत में मुझे देख ले।

उसने देखा और शरमाई सी मुस्कान, जो मेरे पास आने तक शरमाई सी किलकारी बन गई, लिए आगे आई। मैंने झुककर उसके पैर छुए और वह बोली यह भी पहली बार जापान आया है बहुत घबरा रहा है, मैंने कहा मेरा बेटा एयरपोर्ट आएगा वह वहीं रहता है उससे सब पूछा लेना।

तभी मुझे लगा था।

पर यह मैं आज कह रहा हूँ।

तभी मुझे लगना चाहिए था।

कि माँ आ गई है इस साल साकुरा खिलेगा।

जब मार्च आ गया माँ ने मुझे परेशान कर दिया।

पर मार्च बाद में आया। एकदम शुरू के महीनों में मैं ऑफ़िस से उसे बीसियों बार फ़ोन करता — माँ क्या कर रही हो और वह वही गिने-चुने जवाब देती: बेटे तुम्हारे कुर्ते में बटन टाँका है अब नहाने जा रही हूँ या बेटे तुम्हारे लिए गाजर का हलुवा बनाया है, अब वाशिंग मशीन चलाऊँगी। लाख मैंने कहा — अरे माँ इतना अच्छा दिन है बाहर निकलो घर के सामने ही चक्कर मार लो। मगर हर बार वह कहती — और उसकी आवाज़ से मैं जान जाता वही नन्हीं बच्ची-सा मुँह बनाया होगा — नहीं मैं खो जाऊँगी। कमाल है माँ — पर मेरी डाँट का उस पर कोई असर नहीं पड़ता — दूर जाने को कौन कह रहा है और रोज़ शाम को मेरे साथ उस रास्ते से जाती हो। ऊँ हूँ, वह फुलाए मुँह से कहती। मैं और डाँटता कि सुपर मार्केट तक बार-बार गए हैं, वहीं जाकर दूध, दही, जूस लेती आओ। अरे मैं वापसी का रास्ता पूछ भी नहीं पाऊँगी। जैसे गई वैसे आओगी बुद्धू माँ पर इतना डरती हो तो मेरा कार्ड साथ रख लो, पता दिखा देना, कोई भी बता देगा, बताएगा ही नहीं दरवाज़े तक छोड़ जाएगा। कहीं ताला न खुले मुझसे पता नहीं कैसा तो है क्या दाएँ फिर बाएँ कैसे घुमाना पड़ता है, वह मिनकती।

माँ जाओ बाहर, मैं कस के डपटता।

ना रे, वह ठनी आवाज़ में कहती। मैं घर में ठीक हूँ। तुम आओगे तभी निकलूँगी।

जब कभी शाम को मैंने ब्लैकमेल आज़माया कि तुम्हारी वजह से दफ्तर से दौड़ा आता हूँ और कहीं नहीं जाता कि दिन भर घर में पड़ी हो बाहर नहीं निकली हो, जरा तुम खुद निकलने लगो, आसपास ही...तो वह आँखें तरेर देती और हाथ मेरी तरफ उठाकर फटकार में हिलाती : देखो, बेटा, अब मुझे यह सब न बताओ, याद रखो मेरी उम्र क्या है। और उसकी चूड़ियों में अटका सेफ्टी पिन आवेश में हिलने लगता।

लेकिन फरवरी ख़त्म होने लगा तो सारी डालियों पर नई-नई फुनगियाँ फूटने लगीं। माँ ने मछली की दुकानवाले लड़के से टूटी-फूटी अंग्रेजी में बात करनी शुरू कर दी। जापानी लड़का टूटी-फूटी अंग्रेजी में माँ से पूछे कि मछली कैसे बनाओगी और हिन्दुस्तानी माँ टूटी-फूटी अंग्रेजी में बताए इसका ऐसे अचार डालूँगी फिर तुम्हें भी दूँगी। ऐसी अंग्रेजी कि अंग्रेज को इतनी मिर्ची लग जाए, वही अचार बन जाए!

फिर एक से ज्यादा नहीं तो एक दिन तो ज़रूर ही मैंने देखा कि मछलीवाला लड़का माँ की खरीदारी लिये घर चला आ रहा है और माँ आगे-आगे हैंडबैग डुलाती चाभी निकालकर दरवाज़ा खोल रही है।

एक दिन लौटकर आया तो देखा पड़ोसी का जवान बेटा माँ के हाथ का खाना खा रहा है। 'यू लव इनदो फूड' उसने मुझे बताया और यह केवल उसकी अंग्रेजी का नमूना था कि वह 'आइ' की जगह 'यू' कह रहा था।

जब माँ ने हँसते-हँसते उसके गाल पर हाथ रखा और रखे रही तब मुझे भान हुआ कि किसी ने कोई मज़ाक किया है।

कुछ था माँ के यों हाथ रखने में — शायद औसतन से एक क्षतांश ज्यादा देर के लिए रखे रही या औसतन से ज्यादा दबाव से रखे थी — कि मैंने नज़र फेर ली।

तब!

जब लड़का चला गया मैंने कहा : माँ, यहाँ दूर से झुक जाते हैं, देखा तो है तुमने। नहीं तो अंग्रेजी कायदे के मुताबिक़ हाथ मिला लो। फिर मैं ही शरमा कर चुप हो गया।

क्या टोकता? जो बातें पहले कही नहीं क्या कहूँ, कैसे कहूँ?

कुछेक कही थीं पर इस तरह उसका उन पर अमल करना और अमल करते-करते कुछ और ही कर जाना, मेरी बोलती बन्द कर रहा था। मैंने ही कहा था ठंड है साड़ी नाइटी नहीं चलेगी, मेरा कुर्ता पाजामा पहनो आराम मिलेगा। पर सोते वक़्त। यानी यह कहना नहीं पड़ा था क्योंकि उसी की बात हो रही थी। मगर माँ ने दिन में भी, उस लड़के के आगे भी, मेरे अच्छे

रेशमी कुर्ते, अलीगढ़ी पजामे, ऊँचे सी कर, मेरी ऊनी बंडी के साथ पहनने शुरू कर डाले।

बाहर? शायद मैं मुँह से यह सवाल निकाल नहीं पाया था कि माँ ने करीने से अपने पश्मीना शॉल का छोर अपने कुर्ते — यानी मेरे कुर्ते — पर सजाया और दरवाज़े से निकल कर बोलने लगी : यह बेफिक्री अच्छी है, कोई नहीं बतानेवाला कि क्या पहनो क्या नहीं। कहने लगी, कोई जानता ही नहीं हमारा लिबास क्या होता है।

मैं तो जानता हूँ!

पर यह भी मैं मुँह से निकाल नहीं पाया।

अब देखता हूँ कि माँ मेरे साथ है तो स्टेशनों का रट्टा लगाती है। उनके नक़्शे खींचती है। अच्छा तो यहाँ एक ही रास्ता है निकलने का। यह बढ़िया है खोया नहीं जा सकता। डेगुची यानी एक्जिट। वह मुझे घमंड से बताती है। यह है नाकानो शिम्बाशी। इधर बैठो। अब है नाकानो साकाउए। उतरो। उस तरफ शिंजुकू के लिए गाड़ी खड़ी है। बस उसमें बैठ जाओ, कहती है, और फिर चाहे आका साका मित्सुके, चाहे गिंज़ा, चाहे टोकियो, चाहे ओतेमाची, चाहे ओ-चा-नो-मिज़ू — यह वह रुक रुक के बोलती क्योंकि उसने कह दिया था आचोनामाज़ू और मैंने झिड़क दिया था हालाँकि क्या मैं उसे उसके उच्चारण पर झिड़क रहा था? — चाहे पूरे रास्ते इकेबुकुरो तक जाओ। वाह वह उमंग से कहती जैसे मैंने पूछा हो और उसे बताना हो कि इसमें मुश्किल क्या है?

और उसी ने बताया कि शिन्जुकू ग्योएन जाना है तो शिन्जुकू नहीं उसके दो बाद शिन्जुकू ग्योएनमए स्टेशन पर उतरो।

मैं शिन्जुकू ग्योएन जा रही हूँ, उसने एक दिन मुझे फ़ोन किया। जो लड़का मेरे संग हिन्दुस्तान से आया था उसके साथ घबराओ नहीं।

मैं इस पर घबरा गया। मतलब इस पर और घबरा गया! माँ ये लड़के कहाँ से बटोरती है? माँ इन लड़कों को हलकी चपत क्यों मारती रहती है? मेरे

कानों की लवें गर्म होने लगीं। तुम ही कहती हो माँ तुम्हारी उम्र न भूलूँ, मैंने अपने कागजों पर झुककर सोचा।

मार्च आने लगा था।

मार्च छाने लगा तो शाम को शान से कहती है : मैंने साकुरा देखा।

क्या बात करती हो, मैं चिढ़ा। अभी साकुरा नहीं खिलता।

अभी कैसे खिलेगा? उसने मुझसे ज्यादा हिकारत से कहा। आँखों में ऐसी लहक कि जब वह जाएगी, उस लहक को साकुरा के पेड़ों पर फेरेगी, तब ना खिल पाएगा साकुरा!

यह साकुरा की धुन तुम्हें कहाँ से लग गई, मैं जरा कुछ हँसा।

तुम्हारे इस मोहल्ले में तो दूर तक एक ही पेड़ है, उसने बताया। पड़ोसी के लड़के ने उसे बताया था। दिखाया था।

चलो देख तो लें क्या हाल हैं उसके, वह कहती। हर बार बिना नागा खम्बे पर लगा पेडेस्ट्रियन स्विच दबाने के शौक में। मैं इतनी वी. आई. पी. कि एक अकेले मेरे लिए बत्ती हरी हो जाएगी और गाड़ियाँ रुक जाएँगी? दबा देती बटन और खरगोश की तरह सड़क पार करती। साकुरा के तेवर देख तो लें, वह मेरे तेवर पर झेंप कर कहती और हम अपने मोहल्ले के अकेले पेड़ का मुआइना करते।

मार्च का महीना सिर पर आ ही गया आखिर। हवा ने पागल होना शुरू कर दिया। टेलिविज़न ब्रॉडकास्ट बड़ी-बड़ी ख़बरों में रोज़ाना ख़बर देने लगा कि साकुरा की डालों पर कैसी सरसराहट हो रही है, फूटती कलियों में कितनी मचलाहट खनक रही है।

होकायडो में अभी नहीं खिल पाएँगे, माँ उतावलेपन से टी. वी. पर तस्वीरें देखती। उसकी आँखों में कलियाँ नाचतीं।

मैं हँसा : तुम तो ऐसे कह रही हो कि तुम वहाँ नहीं तो साकुरा कैसे खिलेगा?

मुझे सब जगह जाना है, सब कुछ देखना है, होकायडो भी जाना है, माँ ने बाँहें आसमान की तरफ फैलाईं। मुझे लगा कि उसे दया आ रही है उन कलियों पर जो उसके न पहुँच पाने के कारण खिल नहीं पाएँगी।

तुम छोटी सी बच्ची लग रही हो अम्मा! मैंने वात्सल्य से कहा।

मैं सत्तर की हूँ बेटे, मुझे अब क्या डर। माँ ने हाथ उसी तरह उठाए-उठाए हवा में झटके। मेरे कुर्ते की ढीली बाँह उसके कन्धों की तरफ खिसक आई और कोहनी के ऊपर उसका माँस झूलने लगा। मेरी माँ सत्तर की हो गई थी और मेरे बाप को पहले जैसी सुध नहीं रही थी कि वह पास है कि दूर और वह जीवन में पहली बार बेरोक-टोक, सबको छोड़कर, यहाँ घूमने चली आई थी।

अकेली आई हो? मैं उसे अपने दफ्तर के बाहर खड़ा पाकर सकपकाया।

सब-वे में भी मैं उसे डाँटता रहा पर वह स्टेशनों के नाम रटने में जुटी थी। हाराजुकू पर सिल्वर सीट से वह अचानक जवानों की फुर्ती से खड़ी हो गई और मेरा हाथ पकड़ कर दरवाज़े की तरफ उछली जो बस बन्द होने जा रहा था। क्या-क्या, मैं कर भी नहीं पाया और न मालूम कैसे यह नहीं हुआ कि वह बाहर, मैं अन्दर, हमारे हाथ दरवाज़े के बीच रह गए! मुझे खींचती हुई वह योयोगी पार्क के फाटक पर आ खड़ी हो गई।

दाएँ कि बाएँ वह होंठों में बुदबुदाई फिर बाईं तरफ बढ़ गई।

मैं जानता हूँ मैं जानता हूँ, मेरे अन्दर हताश बूढ़ा सिर घुटनों में छिपाकर बोला, यह यहाँ आ चुकी है किसी युवक के साथ।

शाम ढल रही थी। आकाश घिरा हुआ था। सामने साकुरा के तमाम पेड़ों पर टप-टप बूँदें पड़ने लगीं। माँ उधर ही देख रही थी और मुझे दिखा रही थी। उसी वक़्त कलियों ने कसमसाना शुरू किया होगा। झीनी-झीनी बरसात की उस शाम में साकुरा की शुरुआत थी जो चाँदनी रात में रेत के गुलाबी कणों जैसे चमकने लगे।

मैंने छाता खोला और हम दोनों कुछ देर वहीं खड़े रहे।

फिर तो मैं कुछ नहीं कर सकता था। माँ मेरे हाथों के बीच से फिसल गई। रेत के चमचम कणों की ही तरह। दिल्ली से फ़ोन आता तो मैं घबराता। उस दौरान माँ घर पर न हुई तो क्या बताऊँगा?

मार्च का महीना। ख़त्म होने की तरफ। और मेरी माँ की देखादेखी पूरा टोकियो पगलाने लगा। उसी की तरह जिसे देखो वही साकुरा-साकुरा गाने लगा। अगले हफ्ते देखना! चार दिन बाद बस! इतवार तक पूरी बहार होगी...! और जैसा होता है कि शुरू में बड़े सयाने और सन्तुलित बननेवाले लोग भी ज्यादा देर मस्त माहौल में सीधे खड़े नहीं रह पाते, मैं भी क्या सुनता हूँ कि मैं भी माँ की तरह गा रहा हूँ, जो राग उसने सारे टोकियो में छेड़ दिया है उसी में बहा चला जा रहा हूँ।

फिर साकुरा खिल गया। समुन्दर की तरह उमड़ पड़ा। मेरी माँ और सारे टोकियोवासी सिर पीछे फेंक, नज़र ऊपर किए, चलने लगे। जहाँ बस सफ़ेद फूलों की उफनती लहरें थीं। चलती चली जा रही थीं। चलती ही चली जा रही थीं।

इस तरह आँखें ऊपर किए जब सब चलने लगे तो जाहिर है सबके सब डगमगाने लगे। साकुरा का नशा बरस कर हम सबकी चाल में झूमने लगा। पेड़ों के नीचे रखी खाने की चीज़ों और साके की बोतलों में साकुरा चढ़ गया।

जितने ऊपर फूल उतने नीचे लोग थे। चिदोरीगाफुची पार्क में। जहाँ माँ मुझे ले आई थी। कोई क्लोज़-अप में फोटो खींच रहा था, कोई खुद फोटो खिंचा रहा था। कोई चित्र बना रहा था, कोई खा रहा था, कोई गा रहा था, कोई उछलकूद मचा रहा था। माँ मुझे चलाती, फिर रोक देती, फिर चलाती, फिर रोक देती। नीचे नदी थी, उस तरफ भी साकुरा और उनकी ओट में इमारतें।

वह क्या है, माँ ने पूछा, उस ऊँची इमारत को दिखाते।

फेयरमौन्ट होटल, मैंने जवाब दिया।

माँ रुक गई, एक ढलवे पत्थर पर चढ़ कर। उसके सामने साकुरा की डाली उसके होंठों पर झुकी चली आई।

चूम सकती हूँ, माँ ने कहा।

शायद चूम भी लिया।

वहीं जंगले पर हाथ टिकाए हम दोनों खड़े हो गए। ऊपर-नीचे आगे-पीछे मस्त मदमाते समन्दर के बीच।

काश वह मेरा घर होता और मैं वहाँ रहती और हरदम साकुरा को देखती, माँ ने होटल के ऊँचे कमरे की तरफ इशारा किया।

तब कुछ होने लगा। साकुरा कल्लोलें भरने लगा। समन्दर हिलोरें लेने लगा। और मुझे लगा हम उधर होटल — जो माँ का घर है, होटल नहीं — की खिड़की से इधर हमारी तरफ झाँक रहे हैं और हम वहाँ हैं यहाँ नहीं और माँ साकुरा की पंखुड़ी की तरह उड़ रही है।

मेरे हाथ के पास माँ का हाथ था। रेलिंग से बँधा हुआ, झुर्रियों से घिरा।

पीछे एक घेरे में किसी गुट ने काराओके छेड़ दिया था। मैंने हिप-फ्लास्क से साके निकाली। माँ ने कप होंठों तक छुला लिया। फिर मैंने कप उठाया, फ्लास्क गर्दन से उतारा और माँ को देखकर जो साकुरा खिल उठे थे उनके नाम 'कम्पाई' करता हाथ माँ की तरफ बढ़ा दिया। तालियों की गड़गड़ाहट हुई, साकुरा की शफ़्फ़ाफ़ चमक में माँ के चेहरे पर रंग उजला गए। फिर उसने मेरा हाथ अपने हाथ में ले लिया और नाचने लगी। साकुरा की पंखुड़ियाँ तितलियों की तरह उड़ने लगीं। और उस पार फेयरमौन्ट होटल, जो होटल नहीं किसी और ज़माने का माँ का घर था, की एक खिड़की खुल गई और वहाँ से माँ जो सत्तर की नहीं, एक तरुणी थी, साकुरा के नीचे मस्त मस्त फुदकते नाचते हमें देखती गई...देखती गई...देखती गई...।

बुलडोज़र

पिछले साल यही पेड़ कितने ताजे हरे हो गए थे। नए नए पत्तों से भरे। लगता था उन्हें छुएँगे तो कितने नर्म लगेंगे।

तब भी मैं इसी तरह शिन्कान्सेन में बैठकर टोकियो जा रही थी। बाहर बरसात थी और पहाड़ियाँ हर मुमकिन हरे रंग को ओढ़े हुए थीं। यह हरा और वह हरा, ऐसा हलका भी, ऐसा गाढ़ा भी। जुनूनी हद तक हरा ही हरा, कि पहाड़ भी हैं पता ही न चले, बस हरे बादल हैं जो ट्रेन के साथ उड़े चले जा रहे हों।

तत्र मैं अकेली जा रही थी और ऑपरेशन के लिए नहीं।

"**मैं** टोकियो क्यों जा रही थी पिछले साल?" मैंने कुमार से पूछा।

"पता नहीं," उसने बेध्यानी में कहा। 'क्या लोगी?" उसने इशारा करके ड्रिंक-वैगन को रोका और चिया से पूछा। कोका-कोला का पैसा दिया और बेचने वाली जापानी के बेइन्तहा अदबी, तन दोहरा करके जापानी सलाम में झुक जाने का, आधे अधूरे, कुछ सिर हिलाकर, कुछ मुस्कराकर, जवाब दिया और फिर पत्रिका पढ़ने लगा।

बेचने वाली की आँखों की जगह महीन दरार थी जिनमें पुतलियाँ कहीं गुम गई थीं।

"तुम बियर ले लो न," मैंने कहा। मुझे पता है उसे चलती गाड़ी में बियर कितनी पसन्द है। वैसे मुझे भी। क्या पिछली बार मैंने बियर पी थी?

"नहीं।" वह पढ़ने में इतना तल्लीन है कि ऊपर भी नहीं देख रहा। उसने मेरे लिए बियर छोड़ रखी है।

"ले लो न मुझे अच्छा लगेगा।" मैं सोचती हूँ उसे ऊपर तो देखना चाहिए। आखिर मुझसे बात कर रहा है। क्या पता फिर कर पाए, न कर पाए? यहाँ क्या भरोसा?

पर नहीं, भरोसा तो मैं कभी नहीं छोड़ पाई। बुलडोज़र आएगा मेरे लिए मैं मानती नहीं, जानती थी।

बचपन में मुझे गुड़ियों नहीं, गाड़ियों का शौक था। हर किस्म की गाड़ी, हर रंग की, हर नाप की, पिछले बरस के हर हरे की तरह! जो लाता, गाड़ी लाता। ट्रक भी थी, ट्रेक्टर भी, मोटरकार भी, जीप, टैक्सी, टेम्पो भी, ऐसी लॉरी भी कि उसमें तीन छोटी गाड़ियाँ चढ़ सकें, एम्ब्यूलेंस भी जिसे पीछे से खोल के स्ट्रैचर भीतर कर दो, और ध्वनि से चल देने वाली इलेक्ट्रोनिक गाड़ी भी जिसके आसपास ताली मारते, चीख बजाते, पैर पटकते, मेरा कितना बचपन बीता। वह बेशक जापानी रही होगी।

इसी जापान की। जहाँ मुझे इतने बरसों बाद आना था और जिसे थायरौयड, अनीमिया, मेनोपोज, यह वह, समझ रहे थे, उसकी नामुराद असलियत जाननी थी।

कुमार हाथ बढ़ाकर मेरा थाम लेता है, "दर्द तो नहीं हो रहा?" वह देख चुका है मैं बाईं तरफ अपनी कमर सहला रही हूँ। "बस अब ज्यादा देर नहीं।"

हमारे कम्पार्टमेंट का दरवाज़ा ऑटोमैटिक खुलता है और ड्रिंक-वैगन वाली लड़की फिर सामने है। हर बार वह झुकती है और तब बिक्री के लिए ऊँची मीठी मशीनी आवाज़ में पुकार लगाती है। कितना जीवन मशीन बनने में जाता है। उनका, जिन्हें मालूम नहीं उनका जीवन जाने वाला है।

"तुम बियर ले लो," मैं अड़ जाती हूँ।

"आज नहीं," कुमार मेरा हाथ दबाता है।

यही तो गलत है, मेरे मन में गुस्से से उठ रहा है। जैसे आज खास बात है। आज मेरे मरने जीने का फैसला होना है।

सामने चिया बैठी है। कॉमिक पढ़ रही है और कोक पी रही है।

ऐसा नहीं हो सकता। कि अपनी लड़की को मैं बड़ा होते नहीं देखूँ।

चिया हमारी कहती हैं वह शिन्कान्सेन चलाएँगी, बुलेट ट्रेन ड्राइवर बनेंगी!

बुलडोज़र नहीं चलाना?

पर उसे बुलडोज़र में दिलचस्पी नहीं है।

जब हम पापा के साथ रानीखेत में थे तो वहाँ था बुलडोज़र। हमारे घर के बगल में, जहाँ गारा चूना का काम चल रहा था। पीले रंग का, भारी ख़तरनाक पहियों वाला, जो पहाड़ी ढलान को ख़ूब शोर मचाते हुए सपाट करता जाता। पापा कहते मैं खड़ी रहती पास में, घंटों बुलडोज़र के साथ। बुलडोज़र नहीं था मेरे वाहनों के खजाने में।

खड़ी हूँ, देख रही हूँ।

चिया से भी छोटी हूँ।

जब चिया उतनी सी थी जितनी जब मैं बुलडोज़र देखा करती थी, तब मुझमें बहुत ज़िन्दगी थी। चिया को गोद में बिठलाती। उसके बालों में कंघी करती, बिना जरा भी खींचे उनमें रबरबैंड लगाती।

जब वह उतनी होगी जितनी मैं अभी तब मैं कितनी होऊँगी?

कैसी होऊँगी?

न जाने उसे बुलेट ट्रेन का ड्राइवर बना देखूँगी?

पर भरोसा मत छोड़ो। यह तमाम ऊहापोह कि सर्जरी में चालीस प्रतिशत, कि साठ प्रतिशत सफलता मिलेगी, छोड़ो। सौ प्रतिशत कहो।

"तुम बियर ले लो न," मैं कुमार का बाजू थपकाती हूँ।

वह लड़की पास ही अपनी गाड़ी लिये खड़ी है और अपनी दरार-सी आँखों से मेरी तरफ देखती है, तो कील की नोक-सी पुतलियाँ, दरार के कोने में घुस जाती है, और अंधा, मरा मरा चीरा, मुझे दीखता है।

"आज ले लो बियर," मैं लरज कर कहती हूँ।

कुमार उदास होकर बाहर देखने लगता है।

सहज रहना भी नाटक है और वर्ना तो नाटक है ही!

बाहर पहाड़ हैं।

पिछले साल मैं गलत तरफ बैठी थी। जिधर नहीं बैठी थी वह थी माउंट फूजी की साइड। बादल बरसात का दिन था और मैं अकेली थी और ऑपरेशन के लिए नहीं जा रही थी। यात्रियों ने लीवर खींच के सीटें फैला ली थीं और झपकियाँ ले रहे थे। मैं ही बीच बीच में आँख खोल देती और गर्दन घुमा के बगल वालों के पार खिड़की के बाहर नज़र उचका देती कि फूजी सान उधर है। कभी भी दिख जाएँ शायद? या न दिखें शायद? देखते रहना तो पड़ेगा!

बुलेट ट्रेन तेज़ रफ्तार से दौड़ी जा रही थी।

रफ्तार वही है।

"क्या है रफ्तार इसकी?" मैं कुमार से पूछती हूँ।

"दो सौ बीस किलोमीटर एक घंटे में," चिया उछलती है। "पर यूरोप की तेज़ेवे इससे भी तेज़ है।" वह कुमार से यही बातें करती है। "पर जापान में दुनिया की सबसे लम्बी अन्डरवॉटर सुरंग है, समुद्र के नीचे,

हौन्शू द्वीप को होकायडो द्वीप से जोड़ती। मुझे उसमें जाना है। हाय समुद्र के भीतर, नीचे, पानी ही पानी!"

उसकी हँसी में रोंगटे खड़े हैं और उनमें लालसा उमग रही है।

"ज़रूर जाना," मैं कहती हूँ, बेटी को आशीर्वाद-सा देती।

चिया इतमीनान से फिर अपनी कॉमिक पढ़ने लगती है। कॉमिक! कॉमिक! कॉमिक! जब देखो वही। कहाँ है चिया, क्या कर रही है, वही, कॉमिक में घुसी बैठी है।

इसी तरह मम्मी कहतीं — वहीं होगी, बुलडोज़र के पास, जरा पकड़ लाइए अपनी साहबजादी को।

पापा कहते मैं वहीं मिलती, सम्मोहित सी, बुलडोज़र की ढलाई देखती।

उन्हें नहीं देखती और वे मेरी बगल में खड़े हो जाते। मैं हवा में उड़ाती, 'बुलडोज़र, मेरा गाड़ी छोड़ने को बुलडोज़र।' पापा गोद में उठा लेते और घर की तरफ मुड़ते तो मैं विमग्न कहती, 'पापा मेरे लिए बुलडोज़र लाइएगा" और पापा कहते "हाँ बेटी आज ऑफ़िस के बाद बाजार से तेरे लिए बुलडोज़र लाऊँगा।"

ना, भरोसा ना रखूँ, उन लोगों में से मैं नहीं।

किसी स्टेशन पर गाड़ी रुक रही है। हमारे देश की ही तरह यहाँ भी यात्री पहले से उतरने को तैयार खड़े हो गए हैं। पर हमारे यहाँ का वह बेमतलब ख़ब्त इन्हें नहीं कि आगे वाले को जरा धकिया कर, उससे दो पल जल्द, मैं उतर जाऊँ! कोई पूछे दो पल पहले उतर के कौन सा काम बचा गए या बेहतर कर गए? उल्टे दो पल सुकून के गँवा दिए!

पर यहाँ शील शान्त मामला है और अपना नहीं, औरों का खयाल है। पहले से खड़े हैं रेलगाड़ी में, पहले से खड़े हैं प्लेटफॉर्म पर भी। अन्दर की कतार उतर लेगी तब बाहर की कतार चढ़ेगी। सब क्रमबद्ध। परमार्थ की तहजीब, मशीनी सही।

मशीनीकरण यह भी है। परली सीट पर बैठी औरत जो धीमी होती गाड़ी में भी गहरी नींद सो रही है। या तो यह उसका स्टेशन नहीं या फिर गाड़ी के पूरी तौर पर रुकते ही वह तपाक से जागेगी और तपाक से लाइन में लग जाएगी।

देखा? वही किया! कौन यकीन करेगा कि यही, महज एक पल पहले, बुलेट ट्रेन बेचकर सो रही थी, जापान बेचकर सो रही थी, खुद को बेचकर सो रही थी?

ऐसे कौन सोता है? वही न जो सोचता है वह जगेगा ही। स्टेशन उसके लिए रुकेगा ही।

यही स्टेशन था पिछले साल। उस पार यही पेड़।

मगर कुछ भी यही नहीं था। सब बदल गया है। तब मैंने नहीं चाहा था कि उतर कर जाऊँ, उस नलके से उछलते फव्वारे सी धार में चेहरा डाल दूँ,

और ठंडा ठंडा पानी पीती भी जाऊँ, ठंडी ठंडी भीगती भी जाऊँ।

प्यार में भी ऐसा होता है। कुछ भी वही नहीं रहता, अलग सा असर करता है। हवा का हलका झोंका, हलके से हलका भी, रोंओं को सहला देता है, नथुनों को फड़का देता है और आँखों को दिख जाता है।

जब मैंने प्यार किया तो कभी मेरी यह देह और मैं, अलग, अकेले, नहीं थे। दोनों एक घेरे में समा गए और जब वे — यानी मैं और मेरी देह! — चलते तो घेरा साथ साथ चलता। और उस घेरे में हर ध्वनि, हर छुअन, हर महक, नामालूम सी भी, मेरे आशिक का आना होता। मेरा आशिक जहाँ कहीं भी हो, सड़क कितनी भी अनजान हो, नज़ारे कितने भी बेजान, मेरी इन्द्रियों पर सब कुछ उसी आशिक की छुअन जगाता।

आज यह नया आशिक मुझे छू रहा है। यम! हर चीज़ का स्वाद मेरे आँख नाक कान पर यम-दाज़ है!

पिछले साल भी स्टेशन के पार गिन्गको के यही पेड़ थे पर कब उनके पत्तों से यह हलकी सिहरन निकली और मेरी त्वचा पर फिसली?

"**यह** शहर क्यों मशहूर है?" मैं यहाँ घूमने की आकांक्षा से पूछती हूँ, पीछे छूटते बुर्ज और शिखर और खपड़ैल की छतों को देखते हुए।

"वही सब। मन्दिर हैं, बाग हैं, पहाड़ हैं, गर्म सोते हैं। जापान में जो सब जगह होते हैं, वही।" कुमार मुस्करा देता है। घड़ी पर नज़र डालकर वह होमियोपैथी की गोलियाँ, बिना पुड़िया मेरे होंठों पर छुलाए, मेरे मुँह में डाल देता है।

कोई कह रहा था तिब्बती दवा आजमाइये। एक इतनी सी देह पर, एक इतने से वक्त में, कितनी दवाएँ आजमाएँ!

देखा जाएगा, ऑपरेशन के बाद।

"इस तरफ आएँगे फूजी सान।" चिया मेरी गोद में चढ़ जाती है, खिड़की के बाहर बेहतर देखने।

मेरी गोद से बड़ी चिया कैसी दिखेगी?

"चलो देखें, किसे पहले दिखेंगे।" कुमार कहता है।

मैं आँख बन्द कर लेती हूँ। फूजी सान कहते हैं, हमें देख लोगे तो ज़रूर लौट कर आओगे। जो यहाँ ठहरने के दौरान नहीं देख पाते, वे देश-वापसी की फ्लाइट पर, हवाई जहाज से, गर्दन लगभग बाहर लटकाये रखते हैं, कि शायद चलतें चलते एक झलक पा लें। जा रहे हैं पर उम्मीद अटल। आखिरी पल तक।

पिछले साल बादल थे। मैं बार बार आँखें खोल देती और उचक के बगल वाले के पार, उस तरफ, खिड़की के बाहर देखने लगती। मेरी हसरत उसकी नींद को खटखटाती आगे जाती रही होगी, क्योंकि वह भी बार बार जग जाता और गर्दन घुमा के उधर देखने लगता जिधर मैं देख रही होती। हम दो अजनबी किसी अदृश्य धागे में बँध गए, एक मकसद के मारे! साथ साथ सिर उचकाते, घुमाते, बाहर देखते, फिर गर्दन लटका के फिर आँखें बन्द कर लेते।

"**मम्मी** आँखें बन्द रखोगी तो कैसे देखोगी?" चिया झकझोरती है।

"हाकोने जाकर देखूँगी।"

यह इरादा करके मैंने भविष्य पर अपना हक माना है।

सुना है वहाँ आशी नाम की झील में फूजी का अक्स जब झिलमिलाता है तो दोनों फूजी सान बेमिसाल लगते हैं — एक बादलों में कमाल, एक पानी में कमाल। सभी कमाल होगा, मैं जी गई तो वह, मर गई तो वह। न आगा न पीछा, जी गए या मर गए।

कुमार ने बियर नहीं ही पी, मैं भी आँखें नहीं ही खोलूँगी।

दवा के बाद थकान लगती है। पेन-किलर मना है। होमियोपैथी से दर्द कम नहीं होता पर पलकें बोझिल हो जाती हैं। यह भी हो सकता है कि अच्छी लम्बी नींद कभी नहीं होती, इसलिए जब देखो तब नींद आती है। बहुत हुआ तो घंटे भर लगातार सोयी हूँ इन दिनों।

दिन तो कट जाते हैं मगर, बकौल कवियों शायरों के, रातें अजीरन हुई जाती हैं।

चिया अपना फूजी-ज्ञान बघार रही है। हाकोने से साफ दिखता है। हाकोने

आठ सौ मीटर की ऊँचाई पर बसा है और फूजी सान तीन हजार सात सौ छियत्तर मीटर ऊँचे हैं। साफ दिन हो तो आसमान में साफ नज़र आते हैं और उतनी ही साफ परछाँई आशी झील में होती है।

सच कमाल लगता होगा — नीले पानी में बर्फीली धाराओं वाला फूजी, ठीक उसके ऊपर नीले आकाश में वही फूजी का बर्फीला पहाड़। जीती रही तो ज़रूर जाऊँगी देखने।

जी रही तो कमाल ही होगा। कोई वजह नहीं और शुरू हो गया यह हुड़दंग, सूत दर सूत सफाया, मेरे अन्दर। सूत दर सूत, कि इंच दर इंच, डॉक्टर जाने। स्लो कि गैलोपिंग, यह दर्द कुछ नहीं बताता। यह भी नहीं बताता कि कम हो रहा है या बढ़ रहा है या वैसे का वैसा है। धीरे धीरे शायद यह भी न बताए कि दर्द है भी कि नहीं? तब कुमार को क्या जवाब दूँगी जो रात दिन यही पूछता है दर्द हो रहा है?

मैं कुमार के कंधे पर सिर टेक दूँ, एक नींद ले लूँ।

"**बुलडोज़र** मेरा गाड़ी छोड़ने को बुलडोज़र।" पापा मेरे कान में मंत्र सा फूँकते जब अपने कंधे से चिपकाये मुझे घर में ले जाते। वशीभूत करने का मंत्र। कड़वी दवा पिलाते वक्त मम्मी कहती बुलडोज़र...और मैं मुँह खोल देती।

हर सुबह, पापा जब तैयार होकर घर से निकल चुके होते, मुझे याद आता। मैं बीच अधर कोई काम छोड़ कर लॉन की तरफ भागती। लॉन के किनारे चीड़ के पेड़ थे, जिनके पीछे सड़क को उतरती ढलान, जहाँ पापा तब तक पहुँच चुके होते। "पापा," मैं ऊपर से पुकार लगाती और वे नीचे से मेरी तरफ घूमते और हँसते। "पाप" मैं उन्हें रोज़ याद दिलाती, "आज बुलडोज़र लाइएगा।" "हाँ बेटी ज़रूर," वह रोज़ कहते, और मैं निश्चिन्त होकर अन्दर लौट लेती।

थक नहीं जाती होगी यह डिंकिंवाली? बराबर पूरी ट्रेन में मुस्तैदी से फिर रही है अपनी गाड़ी धकेलती। बार बार वही नाटक, वही संवाद — दरवाजे पर झुककर जापानी सलाम, सीधे होकर आगे बढ़ते हुए जापानी पुकार स्वागतम

'इराशायेमसे', दूसरे दरवाज़े पर पहुँच ट्रॉली सँभालकर आगे निकाल, खुद उसके साथ निकलने के पहले अपनी पूरी काया एक बार और यात्रियों की तरफ घुमा वही फर्शी सलाम। आपकी अदाकारी उबाऊ है। कोई देख ही नहीं रहा! मगर आपकी आँखें वल्लाह! मौत के पहले ही कहाँ लुढ़का ली हैं पुतलियाँ?

"कह रही हूँ न बियर ले लो," मैं डाँट सा देती हूँ कुमार को।

वह चौंक कर मुझे देखता है, फिर संयम से कहता है, "लगता है तुम्हारा मन हो रहा है।"

यह उसका मज़ाक है। मैं रूठ कर कहती हूँ, "हाँ, मैं पियूँगी।"

अब वह नहीं रोक पाता अपनी आवाज़ के भीगेपन को। उसे लग रहा है सच मुझे बियर की तलब है। उसे याद आ रहा होगा कितने चाव से मैं पीती थी। मुझे तो नहीं याद। बियर क्या, कुछ भी कभी खाने पीने का मन करता था, याद ही नहीं।

"थोड़ा और रुक जाओ," उसने कहा है।

उसकी आवाज़ की निराशा ने मुझमें नई स्फूर्ति भर दी है। मैंने भरोसा कभी नहीं छोड़ा है, न छोड़ूँगी। जियूँ चाहे मरूँ।

एक अनायास क्रम में मेरे सँग बँधा पिछले साल का मेरा अजनबी सहयात्री सो नहीं पा रहा था। हर बार उसी एक पल में हम दोनों के सिर उचकते और हम गर्दन मोड़ के बाहर देखते। मैंने आँखें खोलीं और उसने आँखें खोलीं, मैं लचकी, वह लचका, बार बार यह हो रहा था और मुझमें अपराध बोध घिरने लगा। कि उसकी नींद बिगाड़ रही हूँ। इरादा करती कि अबके सिर काबू में रखूँगी, बस बेहरकत पड़ी रहूँगी, पर तभी ख़ुद बख़ुद कोई स्प्रिंग छुल जाता!

उसका भी!

तब उसने जेब से एक छोटी नोटबुक निकाली। कलम पेन्सिल टटोलने लगा। तँग आ गया होगा कि नामाकूल यह हिन्दुस्तानी सोने तो देगी नहीं तो चलो कुछ काम ही कर लो। बिजनेस होगा, हिसाब विसाब लगाता होगा, ऐसा मैंने समझा होगा। पर उसने तो नोटबुक मेरी तरफ बढ़ा दी?

पन्ने पर फूजी सान का स्केच करके।

दुनिया भर में फूजी सान सा कोई और पहाड़ नहीं। आकार देखते ही पहचान जाओ। हवा में तिरता हो, ऐसा नीला पहाड़, ऊपर क्रेटर का मुँह, उसमें से फूटती बर्फ की धाराएँ। ज्वालामुखी है जो अब शान्त है।

बगल वाले ने जाना पहचाना चित्र मेरी तरफ किया। उसने देखा कि मैंने पहचान लिया तो स्केच वापस अपने हाथ में लिया। और मुझे दिखाते हुए कलम से चित्र आगे बनाया — घूँघर घूँघर ढेर। यह क्या, यह तो बादल हैं, जो फूजी सान को ढकते जा रहे हैं!

तब उसने उँगली के इशारे से रेलगाड़ी के बाहर बादलों के ढेर दिखाए। अफसोस और इनकार में सर हिलाया कि चान्स नहीं, हार मान लो, और मेरी समझ भरी मुस्कान पर मुस्कराया।

फिर उसने वह पन्ना फाड़ कर घुचड़ मुचड़ कूड़े में डाल दिया।

हार मान लो नहीं दिखेगा सो जाओ वार्ता पूरी पहिया गोल!

मगर यह अन्त नहीं था। क्योंकि मैं तब भी सो नहीं पा रही थी और इसीलिए वह भी, तब भी, सो नहीं पा रहा था और इसीलिए मेरा तनाव और अपराधबोध मुझसे होकर उसमें भी फैल रहे थे। उसे शायद यह कि बेचारी दूर देश की आई और मेरा देश उसकी यह तमन्ना पूरी नहीं कर रहा; मुझे यह कि सोचता होगा क्या बला किसी देश से आ पसरी है मेरी बगल में, ऐसे मेरी नींद की तौबा करने!

अभी देखो किस आराम से सब सो रहे हैं। चिया मेरी गोद में, कुमार खिड़की की टेक लेकर, अगल बगल सब, और बुलेट ट्रेन के पहिए, वेग से गोल गोल, गोल गोल। जापानी की सेहत का राज यही है, वर्ना इनकी मेहनत कब का इन्हें ढेर कर चुकी होती। कि रेल, बस, किसी सफर में, पाँच मिनट हों कि पाँच घंटे, खड़े हों कि बैठे, पलकें सटा लेंगे और एक नींद मार लेंगे। और मंजिल

पर तड़ से जाग, भाग, तरोताजा होकर, अपने मुल्क के इकनॉमिक मिरेकल को बरकरार रखने व बढ़ाने में जुट जाएँगे।

हमारी गाड़ी के बाहर हरे जंगल हमारी इस बुलेट ट्रेन की रफ्तार से भाग रहे हैं। बल्कि वे ही भाग रहे हैं, हमारी तो गति पता ही नहीं चल रही। जैसे हवाई जहाज में लगता है एक ही जगह टँगे हैं। बैलगाड़ी बढ़िया — जैसी रफ्तार, वैसे ही धचके!

'अई-अऊ', मैं धचके की कल्पना पर हाथ बाईं तरफ कमर पे धर देती हूँ। फिर तो ऑपरेशन के पहले ही अपनी टें हुई समझो!

"कहाँ के डॉक्टर हैं तुमने बताया?" कुमार से पूछते ही मुझे याद आ जाता है।

"अम्रीकी ऑव बल्गेरियन स्टॉक," वह कहता है।

"बल्गेरियन हाँ," मैं हामी भरती हूँ।

एक पल, अनिश्चिन्त सा, जो हमारे बीच बुलबुला बनकर फूट जाता है, उसे मैं देख लेती हूँ, गीला या सूखा वह मुझे छू भी देता है। कहा न, प्यार में हर चीज़ दिख जाती है, छूती है, सुनाई पड़ जाती है। उस पल में कुमार की सारी नाउम्मीदी है जो वह इन शब्दों से व्यक्त कर जाता है — "सब ठीक हो जाएगा।"

वह चुप है। चिया सो रही है। फूजी सान पता नहीं छिपे रहे या उदीयमान हुए थे?

पिछले साल मैंने कोशिश की थी कि बार बार आँखें खोलकर पास बैठे अनजान हमसफर की नींद में और खलल न डालूँ, पर आँखें अपनी मर्जी से खुल जातीं। कोई तार खिंचा हो कहीं और तन्न से कोई झंकार दे और पलकें उछल जाएँ, गर्दन उचक जाए। उसके भी। पर अब हमारी लय जरा अलग हो जाती, कभी वह जग जाता, कभी मैं, कभी सँग, कभी अलँग।

अब मेरी आँखें बन्द थीं और कोशिश चल रही थी कि बन्द रहें कि तभी उसने मेरी बाँह पर हाथ रखा और बेसब्र झंझोड़ने लगा। वह देखो, उसने उतावली से खिड़की के बाहर इशारा किया कि देखो देखो, जल्दी देखो, फिर यह पल मिले न मिले।

बाहर फूजी सान!

बादलों के बीच स्वप्न। श्वेत मुँह का मोमदिल पहाड़। फूजी सान जो जमीन पर नहीं फँसे थे, बादलों में झूल रहे थे।

एक पेंग दिखाई और कहीं लपक लिये। गायब।

मैंने साथी की बाँह थपकाई, झुक कर शुक्रिया किया। फिर वह सो गया। शायद ट्रेन के टोकियो स्टेशन पर रुकने तक सोता रहा।

यह भी, लगता है, टोकियो पहुँच रही है। इमारतें घना रही हैं। लोग जाग रहे हैं। बियर वाली लड़की जा रही है। वह नहीं सोती। एक जापानी है ऐसी जो सफर में भी नहीं सोती।

कुमार ने बियर नहीं पी। तभी मैंने आँखें नहीं खोलीं। अब मैं आशी झील में ही फूजी सान को देखूँगी। पिछले साल से इरादा कर रखा है। अक्टूबर में जाऊँगी। या नवंबर में तो ज़रूर। चाहे जो हो ऑपरेशन के बाद।

"तुम्हें बियर पी लेनी थी।" मैंने कुमार को कोसा।

"साथ साथ पिएँगे।" अबके उसकी नाउम्मीदी अपने ही ज़ोर से फूट निकली है।

मम्मी और पापा स्टेशन पर मिलेंगे।

मुझे भरोसा है पापा का हर रोज़ सच्चा वादा था कि मेरे लिए बुलडोज़र लाएँगे।

थकान

वह हमारी कब्र के पास बैठी थी। मेरा मतलब उस कब्र से है जिसके चबूतरे से टेक लगा कर हम बैठते थे।

मैं जहाँ था वहीं खड़ा हो गया। अच्छा लगा कि उसकी पीठ, जो मेरी तरफ थी, मेरे आने की प्रतीति से भरी है। वह मेरी अनुपस्थिति में भी मेरे संग बैठी है।

उसने बायाँ हाथ टहनियों की तरफ बढ़ाया, जैसे उन पर लगे फूलों को छू लेगी।

हमारी कब्र पर झुका एक प्लम का पेड़ था जिस पर फूल आने लगे थे।

"प्रम ब्रौसम," उसने जापानी उच्चारण का मज़ाक बना कर कहा था, क्योंकि जापानी भाषा में 'र' और 'ल' अलग नहीं हैं। यानी अरग नहीं हैं!

फ़रवरी का महीना था जो टोकियो में लगभग सबसे ठंडा महीना होता है। आये दिन हवा में ऐसी बर्फ़ीली काट होती कि सब कहने लगते जल्दी ही बर्फ़ ज़रूर पड़ेगी। पर खुली हवा में निकलते ही जो भीनी सौंफ़-इलायचियाना खुशबू गुलाबी धूप को महकाती, उसे सूँघते हुए सब कहते आह बसन्त आने वाला है।

हमारे कब्रिस्तान में भी धूप महकती। बहुत बड़ा-सा कब्रिस्तान था, सुगामो और कोमागोमे स्टेशनों के बीच। चमकते सलेटी पत्थरों की जापानी तर्ज़ की कब्रों पर कटोरों में पानी और गुलदान में फूल चढ़ाने वाले पता नहीं कब आकर चले जाते। इन्हीं कब्रों की बदौलत जापान का शाही फूल क्रिसैन्थमम बारहों महीने खिलाया जाता — क्यारी में नहीं मानता तो हॉट हाउस में — फिर कब्रों पर चढ़ाया जाता। किकु। इन फूलों को किकु कहते। यहाँ 'ल' और 'र' का मसला

नहीं था! साफ़ सपाट 'क' और 'क', गए बीतों को श्रद्धांजलि अर्पित करने।

गये बीतों की जापान में बड़ी इज़्ज़त होती है। त्योहारों पर उन्हें याद किया जाता है और उनकी कब्रों को सजा के रखा जाता है। कभी-कभी तो जाने वाले का पसन्दीदा सामान भी कब्र पर रखा मिलता। जिस मुल्क में जवानों की बनिस्बत बूढ़ों की आबादी ज्यादा होती जा रही है इस तरह का अतिरिक्त लिहाज़ ठीक भी लगता।

पर हम उतने भी बूढ़े नहीं थे! न हमारे गए बीते बूढ़े!

बल्कि हमारे गए बीते, बूढ़े, जवान, बच्चे, कुछ नहीं हो पाए थे। वे सिरे से ही नहीं हो पाए थे! होने के पहले ही बीत गए थे!

पता चलते ही उसने फ़ोन कर दिया था कि अन्देशा गलत निकला, कुछ नहीं होने वाला। उसका पीरियड आ गया है।

"नहीं?" मेरी आवाज़ में जो राहत घुसी आई अश्लील-सी थी।

मैंने उसकी तरफ कदम बढ़ाए। कब्रों की कतारों के बीच कच्ची मिट्टी के रास्ते थे। कब्रिस्तान के बीच अकेली सड़क जहाँ जापानी जल्दी-जल्दी स्टेशन से या को जा रहे थे। फ़ोन के बाद के हलकेपन ने मेरी चाल को भारी बना डाला था।

"हैलो!" उसने मुँह ऊपर किया।

मैं पहले जैसी खुशी चाहता था। उसके सामने उकड़ूँ बैठ गया।

"देखा तुमने?" वह बोली। "प्रम ब्रौसम खिलने लगे।"

मैं होंठ आगे करना चाहता था, उसके होंठों पर रख देना चाहता था।

उसकी आँखें फूलों की तरफ थीं। बन्द।

"खुश हो गए तुम?" उसकी आवाज़ में हलका सा ताना था।

जैसे रँगे हाथों पकड़ा गया हूँ ऐसे मैं अलग हो गया, उसकी बगल में बैठ गया।

प्लम के फूलों की बहुत हलकी-हलकी खुशबू आ रही थी।

"मुझे लगता है, प्लम के फूल साकुरा से ज्यादा खूबसूरत हैं।" उसने कुछ देर बाद कहा, सिर वैसे ही पीछे को फेंके हुए।

जापान के सौन्दर्यशास्त्र में कभी प्लम के फूलों की ही सराहना थी। पर अब तो चैरी के फूल, यानी साकुरा का ज़माना है। सारे जापानी उसी के दीवाने हैं। हमारे उस कब्रिस्तान में भी साकुरा के झुरमुट भरे थे जो अप्रैल में जब फूलते

तो धरती, आसमान — सभी को फैलकर घेर लेते। लालची! साम्राज्यवादी!

"अभी सबसे ज्यादा, जब इनकी फूलने की शुरुआत है।" उसने बखाना।

मेरी निगाह उन पर चली गई। ओस की बूँदों-सी कलियाँ और फाहे-से हलके, परों की तरह खुलते ढेरों अधखिले फूल।

"मानते हो?" वह पूछ रही थी।

जो पूरे फूल जाने पर अपने में निहित सारी सम्भावनाओं को बिता देंगे। उनमें कोई सपना नहीं बचेगा। बस वे ठोस होकर कब्रिस्तान की ज़मीन पर गिर जाएँगे और भुरभुरा के खो जाएँगे।

मैं देखने लगा, बड़े से कब्रिस्तान में, हमारी कब्र पर अकेला, झुका हुआ, साकुरा के पेड़ों के बीच, पर अलग-थलग खड़ा प्लम का वह पेड़। लिपटी, उलझती, कला की पर्याय बनी उसकी डालियाँ। सीधे तने पर ही उगे, तकरीबन बिन डंठल के हलके सफेद फूल। आत्म-तल्लीन भाव में ख़ामोश। कहीं भीतर मुख़ातिब। पूरी फ़िज़ा पर छा जाने की कोई कोशिश नहीं। अपनी सम्भावनाएँ अपने में समोए।

"उमे।" मैंने प्लम का जापानी नाम लिया।

"चलो उमेशु पियें।" वह जेब टटोलने लगी।

"जेब में रखा है?" मैंने छेड़ा।

"अब पीने की मनाही नहीं है।"

इस बार उसके स्वर में कोई ताना नहीं लगा, फिर भी मैंने अपराध से सिर झुका लिया। शक होते ही उसने बियर और सिगरेट बन्द कर दी थी। हवा भी ज़ोरों से खींच-खींच कर लेती कि ऑक्सीजन की भरपूर सप्लाई मिले। मैंने कहा था। डॉक्टर को दिखा लो पक्का तो हो जाए। उसने कहा, "तुम्हें कुछ नहीं कहना, करना, बदलना। तुम्हारा काम हो गया।" हँसी थी।

बात मज़ाक में कैसे तो उड़ा देता? ऐसे कोई कह दे और कोई बरी हो जाए? पिछले दिनों मैं कितना परेशान हो गया था। रात को अचानक नींद जो खुलती कि फिर देर तक नहीं आती। बेचैनी बढ़ती जाती और ऐसे खयाल आते जो नहीं आने चाहिए। उसके अन्दर पनपते जीव से घिनाने लगता। जिसकी सम्भावना पर हम दोनों आत्ममुग्ध हो जाते, उसकी वास्तविकता का कैसा ख़तरनाक चेहरा सामने आ गया।

अपनी कब्र पर मैंने कहा था वह चाहेगी तो मना नहीं करूँगा और उसने कहा था जो होगा सिर्फ उसका होगा। एक ही पल में हम एक दूसरे के इतने करीब थे पर एक दूसरे से सबसे दूर भी।

हमारे चारों तरफ कब्रें थीं जिन पर खड़े शिला पत्थरों पर जापानी लिपि में कोई दुआ लिखी होती। कहीं प्राकृतिक आकार के पत्थर जिन पर बोधिसत्व की मूर्ति खुदी है तो कहीं संगमरमरी चमक के चौकोर पत्थर। दूर तक कब्रें। जापानी लोग पहले अपने मरों को जलाते हैं फिर उनकी राख दफ़नाते हैं। यह बौद्ध तरीका है। यह माने नहीं कि इसलिए सब के सब बौद्ध हैं। उस तरह से जापानी कुछ नहीं हैं — पल-पल की पसन्द के अनुसार धर्म और रीति चुन लेते हैं। हैं तो केवल सुन्दर रीतियों के पुजारी हैं। कहते हैं कि जन्म पर जापानी शिन्तो, शादी पर ईसाई और मरने पर बौद्ध होता है!

तब कब्रिस्तान में आता है! जिसके पास एक मन्दिर होता है उसकी आत्मा की शान्ति के लिए।

हम उस मन्दिर में कभी नहीं गए। कब्रिस्तान में ही मिलते।

एक तरह से सही था कि हम कब्रिस्तान में ही मिलते। वह बीच शहर का होकर भी उससे अलग था। टोकियो, जहाँ हर सड़क हरदम उजियाली थी, एक यही जगह थी जहाँ शाम के साये बेरोक-टोक घिर पाते। उस सुन्दर, महकते पेड़ों, चमकीले पत्थरों वाले कब्रिस्तान में जापानी बागों-सी मनोरम फ़िज़ा थी। अमूमन इन जगहों से उठता भुतैला कुछ नहीं। यह दूसरी दुनिया थी भी तो भयावह तो नहीं ही।

एक भी कब्र उजाड़ नहीं वहाँ। कब्र क्या, नक्काशीदार मुँडेर के घेरे में, क्यारियों और कलात्मक चट्टानों के बाग में जैसे छोटे-छोटे घर बने हों। मैंने बगल की कब्र को देखा। तीन तरफ मुँडेर, चौथी तरफ दो पत्थर के आतिशदान के बीच कब्र के चबूतरे पर जाने का रास्ता। चबूतरे पर सलीके से कटी झाड़ियाँ, दो तरफ आमने-सामने पत्थर की बेंच और तीसरी तरफ कब्र। कब्र खुद जैसे एक हस्ती, जिससे मिलने बेंच पर बैठा जाए!

'हम तुम और वह' कहने मैं उसकी तरफ मुड़ा।

वह अभी भी सर ऊपर को किए थी। देखते ही देखते वह सीढ़ी पर पीछे को झुकने लगी और गोल पत्थरों-जड़ित चबूतरे पर उसका धड़ लेट गया।

"यह क्या?" मैं अचानक घबरा गया।

"अब अच्छे से दिखाई दे रहे हैं।"

"लोग देखेंगे तो बुरा मानेंगे।" मैंने डाँटा। "इज़्ज़त से बैठो। वैसे भी कब्र पर लेटना...।" अचानक मैं फिर घबरा गया।

वह उठ गई। सड़क पर आते-जाते सायों को देखने लगी।

"तुम बहुत घबराते हो।" वह हलके से हँसी।

"हाँ।" मुझे गुस्सा आने लगा। "और तुम तो कभी नहीं?" एक ही वीरांगना!

"इतना सुन्दर प्लम का पेड़, ठीक उनकी नज़रों के आगे, पर किसी को फुर्सत नहीं कि देखे।" वह लोगों की दौड़ती चाल पर बोली।

यह शाम का वह वक़्त था जब कोई अदृश्य हाथ, एक दाएँ से बाएँ वार में, कब्रिस्तान पर वर्क की तरह पड़े दिन का हलकापन बुहार कर बाहर कर देता था, और एकदम से गहरे साये झुंड बनाकर पत्थरों के बीच जमा हो जाते। तब बीच सड़क पर जली बत्तियाँ हमारी तरफ के अँधेरे को और बढ़ा देतीं।

"तुम यहाँ प्लम के फूलों पर भाषण देने आई हो?" जितनी ही खीझ मेरे स्वर में फूटी उतनी ही मायूसी मेरे अन्दर दाख़िल हो गई।

"क्या बात करना चाहते हो?" उसने हठीपन से फिर मुझे कटघरे में खड़ा कर दिया।

धीमी-धीमी हवा चलने लगी। लोग चलते जाते और कोट के कॉलर कस लेते। उसने एक रंगीन शिफ़ॉन स्कार्फ़ दोहरा करके गले में बाँध लिया।

यह भी अजीब रही कि जापान की उस अँधेरी शाम में हम जो नहीं हुआ था उसके न होने पर आक्रामक हो गए! हो लेता शायद। अगर हम बरसों पहले मिल लिये होते या एक से ज्यादा जीवन जी सकते।

क्या ऐसा नहीं हो सकता था कि हम रुक लेते, सोच लेते कि बरसों बाद सुदूर देश जापान में हम मिलने वाले हैं?

मैं मुस्कराने लगा।

उसने मुझे मुस्कराते देखा तो वह भी मुस्कराई।

कहने लगी, "अभी साकुरा होता तो सब दुखी होने लगते कि हवा सारी

पंखुड़ियों को नीचे झाड़ देगी। मगर प्लम यों झड़ने वाला नहीं न? उससे हलका और छोटा है, तो भी।"

मुझे ही कुछ बोलना होगा। यह उसकी आदत मैं जानता था, असल मसले से हटकर बोलते जाना।

"प्लम का इलैक्शन कैम्पेन जो ले लो!" ठोस मसला तो प्लम ही हुए जा रहा था।

वह ज़रा सी खिलखिलाई।

वह ज़ोर से खिलखिलाई थी जब हमने वहीं, उस तरफ, एक कब्र देखी थी जहाँ लगे शिला पत्थर पर किमोनो पहने एक युवा लड़की का चित्र था और जापानी लिपि में जो लिखा था उसके नीचे ज़ीरो तीन से शुरू होता टोकियो का फ़ोन नम्बर था। इस फ़ोन नम्बर से लड़की से सम्पर्क किया जा सकता है क्या, हमने बचकाने मज़ाक किए। बिना आवाज़ दबाए, अजनबी देश में अजनबी भाषा बोलने वाले अजनबियों के बीच मस्त, बेफ़िक्र, सुरक्षित।

बचकानापन नहीं था हमारे बीच, एक बेहद खुशी का लमहा था, जिसमें हमारा बाक़ी जीवनक्रम भी लहलहाने लगा। हमारी मुलाक़ातों के बीच फैले अनगिनत पल, जो हमारी अलग अलग ज़िन्दगी की व्यस्तताएँ थीं, उसी खुशी के रंग में रँग उठे।

"इन प्लम पर फल आते हैं या...?" मैं ग़ौर से पेड़ को देख पड़ा।

उसने अपनी उँगली से मेरी नाक की नोक छू दी। मैंने बढ़कर उसका हाथ पकड़ लिया।

साथपन की यह अनुभूति अजूबा ही है। कभी भी, कहीं भी, अकस्मात् आए क्षण। क्या नाम दें इसे, जो ठोस धरती पर उतरने के ख़्वाब ही न देखे? प्रेम कह सकते हैं? वरना क्या प्रेम की त्रासदी यही नहीं कि हवाओं में उड़ने को अधूरा समझ वह नीचे उतर आता है और मिट्टी में मिल जाता है?

मेरे हाथों से बहने लगीं कितनी तो अपूरित इच्छाएँ, उसे छूने लगीं, हमारी उस कब्र पर, उस शाम को।

"हाथ नहीं पकड़ेंगे," उसने नर्मी से हाथ छुड़ा लिये।

रात के साथ-साथ कब्रिस्तान के झाड़ महक बढ़ाने लगे। लोग अभी भी जल्दी-जल्दी जा आ रहे थे। यह सिलसिला मध्य रात्रि के बाद तक चलता रहेगा।

कब्रिस्तान खाली नहीं होने वाला। उस कब्रिस्तान में कब्रिस्तानों जैसा कुछ नहीं।

वह खड़ी हो गई। "ठंड बढ़ रही है।"

उसने फिर बड़े साइज़ के आदमियों के मोज़े पहने हुए थे जिन्हें देखकर लगता पता नहीं उसका पति कितना लम्बा होगा। उसकी एड़ियों के ऊपर मोज़े की एड़ी झोल बना देती।

अँधेरे में मैंने वे जाने पहचाने झोल देखे। इतमीनान हुआ, सब वैसा ही है।

मैं भी खड़ा हो गया। "यहाँ आई, शुक्रिया।" मैं झुका। खिलवाड़ में यह जापानी आदत बन गई थी।

वह भी झुकी। वह खड़ी होकर एक बार ज़रूर हमारी कब्र की तरफ मुड़ती और जापानी अन्दाज़ में विदा लेती।

"यहाँ तो आखिर आना ही है।" वह मुस्कराई।

"सबको।" हम ऐसे ही मज़ाक करते रहते।

हम कब्रों के बीच चल पड़े। किन्हीं-किन्हीं पर पानी नहीं, 'साके' रखा था — इन कब्र वालों को तरह-तरह की प्यास लगती है!

हम फाटक तक पहुँच गए।

"कब...फिर..." डरते हुए मेरे मुँह से निकला और मन में ढेरों थकान उठी — फिर वही फ़ोन, इन्तज़ाम, इन्तज़ार, कब्रिस्तान...।

उसने कोई जवाब नहीं दिया। उसका चेहरा ऐसे कोण पर था कि एक आँख अँधेरे में हो गई और दूसरी हमारी कब्र पर झुके प्लम के पेड़ पर। उसी आँख की पुतली पर फाटक पर लगे स्ट्रीट लैंप की मद्धिम लौ, शाम की अँधेरी ठंडी हवा की तरह हिलने लगी।